LARRY NIVEN

*Das Doppelhirn*

Larry Niven

# DAS DOPPELHIRN

Science-fiction-Roman

BASTEI LÜBBE

BASTEI-SCIENCE-FICTION-TASCHENBUCH Nr. 21097

Amerikanischer Originaltitel: THE WORLD OF PTAVVS
Deutsche Übersetzung von Leni Sobez


Deutsche Lizenzausgabe 1977
Bastei-Verlag Gustav H. Lübbe, Bergisch Gladbach
Printed in Western Germany
Titelillustration: Agentur Thomas Schlück
Umschlaggestaltung: Eva Braunova-Kokstein
Gesamtherstellung: Mohndruck Reinhard Mohn OHG, Gütersloh

ISBN 3-404-00782-4

Der Preis dieses Bandes versteht sich einschließlich der gesetzlichen Mehrwertsteuer

# I

Es war ein unmeßbar kurzer Moment, doch noch immer viel zu lang. In diesem Moment schien der Geist mit dem Universum zu verschmelzen, und jeder Geist, der je war und je sein würde, schrie ihm all seine Gefühle zu.

Dann war es vorüber. Die Sterne hatten sich erneut verändert.

Kzanol war ein guter Astrogator, doch auch er konnte nicht einmal vermuten, wo das Schiff sich jetzt befand. Bei .93 Licht, also der Geschwindigkeit, bei der die Durchschnittsmasse des Universums groß genug wird, um den Eintritt in den Hyperraum zu ermöglichen, werden die Sterne unkennbar. Vor ihm flammten sie in einem grellen Blau-Weiß, hinter ihm waren sie von einem trüben Rot wie sterbende Kohlenfeuer. An den Seiten waren sie zu dünnen, verzerrten Linsen zusammengedrückt. Kzanol lutschte ein Gnal, bis das Gehirn des Schiffes zu dröhnen begann und er nachschauen mußte.

Vom Schirm des Gehirns las er ab: NEU GESCHÄTZTE REISEZEIT NACH THRINTUN: 1.72 TAGE.

Nicht gut, überlegte er. Er hätte schon viel näher an Thrintun sein müssen. Aber wenn ein Schiff den Hyperraum verließ, mußte man mehr Glück als Erfahrung und Geschicklichkeit haben. *Ungewissheit* heißt das Gesetz des Hyperraums. Deshalb hatte Ungeduld auch gar keinen Sinn. Es würde einige Stunden dauern, bis der Fusor die Batterie wieder aufgeladen hatte.

Kzanol schwang seinen Stuhl herum, so daß er an der Rückwand des Schiffes die Sternenkarten sehen konnte. Die Saphirnadel schien durch die ganze Kabine zu glühen. Einen Augenblick lang nahm er ihren Schimmer in sich auf, die Strahlung eines unermeßlichen Reichtums. Dann sprang er auf und begann auf dem Schreibgerät des Gehirns zu tippen.

Nein, er hatte nicht den geringsten Grund, ungeduldig zu sein! In diesem Augenblick, da Kzanol das Saphirkennzeichen eingesteckt hatte, konnte jemand mit einer ähnlichen Karte einen Anspruch anmelden. Eine ganze Sklavenwelt war auf Lebensdauer sein Besitz, aber nur dann, wenn er Thrintun als erster erreichte.

Er tippte: *Wie lange dauert das Aufladen der Batterie?*

Das Gehirn antwortete fast sofort, aber Kzanol sollte die Antwort nie mehr erfahren.

Plötzlich gleißte ein grelles Licht durch das hintere Fenster. Kzanols Stuhl verflachte sich zu einer Couch, ein lauter musikalischer Ton schlug an, und dann fühlte er einen entsetzlichen Druck. Für eine solche Beschleunigung war das Schiff nicht eingerichtet. Sie hielt fast fünf Sekunden an. Und dann . . .

Dann folgte ein Geräusch, als schlügen zwei Bleitüren zusammen, zwischen denen sich das Schiff befand. Doch der Druck ließ nach. Kzanol kam auf die Füße und spähte durch das hintere Fenster. Eine weißglühende Wolke war der Fusor gewesen. Eine Maschine kann ja nicht lesen. Man sieht nie voraus, wann sie einen betrügt . . .

Das Gehirn dröhnte wieder.

Er las: *Zeit zum Aufladen der Batterie.* Dieser Anweisung folgte eine spiralige Hieroglyphe, das Zeichen für *Unendlich.*

Er drückte das Gesicht gegen das muldenförmige Diamanteninstrumentarium, und so beobachtete Kzanol, wie die brennende Energieanlage zwischen den Sternen allmählich verblaßte. Das Gehirn mußte sie in dem Moment abgeworfen haben, wie sie zur Gefahr zu werden drohte. Deshalb raste sie auch mindestens eine halbe Meile hinter dem Schiff her. Fusoren konnten nämlich gelegentlich auch explodieren. Ehe sie ganz sein Sichtfeld verließ, flammte sie noch einmal heller auf als eine Sonne.

Das Gehirn meldete sich erneut. *Neuschätzung der Reisezeit nach Thrintum,* und dann kam die *Unendlich*-Spirale.

Die Schockwelle der Explosion erreichte das Schiff. Es klang, als werde in nicht allzu großer Ferne eine schwere Tür zugeschlagen.

Jetzt war nichts mehr eilig. Lange stand Kzanol vor der Wandkarte und beobachtete die Saphirnadel.

Der winzige Edelsteinstern blinzelte ihn an und sprach von zwei Milliarden Sklaven und einer voll industrialisierten Welt, die darauf wartete, ihm zu dienen. Dort gab es viel größeren Reichtum und unendlich mehr Macht als sein Großvater, der berühmte Racarliw, je gekannt hatte; von vielen hundert Gefährten und Zehntausenden von Dienern, die während seines langen, lässigen Lebens jeden seiner Wünsche errieten. Er lutschte ununterbrochen, und seine Eßranken an den Mundwinkeln waren, ohne daß er es wußte, in ständiger Bewegung, genau wie in Schlachtordnung aufgestellte Erdwürmer – bis dann plötzlich unendliches Bedauern seinen Geist ausfüllte.

Sein Großvater hätte die Plantage verkaufen sollen, als die Tnuctip-Sklaven von Plorn die Antigravität zu produzieren begannen. Kzanol hätte auf Thrintum bleiben sollen und müssen, selbst wenn er diese Welt zu seinem Unterhalt versklaven mußte. Plorn wäre doch so leicht zu ermorden gewesen! Besser wäre es gewesen, er hätte einen Reservefusor gekauft statt eines zweiten Anzuges und einer Luxuscouch für eine Bruchlandung und des Anzuges und einer Luxuscouch für eine Bruchlandung und des men für seine letzte Kostbarkeit, die Saphirnadel.

Da war ein Tag gewesen, da hatte er eine blaugrüne Plastikschnur in der Hand gehalten, die ihn zum Besitzer eines Raumschiffes oder zu einem arbeitslosen Armen machen konnte. Weiße, verbogene Skelettumrisse hatten ihn umtanzt, mutierte Rennviprine, die schnellsten Tiere, die es in der ganzen Galaxis gab. Aber die *Kraft*! Die Kzanols war schneller als der ganze Rest. Wenn er nur diese Schnur weggeworfen hätte . . .

Er lebte noch einmal sein Leben auf der riesigen Baumfarm durch, auf der er herangewachsen war. Die Kzathitstämme mit ihrem einzigartigen Festtreibstoff gab es längst nicht mehr. Wenn er sie nur hätte . . .

Aber die Plantage war seit mehr als zehn Jahren ein Landeplatz für Raumschiffe.

Er ging zum Schrank und zog den Anzug an. Zwei hatte er, und den zweiten hatte er gekauft für den Fall, daß der eine den Geist aufgab. Eigentlich dumm. Falls der Anzug beschädigt wurde, war es mit seinem Leben sowieso aus.

Mit einem dicken, kurzen Finger zog er einen Kreis um den Panikknopf auf seiner Brust. Bald würde er auf ihn drücken müssen; noch nicht, nein. Jetzt noch nicht. Erst mußte er noch etliche andere Dinge erledigen. Er wollte die beste nur denkbare Überlebenschance haben.

Er tippte für das Gehirn: *Errechne einen Kurs zu irgendeinem zivilisierten Planeten mit minimaler Reisezeit.*

Das Gehirn schnurrte vergnügt vor sich hin. Manchmal glaubte Kzanol, es könne nur dann wirklich glücklich sein, wenn es hart zu arbeiten habe. Gelegentlich versuchte er die gefühllosen Gedanken der Maschine zu erraten. Es störte ihn, daß er den ›Geist‹ dieser Maschine nicht lesen konnte, und er ärgerte sich sogar, weil er nicht in der Lage war, anders als über die Tastatur Befehle zu erteilen. Vielleicht war die Maschine an sich zu fremdartig. Thrintun hatte nie mit anderen als protoplasmischen Lebensformen in Kontakt gestanden. Während er auf die Antwort wartete, versuchte er den Rettungsschalter auf dem Rücken zu erreichen.

Das ging nicht, doch es bekümmerte ihn kaum. Wenn er den Panikknopf drückte, errichtete sich sofort ein Stasisfeld, und die Zeit würde innerhalb seines Anzuges einfach stillstehen. Nur der Rettungsschalter würde dann über das Stasisfeld hinausragen. Dieser Schalter war absichtlich so gelegt worden, daß nicht Kzanol, sondern nur seine Retter ihn umlegen konnte.

Das Gehirn meldete sich: *Keine Lösung.*

Unsinn! Die Batterie hatte ein fast unbegrenztes Potential. Auch nach einem Hyperraumsprung mußte noch genügend Energie vorhanden sein, das Schiff zu einem zivilisierten Planeten zu bringen. Warum sollte also . . .

Dann verstand er. Wahrscheinlich hatte das Schiff so viel Antriebsenergie, daß er eine ganze Anzahl von Welten erreichen konnte, aber zur Landung mußte er ja abbremsen, um sich dem Tempo der angesteuerten Welt anzugleichen. Nun ja, solange Kzanol in seinem Stasisfeld war, konnte es ihm egal sein, wie hart er irgendwo aufschlug. Also tippte er: *Die Herabsetzung der Geschwindigkeit zur Landung kann außer acht bleiben. Zeichne den Kurs zum nächsten zivilisierten Planeten auf. Kürzeste Reisezeit.*

Die Antwort kam innerhalb weniger Sekunden. *Reisezeit nach Awtprun 72 Thrintunjahre 100.48 Tage.*

Awtprun. Es war ja gleichgültig, wo er landete. Sobald sein Feldgenerator abgeschaltet war, konnte er ja leicht auf ein Schiff nach Thrintun ›hüpfen‹. Konnte irgendein Prospektor innerhalb von zweiundsiebzig Jahren die Welt Racarliwun finden? Wahrscheinlich.

O Geist der Kraft! Eiligst tippte er: *Kurs nach Awtprun löschen.* Dann ließ er sich in seinen Sessel zurückfallen. Er war also mit knapper Not entkommen.

Hätte er Awtprun mit mehr als neun Zehnteln Lichtgeschwindigkeit angesteuert, wären mehr als eine Million Menschen dabei umgekommen, und auch das nur, wenn er in einem Ozean aufgekommen wäre. Die Schockwelle hätte in einem Umkreis von mehr als tausend Meilen jedes fliegende Ding oder Wesen vernichtet, hätte das Land rasiert, Inseln untertauchen lassen und sämtliche Gebäude rund um die halbe Welt zum Einsturz gebracht.

Für eine solche Fehlleistung hätte man ihn vermutlich erst ein Jahr lang gefoltert und ihn dann getötet. In den Händen eines Telepathen einer hochwissenschaftlichen Welt war Folter etwas Entsetzliches. Biologiestudenten würden zuschauen und ihre Notizen machen, während die Mitglieder der Strafbehörden sorgfältig sein ganzes Nervensystem mit Stimulatoren nachzogen.

Allmählich kam ihm seine schwierige Lage immer klarer zu Bewußtsein. Auf einem zivilisierten Planeten konnte er nicht landen. Na schön. Auf einem Sklavenplaneten ging es aber ebensowenig, denn dann würden die paar Paläste der Aufseher in Trümmer fallen und etliche Millionen Sklaven umkommen, die auch ein unermeßliches Vermögen darstellten.

Vielleicht konnte er einen Kurs mitten durch ein Sternensystem wählen? Irgend jemand konnte doch die vergrößerte Masse seines Schiffes erkennen. Doch das durfte er nicht wagen. Im Raum bleiben? Undenkbar! Er konnte zu leicht aus der Galaxis hinausgetrieben werden, und dann war er für immer zwischen den Inseln des Universums verloren, das Schiff um ihn herum würde sich bald buchstäblich auflösen, und der Rettungsschalter war dann nur noch ein unendlich winziger Punkt in einem unendlich weiten Universum, das mit interstellarem Staub angefüllt war. Nein!

Er schloß die Augen und rieb mit einer Eßranke darüber. Konnte er vielleicht auf einem Mond landen? Schlüge er hart genug auf, würde man sicher den Blitz sehen. Aber das Gehirn war nicht tüchtig genug, um ihn zu einem Mond zu bringen, nicht auf eine solche Entfernung. Die Umlaufbahn eines Mondes ist meistens eine sehr komplizierte Angelegenheit, und es mußte ja auch der Mond einer zivilisierten Welt sein. Awtprun war die nächste Welt, und Awtprun war viel zu weit entfernt.

Überdies lutschte er seinen allerletzten Gnal. Er tat sich selbst unendlich leid, bis er ganz aufgelutscht war, und dann lief er wie ein Tier im Käfig auf und ab.

Natürlich!

Plötzlich stand er still, dachte nach und überlegte, wo hier ein Fehler stecken könnte. Er fand keinen. Eiligst tippte er: *Errechne Kurs für einen Lebensmittelplaneten mit kürzester Reisezeit.*

*Reduzierung der Geschwindigkeit nicht nötig. Gib Einzelheiten!*

Seine Eßranken hingen schlaff und ganz entspannt herab. Es wird schon werden, dachte er, und davon war er auch überzeugt.

## II

Für protoplasmische Lebensformen gibt es in der Galaxis nicht allzu viele Planeten. Die Natur denkt sich eine geradezu unvernünftige Vielfalt aus. Um die richtige Zusammensetzung der Atmosphäre zu gewährleisten, muß der Planet eine Sonne vom Typ G in genau der richtigen Entfernung umkreisen, muß die genau richtige Größe und einen übergroßen Mond haben. Der Mond hat die Aufgabe, den größten Teil der Atmosphäre, etwa 99%, abzuziehen. Ohne Mond wird auch die bewohnbarste Welt erschütternd unbewohnbar. Die Luft nähme ein erdrükkendes Gewicht an, und die Temperatur wäre die eines überhitzten Ofens.

Thrintun hatte 219 bewohnbare Welten gefunden, und davon waren 64 tatsächlich bewohnt. Siebzehn hatten intelligentes Leben, und war man nicht zu wählerisch und genau, waren es achtzehn. Die 155 öden Welten müßte man erst in einem langwierigen Prozeß aufbereiten, ehe Thrintun sie besiedeln könnte. Aber man konnte sich ihrer auch so bedienen.

Man konnte sie mit einer auf Tnuctipun entwickelten Nährhefe impfen. Nach einigen Jahrhunderten hatte diese Hefe sich zwar erschöpft, aber bis dahin war diese Welt ein Lebensmittelplanet, und all ihre Ozeane waren voll mit der billigsten Nahrung der Galaxis. Natürlich konnte sie nur von Sklaven bewohnt werden, doch die gab es ja in Hülle und Fülle.

In der ganzen Galaxis gab es solche Sklaven- und Lebensmittelplaneten. Der Palast des Verwalters befand sich immer auf dem Mond, denn wer würde schon auf einer reizlosen Welt mit klebrigen Meeren wohnen wollen? Und die Hefe war ja immer von unzähligen Bakterien verunreinigt. Von den Monden aus konnten die Lebensmittelplaneten auch leicht überwacht werden.

Sobald die Hefe auch für Sklaven ungenießbar geworden war,

brachte man Weißfuß-Herden auf diese Welten, denn die ernährten sich von dieser Hefe; sie fraßen überhaupt alles und waren eine ausgezeichnete Fleischquelle. Und der Planet wurde weiterhin überwacht.

Bei seiner derzeitigen Geschwindigkeit würde Kzanol so hart auf einen solchen Planeten aufprallen, daß er eine grelle Wolke leuchtenden Gases erzeugen mußte. Der explodierende Felsen konnte in seiner Leuchtkraft auch dem Beobachter auf dem Mond nicht entgehen, und der Krater würde tagelang in einem hellen Orange glühen.

Kzanol würde wahrscheinlich irgendwo im Untergrund landen, wenn auch vermutlich nicht allzu tief. Die gasige Luft und das Gestein, die der Meteorit gewöhnlich vor sich her treibt, blasen diesen wieder in die Luft zurück, so daß er über einem weiten Gebiet ›abregnet‹. Kzanol war sicher in sein Stasisfeld gehüllt, würde also aus seinem Loch herausschießen und beim zweiten Fall nicht besonders weit eindringen. Der Verwalter konnte ihn leicht mit einem Gesteinsabtaster finden. Ein Stasisfeld ist der einzige perfekte Reflektor. Das Gehirn unterbrach die Planung. *Nächster verfügbarer Nahrungsplanet ist F 124. Geschätzte Reisezeit 202 Jahre 91.4 Tage.*

Auf dem Schirm erschienen Lichtflecke. Ein großer Planet nach dem anderen vergrößerte sich mit seinen Monden. F124 war eine dampfende Kugel, die sich sehr schnell drehte – ein typischer Lebensmittelplanet, obwohl die Mondrotation kaum in Erscheinung trat. Der Mond schien unverhältnismäßig groß und ebenso unverhältnismäßig weit entfernt zu sein. Ein Außenplanet ließ Kzanol vor Bewunderung den Atem anhalten. Er hatte Ringe! Das sah unvergleichlich großartig aus. Kzanol wartete, bis alle größeren Welten gezeigt worden waren, doch als die Asteroiden ihrer Größe nach vorgeführt wurden, tippte er: *Genügt. Folge Kurs nach F 124.*

Er war voll angezogen, nur den Helm hatte er für den langen Schlaf noch nicht aufgesetzt. Er fühlte die Beschleunigung des Schiffes, ein Dröhnen im Metall des Motors. Das Akzelerationsfeld der Kabine hob die Gs auf. Er setzte den Helm auf den Halsring, nahm ihn jedoch sofort wieder ab; er ging zur Wand, nahm die Sternenkarte ab, rollte sie zusammen und schob sie durch den Halsring in die Vorderseite seines Anzuges. Als er den Helm bereit hatte, ihn einrasten zu lassen, überlegte er sich noch etwas.

Sein Retter konnte für den uneigennützigen Akt seiner Rettung eine hohe Summe verlangen. Aber angenommen, diese Summe genügte ihm nicht? Wäre er gescheit, würde er die Sternenkarte nehmen, falls er sie sähe. Schließlich gab es kein Gesetz, das eine solche Handlung verbot. Also mußte sich Kzanol die Karte noch sehr genau einprägen.

Aber da gab es noch eine viel bessere Möglichkeit.

Kzanol eilte zum Schrank und zog den zweiten Anzug heraus. In einen Ärmel stopfte er die Mappe. Sein Einfall erschien ihm selbst großartig. Im leeren Anzug war noch genug Platz, und so lief er eiligst in der Kabine herum und stopfte seine Kostbarkeiten hinein – den Verstärkerhelm, universelles Symbol von Macht und königlicher Herkunft. Früher hatte er seinem Großvater gehört. Er war leicht, nahm aber viel Platz ein. Dieses Instrument konnte die den Thrints angeborene Macht, zwanzig bis dreißig Nicht-Thrints zu kontrollieren, so verstärken, daß er einen ganzen Planeten beherrschen konnte. Dann packte er das Abschiedsgeschenk seines Bruders ein, einen Desintegrator mit handgeschnitztem Griff. Aber den legte er dann doch noch einmal weg. Die Statuen von Ptul und Myxylomat – hoffentlich kamen sie nie zusammen! Nun, diese beiden Frauen waren, falls er je zurückkehrte, vermutlich tot, wenn sie nicht von einem Freund in Stasis gebracht worden waren. Seinen Chronometer, der ganz auf Diamanten lief und auch die größte Kälte aushielt, aber immer ein bißchen nachging, wie oft er ihn auch stellte; den konnte er auf F 124 nicht brauchen, denn er war nur für ganz große Gelegenheiten gedacht. Jede seiner Kostbarkeiten wikkelte er in Kleidungs- und Wäschestücke, ehe er sie in den Reserveanzug schob.

Er hatte noch immer einigen Platz übrig. Ach, zum Teufel, dachte er, rief den kleinen Racarliw-Sklaven aus dem Vorratsschrank und ließ ihn in den Anzug schlüpfen; dann erst schraubte er den Helm fest und drückte auf den Panikknopf.

Der Anzug sah aus wie ein verrückter Spiegel. Alle Falten waren geblieben, aber jetzt war er plötzlich viel starrer als Diamant oder Rumpfmaterial. Er lehnte ihn in eine Ecke, tätschelte ihm liebevoll den Helm und ging.

*Gegenwärtigen Kurs nach F124 streichen. Schnellste Möglichkeit nach F 124 errechnen bei halber Antriebskraft mit Ausführung aller nötigen Energiemanöver innerhalb des folgenden Tages.*

Einen Tag später zeigte Kzanol leichte Gnal-Entzugserscheinungen. Er beschäftigte sich mit tausend Kleinigkeiten, nur um nicht daran denken zu müssen, wie sehr er einen Gnal brauchte.

Eben hatte er ein Experiment durchgeführt. Er hatte das Feld im zweiten Anzug abgeschaltet, den Desintegrator in seinen Handschuh geschoben und das Feld wieder eingestellt. Das Stasisfeld war genau der Metalloberfläche gefolgt, und das Spür-Instrument war zusammen mit dem Anzug in Stasis gegangen.

Dann ging der Antrieb los. Kzanol tippte in das Gehirn: *Schnellsten Kurs zum achten Planeten von F 124 errechnen. Einen halben Tag warten, dann diesem Kurs folgen.* Er zog seinen Anzug an, nahm den Desintegrator und ein langes dünnes Kabel und verließ das Schiff durch die Luftschleuse. Mit diesem Kabel bremste er seine Drift so ab, daß er, auf das Schiff bezogen, bewegungslos blieb.

Und was war dann noch zu bedenken?

Er hatte getan, was er konnte und fiel F 124 entgegen. Das Schiff würde den unbewachten, unbewohnbaren achten Planeten lange vor der Zeit erreichen, ehe Kzanol auf dem dritten Planeten sein konnte. Es würde einen hübschen, großen Krater geben, der leicht zu finden war. Er brauchte ihn zwar nicht.

Ein Risiko war allerdings dabei: Der Rettungsschalter konnte unter der Eintrittshitze in die Atmosphäre leiden oder abschmelzen. Dann würde er im Untergrund aufwachen, denn es dauerte einige Zeit, bis sich das Feld selbst abbaute. Mit dem Desintegrator konnte er sich jedoch nach außen und oben graben. Kzanol legte einen dicken, kurzen Finger auf den Panikknopf. Letzter Gedanke? Es gab keinen.

Kzanol drückte auf den Panikknopf.

Larry Greenberg kletterte aus dem Kontaktfeld heraus und erhob sich. Seine Schritte hallten in dem riesigen Delphintankraum. Diesmal gab es keine Desorientierungseffekte, er hatte auch keine Atemschwierigkeiten und kein Bedürfnis, Flossen und Schwanz zu bewegen. Das war ganz natürlich, da die ›Botschaft‹ die andere Richtung genommen hatte.

Der Delphin Charley lag am Tankboden. Er war unter seinen speziell für ihn konstruierten Kontakthelm gesunken. Larry ging ein Stück herum, so daß Charley ihn durch das Glas sehen konnte. Der Delphin zuckte am ganzen Körper, und Larry beobachtete ihn besorgt. Er wußte, daß die beiden Marinebiologen neben ihm standen und ebenso besorgte Gesichter machten. Dann hörte Charley zu zucken auf und kam an die Oberfläche.

»Dasss warrr aberrr willld«, sagte Charley in seiner besten menschlichen Sprache.

»Ist alles in Ordnung mit dir?« fragte einer der Seedoktoren besorgt. »Wir haben das Feld so niedrig wie möglich gehalten.«

»Klarrr, Billl, mirrr geht'sss guttt. Aberrr willld warrr's doch. Ich müßßßte Arrrme und Beine unnnd eine langgge Nase habennn, die über meine Zähnnnne hängt und kein Loch im Kopfff.« Charleys Wortschatz war riesig, auch wenn sein Akzent manchmal zu wünschen übrig ließ. »Und ich habbb den entsetzzzlichen Wunsch, mit Larrrys Frrrau ins Bettt zu gehen.«

»Ich auch«, bemerkte Doktor Bill Slater leise.

Larry lachte. »Du Lustmolch! Wag es nur ja nicht, sonst stehl ich dir deine Kühe.«

»Wirrr tttauschen Frauennnn?« Charley gab Geräusche von sich wie ein kleiner startender Rennwagen, dann schoß er übereifrig im Tank herum. Das war sein Delphingelächter. Seine Vorführung schloß er damit ab, daß er kerzengerade aus dem Wasser stieg und auf dem Bauch landete. »Hatt sich mein Akkkzent verbesssert?«

Larry hatte eigentlich vom Wasser genug. Es hatte seine ganze Haut aufgeweicht. »Ja, wenn ich mir's so überlege . . . er ist viel besser geworden.«

Charly ging zur Delphinsprache über, oder besser gesagt: zu einem Delphin-Pidgin, das sich innerhalb des menschlichen Hörbereiches bewegte. Der Rest der Unterhaltung bestand aus Grunzen, Quieken, schrillem Pfeifen und anderen groben Geräuschen. »Wannn habennn wir unsere nächste Sitzung, Geisttt-Freunddd?«

Larry strich sich das Wasser aus dem Haar. »Ich weiß noch nicht genau, Charley. In ein paar Wochen vielleicht. Ich muß erst einen anderen Auftrag ausführen. Du wirst Zeit genug haben, mit deinen Kollegen zu reden und ihnen alles zu erklären, was du über uns Geher erfahren hast und aus meinem Geist lesen konntest.«

»Solll ich dasss wirkkklich, Larry? Im Ernnnst, ich möchttte wasss mit dirrr diskutttieren.«

»Nun, dann quiek nur weiter.«

Charley tat das sehr schnell. Niemand außer Larry Greenberg

hätte von dieser ungemein raschen Geräuschfolge etwas begriffen. »Wie sinddd die Chancccen für einen Delphin, an Borddd der *Lazy Eight III* zu kommen?««

»He? Nach Jinx etwa? Der Ozean von Jinx ist nur ein dicker Schaum, etwa einen Fuß tief.«

»Ah, stimmt ja. Unnnd eine annndere Welttt?«

»Warum interessiert sich ein Delphin für die Raumfahrt?«

»Warum ein Zweibeinnner? Neinnn, das ist keine ehrlliche Frage. Ich glaubbbe, Larry, du hasttt mich mit dem Raumfieberrr angesteckttt.«

Ein Lächeln breitete sich über Larrys Lausbubengesicht aus. Die Antwort war gar nicht so einfach. »Das ist eine sehr ansteckende Krankheit, und man wird sie kaum wieder los.«

»Ja.«

»Aber ich denke darüber nach, Charley. Vielleicht müssen wir darüber mit den Vereinten Nationen reden, aber laß mir ein bißchen Zeit. Weißt du, wir müssen eine ganze Menge Wasser mitnehmen, und Wasser ist viel schwerer als Luft.«

»Dasss hattt man mirrr gesagttt.«

»Also, laß mir Zeit. Und jetzt muß ich gehen. Tut mir leid, Charley, die Pflicht ruft. Dr. Jansky hat so getan, als sei es die Gelegenheit des Jahrhunderts. Roll dich mal herum.«

»Du Tyrrrannn«, zischte Charley, und das Wort war für ihn gar nicht leicht auszusprechen. Aber er drehte sich auf den Rükken. Die drei Männer kraulten eine Weile seinen Bauch. Dann mußte Larry gehen. Würde es Charley Schwierigkeiten bereiten, seine Erinnerungen zu verarbeiten? Aber nein, da bestand keine Gefahr. Er hatte eine nur sehr geringe Kontaktenergie benützt, und wenn es nötig war, konnte Charley diese ganze Übung vergessen. Sogar die Raumfahrt.

Aber das wäre doch verdammt schade . . .

## III

Am Abend waren er und Judy bei Dr. und Mrs. Dorcas Jansky zum Dinner eingeladen. Dr. Dorcas Jansky war ein riesiger Westberliner mit blondem Bart und einer etwas großspurigen, extrovertierten Persönlichkeit, die in Larry immer ein leichtes Gefühl des Unbehagens aufkommen ließ. Im Grund, aber das wußte Larry nicht, hatte er eine sehr ähnliche Seele, doch hauste sie in einem viel kleineren Körper. Auf die Art wirkte er auch ganz anders. Mrs. Jansky war ungefähr von Judys Größe und fast so hübsch wie diese. Wenn man englisch sprach, gehörte sie dem ruhigen Typ an.

Während des Essens wurde die Unterhaltung fast explosiv. »Es ist schon ein Riesenspaß, sich mit Leuten zu unterhalten, die gerne über die gleichen Dinge streiten wie man selbst«, sagte er später. Sie verglichen das Auseinanderfließen von Los Angeles mit den Wolkenkratzern von Westberlin.

»Ja, das ist der Drang, die Sterne zu erreichen«, sagte Jansky.

»Ihr seid ja von Ostdeutschland eingeschlossen, also könnt ihr nur in die Höhe gehen«, meinte Larry.

Sie vertaten eine Menge Zeit damit, daß sie festzustellen versuchten, welche der elf wichtigsten Formen des Kommunismus am meisten dem Original-Marxismus glichen, und schließlich kamen sie überein, darauf zu warten, welches Regime am ehesten unwiderruflich dahinwelken würde. Sie redeten über den Smog im Becken von Los Angeles und über dessen Ursprung. Judy sagte, er käme vom Kochen, Jansky hielt die Zigaretten für verantwortlich, und Larry meinte, die überaus starke elektrostatische Aufladung durch die Klimaanlagen konzentriere die Luftunreinigkeiten in ihrem Wirkungsbereich in der Außenluft. Dann unterhielten sie sich über Delphine. Jansky stellte die Intelligenz dieser Tiere in Frage, weil sie niemals etwas gebaut hätten. Larry hielt anschließend die beste improvisierte Rede seines Lebens.

»Sie sind ja gar nicht der allererste, der einen Delphin-Geist liest, Mr. Greenberg«, hielt ihm Jansky vor und deutete mit einer riesigen schwarzen Zigarre wie mit einem Zeigestab. »Stimmt es denn nicht, daß die Delphin-Kontakte auch nur eine Art Training sind?«

Larry nickte heftig. »Richtig. Judy und ich versuchen mit der *Lazy Eight III* nach Jinx zu kommen. Ich weiß von Standardtests her, daß ich telepathische Fähigkeiten habe. Als wir dann von den Bandersnatschi erfuhren, da wußte ich, daß wir dabeisein würden.

Bis jetzt hat es aber niemand geschafft, die Sprache der Bandersnatschi zu lernen, und Kontaktmänner auf Jinx haben wir auch nicht. Deshalb meldete ich mich freiwillig für die Delphin-Arbeit, und Judy lernte Sprachen. So können wir dann als Ehepaar-Team gehen.« Er seufzte schwer. »Aber dieser wahnsinnige Wirtschaftskrieg mit dem Belt verdirbt uns alles. Mist!«

»Wir kommen schon noch hin«, redete ihm Judy zu und griff nach seiner Hand.

»Vielleicht ist es gar nicht nötig«, meinte der Doktor. »Wenn der Berg nicht zum Propheten kommt . . .«

»Aber hier gibt es doch keinen Bandersnatsch«, warf Judy ein, denn ein solches Wesen wog dreißig Tonnen pro Stück.

»Bin ich denn ein Zauberer? Nein, keine Bandersnatschi, sondern etwas anderes. Ich bin doch Physiker. Meine Kollegen und ich arbeiten seit gut zwölf Jahren an einem Zeitverzögerungs- und Umkehrfeld. Wir wissen, daß es möglich ist. Die mathematischen Gleichungen stehen fest, aber die Technik ist ungeheuer schwierig. Wir brauchten Jahre, um sie zu entwickeln.

Wir haben nun ein Feld geschaffen, das sechs Stunden äußerer, also normaler Zeit zu einer Sekunde innerer Zeit, also der im Feld, werden läßt. Das Verhältnis Außen-: Innenzeit bewegt sich in großen . . . hm . . . Mengensprüngen. Einundzwanzigtausend zu eins – auf weniger kamen wir nicht herunter, und erst im Lauf der Zeit wird sich herausstellen, wie das nächste Quantum sein wird.«

»Dann würde ich vorschlagen, doch zwei Maschinen zu bauen und eine in das Feld der anderen Maschine zu installieren«, sagte Judy.

Der Physiker lachte schallend. »Entschuldigung!« rief er, »aber dieser Vorschlag kommt ein wenig zu plötzlich. Natürlich haben wir das längst versucht, doch leider ist es eine Tatsache, daß ein Zeitumkehrfeld nicht in einem anderen existieren kann. Der mathematische Beweis dafür liegt vor.«

»Schade, sehr schade«, sagte Larry.

»Vielleicht doch nicht, Mr. Greenberg. Haben Sie je von der See-Statue gehört?«

Larry dachte nach, aber Judy antwortete: »Ja, natürlich! *Lifetimes* brachte doch einen ausführlichen Bildartikel darüber. Die Statue wurde in der Nähe des Kontinentalschelfs vor der Küste Brasiliens gefunden.«

»Ja, das stimmt«, bestätigte Larry. »Die Delphine haben die Statue gefunden und an die Vereinten Nationen für irgendwelche Tiefseegeräte verkauft. Manche Anthropologen glaubten, sie hätten Atlantis gefunden.« Er erinnerte sich einer mißgebildeten Figur, die etwa vier Fuß in der Höhe maß; die Arme und Beine waren seltsam geformt, der Rücken wies einen Buckel auf, und der Kopf war mehr oder weniger eine glattpolierte Kugel, die fast wie ein Spiegel glänzte, aber keine erkennbaren Züge aufwies. »Das Ding sah doch fast wie ein Kobold der Frühzeit aus, nicht wahr?«

»Ja, genau«, erwiderte der Physiker. »Ich habe die Statue hier«, erklärte er seinem verblüfften Gast. »Die US-Ausstellung für Vergleichende Kultur lieh sie uns, nachdem wir erklärten, wofür wir sie brauchten. Sie wissen ja, daß kein Soziologe sie irgendeiner bekannten Kultur zuordnen konnte, aber ich, der Physiker, scheine das Problem gelöst zu haben.

Morgen werde ich Ihnen zeigen, weshalb ich glaube, daß diese Statue ein Fremdling in einem Zeitumkehrfeld ist. Ich möchte Sie und die Statue nämlich in ein solches Feld bringen, um die eigene Zeit – hm –, also die Ihre, auszuschließen, damit Sie deren Gedanken lesen können.«

Am nächsten Morgen um zehn Uhr gingen sie gemeinsam zur Ecke; Judy blieb zurück, und Larry drückte den Rufknopf für das Taxi. Zwei Minuten später war der Schweber mit dem gelb-schwarzen Rautenmuster da.

Larry stieg ein, und Judy griff nach seinem Arm. »Was ist denn los, Liebling?« fragte er.

»Ich habe Angst«, erwiderte sie, und das sah man ihrem Gesicht auch an. »Ich weiß doch gar nichts über diesen Mann . . . Glaubst du, daß alles in Ordnung ist?«

»Mit Jansky?«

»Nein, mit dieser Statue, diesem . . .«

Larry überlegte. »Schau mal, ich geh nur schnell hinüber und kläre mit Jansky ein paar Punkte. Ja?« Sie nickte. »Erstens, das Kontaktgerät ist nicht gefährlich. Ich benütze es selbst ja seit Jahren. Ich nehme nur die Erinnerungen einer anderen Person auf und kann mich also in sie ein wenig hineindenken. Aber diese Erinnerungen sind ziemlich gedämpft, so daß sie sich kaum von den meinen unterscheiden. Zweitens, meine Erfahrungen mit Delphinen haben mir doch viele Kenntnisse nichtmenschlicher Geister vermittelt. Stimmt doch, oder?«

»Ja, das ist richtig. Und nach Sitzungen mit Charley bist du ja immer besonders zu Streichen aufgelegt. Als du damals Mrs. Grafton hypnotisiertest und sie . . .«

»Ach was, Streiche habe ich von jeher geliefert. Und drittens, das Zeitfeld spielt gar keine Rolle. Das kannst du vergessen. Es muß ja nur das Feld um die Statue ausschalten. Und viertens, Jansky wird mein Leben ganz bestimmt niemals in Gefahr bringen; das weißt du doch. Okay?«

»Aber dieses Tiefseetauchen im vergangenen Sommer . . . Ja, ich weiß, das war meine Idee, weil ich glaubte, du würdest dann an den Bandersnatschi arbeiten. Nun, das wird eben jetzt ein entscheidender Test. Ja, ich mache mir noch immer Sorgen. Du weißt, daß ich diese Ahnungen habe . . .«

»Ja, klar . . . Ich rufe dich an, sobald es mir möglich ist.« Er schloß die Wagentür und wählte die Adresse der *Ucla*-Akademie.

## IV

»Mark kommt in einer Minute mit dem Kaffee«, sagte Dorcas Jansky. »Ich zeige Ihnen inzwischen, wie das Zeitumkehrfeld arbeitet.« Sie befanden sich in einem riesigen Raum; im Dach eingebaut waren zwei immense Elektroden, die sehr starke künstliche Blitze erzeugen können, um die Studenten zu beeindrucken. Doch Jansky hielt die Blitzemacher für unwichtig. »Wir haben diesen Teil des Gebäudes gemietet, weil wir eine gute Energiequelle brauchen«, erklärte er, »und für unsere Zwecke war er auch groß genug. Sehen Sie diese Drahtkonstruktion?«

»Natürlich.« Es war ein Würfel aus sehr feinem Maschendraht, der eine Klappe an einer Seite hatte. Auch Boden und Decke dieses Würfels bestanden aus dem gleichen Material. Einige Arbeiter überprüften große, sehr kompliziert aussehende Maschinen, die noch nicht mit dem Maschendrahtkäfig verbunden waren.

»Das Feld folgt der Oberfläche der Drahtkonstruktion. Der Draht selbst ist die Grenze zwischen der langsamen Innenzeit und der schnellen Außenzeit. Na, ich kann Ihnen sagen, wir hatten einigen Spaß daran, als wir das Ding machten! Wir glauben, das Feld um diesen Fremdling herum muß einige Mengeneinheiten höher oder dichter sein als unser eigenes. Man kann also nur mit der Methode, die wir benützen werden, feststellen, wie lange er schon in diesem Feld ist.«

»Vielleicht erfahren wir das aber auch niemals, weil er es selbst nicht weiß.«

»Das ist durchaus möglich. Larry, Sie werden also für sechs Stunden Außenzeit in diesem Feld sein. Das wird eine Sekunde Ihrer Zeit sein. Die Gedankenübertragung geschieht doch sofort, nicht wahr?«

»Nun, sofort ... Jedenfalls nimmt sie weniger als eine Sekunde in Anspruch. Bauen Sie alles nur auf und stellen Sie die Kontakte her, ehe Sie das Zeitfeld einschalten, dann bekomme ich seine Gedanken, sobald er zum Leben erwacht. Bis dahin erfahre ich natürlich nichts.« Bei den Delphinen, überlegte Larry, ist es ja auch nicht anders.

»Gut. Das wußte ich nicht ganz genau.« Mark brachte den Kaffee, und Jansky sagte ihm, wohin er ihn stellen sollte. Larry begrüßte diese Unterbrechung, denn plötzlich war ihm doch ein wenig mulmig zumute. Es war nicht ganz so schlimm wie vor der ersten Sitzung mit den Delphinen, doch es genügte. Und er wußte ja auch, daß seine Frau tatsächlich parapsychologische Anlagen hatte und ihre Ahnungen oft genug bestätigt wurden. Er war dankbar für den Kaffee.

»So, das hätten wir«, sagte Jansky, als er mit wenigen Schlukken seine Tasse geleert hatte. »Larry, wann haben Sie zum erstenmal bemerkt, daß Sie Telepath sind?«

»Im College. Ich war auf der Washburn University in Kansas, und eines Tages kam ein hohes Tier und veranstaltete für die ganze Schule einen Test auf Psi-Kräfte. Telepathie, ESP, PK, Vorauswissen, sogar eine Teleportationsprobe wurde gemacht, aber da war bei keinem was vorhanden. Judy war groß im Vorauswissen, wenn auch natürlich völlig ungeschult, aber ich war in Telepathie besser als alle übrigen. Dabei lernten wir uns kennen. Und dann entdeckten wir beide, daß wir eigentlich nichts anderes wollten als mal ein bißchen auf anderen Sternen einkaufen ...«

»Aber deshalb habt ihr doch sicher nicht geheiratet?«

»Nicht ausschließlich deshalb, aber es ist eine unwiderlegbare Tatsache, daß Ehen zwischen Telepathen außergewöhnlich gut sind.«

»Na, na«, meinte Jansky zweifelnd.

»Vielleicht wäre ich ein ganz guter Psychologe geworden, aber es ist wohl schon ein bißchen spät dafür. Ich hoffe, daß die *Lazy Eight III* auf Fahrt geht. Schließlich kann man doch die Kolonien nicht einfach im Stich lassen.«

Jansky füllte die beiden Tassen nach, und die Arbeiter schoben etwas durch die hohe Tür herein. Larry schaute ihnen zu. Jetzt fühlte er sich ganz entspannt.

»Sie mögen also Delphine, nicht wahr?« fragte Jansky unerwartet. »Warum?«

»Sie sind ein spaßiges Volk«, antwortete er. »Ich mag auch meinen Beruf sehr. Mein Vater wäre ja erstaunt, denn er glaubte, ich müsse Pfandleiher werden. Verstehen Sie, ich . . . He, ist sie das?«

Jansky drehte sich um. »Ja, das ist die See-Statue. Wollen wir sie mal aus der Nähe anschauen?«

Die Männer trugen die Statue in den Drahtkäfig und stellten sie unter einen der Kristall-Eisen-Helme der Kontaktmaschine. Die Füße mußten sie mit Holzkeilen sichern. Der andere Helm, unter dem Larry sitzen würde, war an einer Psychoanalystencouch befestigt.

Die Arbeiter verließen hintereinander den Käfig, und Larry stand an der Klappe und spähte hinein.

Die Oberfläche war ein makelloser Spiegel. Verrückt eigentlich. Auf die Art war die Statue gar nicht so leicht zu sehen, denn wenn sich das Auge an einem Punkt festklammerte, erfaßte es damit schon wieder verzerrte andere Eindrücke.

Die Statue war nicht einmal vier Fuß hoch, also nur etwas mehr als einen Meter, und schien ein gesichtsloser Kobold zu sein. Der dreieckige Höcker auf dem Rücken war eher stilisiert als realistisch, und der gesichtslose Kopf wirkte geradezu gespenstisch. Die Beine waren auf seltsame Art verbogen, und die Fersen ragten weit über die Knöchel hinaus. Die Arme hatten massive Micky-Maus-Hände und waren sehr dick und ziemlich kurz.

»Er ist bewaffnet«, bemerkte Larry etwas unbehaglich. »Er scheint sich auch zusammenzuducken.«

»Zusammenzuducken? Nein, dann schauen Sie mal genauer. Die Füße vor allem.«

Aber ein genauerer Blick machte das Zusammenducken irgendwie heimtückisch, drohend, so etwa, als belauere der Fremdling einen Feind oder ein Beutetier. Die Waffe, eine Art beringter Revolver mit zwei Läufen, aber ohne Kolben, war eine Drohung an sich. Sie sah nach Tod aus. Aber . . .

»Ich sehe, die Füße sind nicht gerade. Warum liegen sie nicht flach auf dem Boden auf?«

»Richtig!« rief Jansky begeistert. »Das war mein erster Gedanke, als ich das Bild der Statue sah. Warum er nicht richtig steht? Sollte oder konnte er auch nicht, denn er befindet sich im freien Fall.«

»Ja!« bestätigte Larry verblüfft. Die Statue war wirklich in einer fast fetalen Haltung, so etwa, wie sich ein gewichtloser Raumfahrer zusammenkauert.

»Und da wunderten sich die Archäologen darüber, wie der Künstler diese Spiegeloberfläche erreicht hatte«, fuhr Jansky fort. »Manche glaubten schon daran, irgendein Besucher aus dem Außenraum ließ sie hier zurück. Aber ich hatte gerade das Zeitfeld fertig, und da dachte ich, er sei vielleicht im Raum gewesen, als etwas danebenging. Vielleicht hatte er sich selbst in eine langsame Zeit versetzt, um auf seine Rettung zu warten. Aber die Retter kamen nie. So ging ich also nach Brasilia und redete so lange auf die Leute von UNCCE ein, bis sie mir erlaubten, meine Theorie auszuprobieren. Ich zielte also mit einem sehr winzigen Laserstrahl auf einen Finger . . .«

»Und was geschah?«

»Der Laser konnte nicht einmal den geringsten Eindruck auf der Oberfläche hinterlassen, und da glaubten sie's. Ich nahm also das Ding mit.«

Vorher hatte die Statue drohend ausgesehen; jetzt wirkte sie nur noch mitleiderregend . . .

»Können Sie ihn nicht aus dieser Haltung herausbringen?« fragte Larry.

Jansky schüttelte den Kopf. »Nein. Sehen Sie diesen etwas matten Buckel auf seinem Rücken?« Larry nickte, denn dieses mattere Dreieck war, da es von Spiegelflächen umgeben war, nicht zu übersehen. »Dieser Buckel ragt eine winzige Spur über das Feld hinaus. Ich denke, dort war einmal ein Schalter, an dem das Feld ein- und ausgeschaltet werden konnte. Vielleicht brannte er weg, als der Bursche da in dichtere Luftschichten kam, oder er ist auf dem Grund des Ozeans weggerostet. Und jetzt kann man den armen Kerl nicht mehr abschalten. Schlecht geplant«, meinte er verächtlich. »Aber jetzt scheinen sie fertig zu sein.«

Wieder war da dieses unbehagliche Gefühl. Ja, sie waren fertig, die Maschinen summten und glühten, die Zeiger an den Instrumenten spielten ein wenig über ihrer Normalmarke, und zwei vielfarbige Kabel liefen von der Kontaktmaschine zu den Helmen. Vier Arbeiter standen rauchend daneben und warteten.

Larry trank seinen Kaffee aus und ging in den Käfig. »Ich bin auch bereit«, erklärte er.

»Okay«, sagte Jansky und verließ den Käfig. Sofort schlossen zwei Arbeiter die Klappe mit langen Reißverschlüssen.

»Zwei Minuten noch zur Entspannung!« rief Larry heraus, und Jansky nickte.

Larry streckte sich auf der Couch aus. Kopf und Schultern befanden sich unter dem Kontakthelm. Er schloß die Augen. War er entspannt, war der Kontakt viel leichter herzustellen . . .

Judy Greenberg programmierte ihre Wohnung und ging. Larry kam ja doch erst spät abends zurück, und dann wollten vermutlich viele Leute einiges über den Kontakt erfahren. Inzwischen hatte sie einiges zu besorgen.

Der Verkehr war ungewöhnlich dicht. In Los Angeles war, wie überall über den Großstädten der Welt, jedem Lufttaxi eine bestimmte Höhe zugewiesen. Sie waren Senkrechtstarter und landeten ebenso senkrecht. Der Koordinator sorgte dafür, daß der Abstand nach allen Seiten so groß wie möglich blieb, aber diesmal betrug er kaum drei Meter. Judy fühlte sich ziemlich unbehaglich.

Das Taxi setzte sie in der Höhe des dreißigsten Stockwerkes auf dem durchsichtigen Fußgängerweg ab. Die Stadt führte gerade ein Reinigungsprogramm für die Gebäude durch, und der Erfolg war großartig: die von Alter und Schmutz geschwärzten Fassaden strahlten in jungfräulichem Weiß. Aber leider wurden nur immer die großen Eckhäuser gereinigt, was den Kontrast noch vergrößerte.

Sie dachte gerade über ihr Unbehagen nach, denn sie spürte, wie sich im Hintergrund ihres Geistes etwas verlangsamte und schließlich verschwand. Sie hatte doch gewußt, daß sich etwas ereignen würde, und es war so, als werde etwas aus ihr *herausgerissen*. Judy war fest entschlossen, sich davon nicht unterkriegen zu lassen. Sie betrat den nächsten Laden, um einzukaufen. In sechs Stunden würde Larry ja zurück sein.

»Zwei Minuten«, murmelte Jansky und legte den Schalter um.

Die Maschinen kamen auf Touren, bis sogar Jansky unbehaglich blinzelte, so hoch und schrill war das Sirren. Dann riß es plötzlich ab, und der Käfig war ein ungebrochener Spiegel.

Der Uhrmechanismus befand sich im Käfig. In ›einer Sekunde‹ würde er sich selbsttätig abschalten.

»Jetzt ist es 13.20 Uhr«, sagte Jansky. »Ich meine, um 19 Uhr müßten wir wieder zurückkommen.« Er verließ den Raum, ohne sich noch einmal umzuschauen.

Kzanol ließ den Draht fallen und drückte auf den Knopf in seiner Brust. Das Feld brauchte wohl einen Moment, bis es sich aufbaute, denn das Universum war plötzlich mit fliegenden Lichtstreifen durchsetzt.

Dann packte die Schwerkraft seinen Körper. Falls es noch andere Veränderungen in seinem persönlichen Universum gab, so bemerkte sie Kzanol nicht. Er wußte nur, daß der Boden unter ihm war und ihn etwas nach unten zog. Seine Beine konnte er so schnell gar nicht strecken, um sein Gleichgewicht zu behalten. Er meckerte und breitete beide Arme aus, um den Fall abzuschwächen.

Jansky kam als letzter an, genau um 19 Uhr, und hatte auf einem Teewagen einen großen Krug Bier stehen. Der Krug wurde auf den Tisch gestellt. Als Jansky an dem Drahtkäfig vorüberkam, verschwamm sein Umriß ein wenig. Vermutlich war die Drahtwand nicht ganz eben.

Ein etwa vierzigjähriger Mann mit einem blonden Indianerhaarschnitt war vor Jansky angekommen und machte sich selbst bekannt. »Ich bin Dr. Dale Snyder, Mr. Greenbergs Experimentalpsychologe. Ich möchte mit ihm sprechen, sobald er herauskommt. Sorgen Sie bitte dafür, daß ihm nichts zustößt.«

Das versprach Jansky gerne und erklärte Dr. Snyder auch, was er mit diesem Experiment zu erreichen und zu beweisen hoffte.

Um 19.20 Uhr blieb das Feld noch immer solid. »Vielleicht dauert es ein paar Sekunden länger«, vermutete Jansky. »Oder sogar ein paar Minuten, bis sich das Feld abbaut.«

Um 19.30 Uhr sagte er: »Ich hoffe, das fremde Zeitfeld hat das meine nicht verstärkt.«

Um 19.50 war kaum noch Bier da. Dr. Snyder machte ein sehr vorwurfsvolles Gesicht, und einer der Techniker redete ihm beruhigend zu. Jansky, dem jede diplomatische Ader fehlte, starrte den silberschimmernden Würfel an. Sein Anblick wirkte nicht gerade tröstlich.

Um 20 Uhr flackerte endlich der Würfel und wurde durchsichtig. Jansky und Snyder sprangen auf und taten einen Schrei der Erleichterung. Doch als Jansky nach innen spähte, lag die Figur außerhalb des Helmes auf der Nase.

Snyder runzelte die Brauen. Jansky hatte das Experiment sehr anschaulich beschrieben, und jetzt dachte der Psychologe darüber nach, ob das Gehirn des Fremden wohl in der Kugel sei; wenn nicht, wäre das Experiment ein Mißerfolg, denn selbst mit Delphinen konnte man in dieser Stellung nicht arbeiten. Die Stirn war ja nicht eigentlich der Sitz des Gehirnes, sondern eine Art widerstandsfähiger Ramme.

Larry Greenberg setzte sich auf. Er sah nicht gut aus. Die Augen wirkten glasig und schielten. Er versuchte aufzustehen. Er sieht aus, als sei er wahnsinnig, dachte Dorcas Jansky für sich und hoffte, Snyder könne seinen Gedanken nicht erraten, denn dieser schien sehr besorgt zu sein.

Mit einer rollenden Bewegung kam Larry auf die Beine, schien jedoch zu taumeln, fing sich wieder und tappte zum Rand zur Käfigklappe. Er ging wie auf rohen Eiern, bückte sich, aber so, daß er in die Knie ging und nicht den Rücken beugte, und hob etwas auf, das neben der umgefallenen Statue lag. Mit dem Ding in der Hand drehte sich Larry zu Jansky um.

Jansky tat einen Schrei. Er war blind! Und die Haut seines Gesichtes löste sich ab. Er warf die Arme über sein Gesicht, fühlte dasselbe an den Armen, und Angst peitschte seinen Rükken. Er rannte, bis er gegen die Wand prallte.

## V

Plötzlich war sie hellwach. Sie setzte sich abrupt auf, und ihre Augen suchten etwas in der Dunkelheit. Was? Sie tastete nach dem Lichtschalter, aber da fiel ihr ein, daß sie auf Larrys Bettseite lag. Dann knipste sie die Lampe an.

Wo war er nur? Sie hatte sich gegen 17 Uhr schlafen gelegt,

denn sie war ungeheuer erschöpft gewesen. Er mußte noch bei *Ucla* sein, und etwas war schiefgegangen. Sie fühlte es.

Sie konnte sich nicht an Einzelheiten erinnern, aber sie wußte, daß es ein Alptraum-Erlebnis gewesen war, das sie aus dem Schlaf gerissen hatte. Der Raum wirkte plötzlich ganz fremd, und sie konnte nicht wieder einschlafen. Die Schatten schienen schreckliche Ungeheuer zu sein.

Kzanol meckerte und breitete die Arme aus, um seinen Sturz abzubremsen. Dann wurde er wahnsinnig. Die Bilder bohrten sich in seine zur Abwehr geschlossenen Sinne. Er schien zu ertrinken, und wie ein Ertrinkender sortierte er die Eindrücke aus, bevor sie ihn töteten.

Am schlimmsten waren die Erinnerungen einer unbekannten Sklavenrasse; dieser Sklave nannte sich Larry Greenberg. Sie waren außerordentlich nachdrücklich. Wenn Kzanol nicht so viele Jahre damit verbracht hätte, über fremde Lebensformen zu herrschen, so daß man sich an deren Gedanken gewöhnte, hätte seine Persönlichkeit in ihnen untergehen müssen.

Mit einem ungeheuren Kraftakt gelang es ihm, den größten Teil des Greenberg-Geistes aus seinem Bewußtsein hinauszuwerfen. Die Übelkeit blieb aber. Sein Körper fühlte sich plötzlich seltsam, heiß und mißgestaltet an. Er versuchte die Augen zu öffnen, doch die Muskeln wollten nicht gehorchen. Dann mußte er wohl die richtige Kombination erraten haben, denn sein Auge öffnete sich; dann sogar ein zweites Mal! Er stöhnte, kniff es zu und machte es wieder auf. Auch das andere Auge ging auf, doch mit einer von der anderen getrennten Bewegung. Er hielt nun beide offen und sah an sich herab. Sein Körper war Larry Greenberg.

Er war vorgewarnt, und so tötete ihn der Schock nicht. Vorsichtig tastete sich Kzanol zu Greenbergs Geist vor. Er mußte vorsichtig sein und durfte ihn immer nur ein wenig anzapfen, damit er von dessen Erinnerungen nicht überschwemmt wurde. Das war ganz anders, als wenn man mit dem Verstärkerhelm arbeitete, denn *die Kraft* mußte man ganz anders dosieren. Aber dann war er überzeugt, er müsse teleportiert worden sein; oder ein Telepath hatte von ihm Besitz ergriffen; oder ein Ptavv hatte ihn in einen fremden Körper gebannt.

Langsam setzte er sich auf und bediente sich dabei der Reflexe Greenbergs, soweit er es wagen konnte, denn sie waren ihm noch zu fremd. Die beiden Augen verwirrten ihn, doch dann erkannte er, daß er in einem Käfig aus Maschendraht war. Draußen . . . Das war ein so schwerer Schock für Kzanol, daß er wieder irr wurde.

Vor dem Käfig waren weitere Sklaven, und sie hatten ähnliche Körper wie er selbst – im Augenblick wenigstens. Zwei kamen auf ihn zu. Er hatte sie nicht gefühlt. Er hatte *die Kraft* nicht mehr!

Ein Thrint wird ohne *Kraft* geboren. Es dauert mindestens zwei Thrint-Jahre, bis sich *die Kraft* entwickelt, ein weiteres Jahr, bis ein junger Thrint einem Sklaven etwas befehlen kann. In manchen Fällen entwickelt sich *die Kraft* nie, und ist der Thrint dann erwachsen und hat sie noch immer nicht, wird er zum Ptavv. Dann wird er rosafarbig tätowiert und als Sklave verkauft, wenn er nicht von seiner Familie heimlich umgebracht wird. Sehr heimlich. Wenn eine wohlhabende Familie einmal einen Ptavv produzierte, so ist das der beste Grund für eine saftige Erpressung.

Ein erwachsener Thrint, der *die Kraft* verliert, begeht manchmal in einem Krampfzustand Selbstmord; oder er läuft Amok und schlachtet alle Thrints oder Sklaven ab, die ihm über den Weg laufen. Oder er vergißt absichtlich, daß er je *die Kraft* besaß. Das ist eine Zwangshandlung. Der Verlust der *Kraft* ist weit schlimmer als Erblindung oder Ertaubung, demütigender als eine Kastration sogar. Wenn ein Mann seine Intelligenz verliert, aber die Erinnerung an den erlittenen Verlust behält, so mag es ihm gehen, wie es Kzanol ging; denn *die Kraft* ist das, was einen Thrint vom Tier unterscheidet.

Doch Kzanol hoffte noch immer. Er schaute den ankommenden Fremdlingen entgegen und befahl ihnen *Halt!* Nun, der Sinn arbeitete noch, jedoch die Sklaven blieben nicht stehen. Sie sahen ihn sogar an! Sie erkannten seine Schande, diese unterentwickelten pelzigen Weißfüße, die ihn als ihresgleichen zu betrachten schienen! Und er sah den Desintegrator, der neben Kzanols ausgestreckter Hand lag, aber jenes Kzanolkörpers, der verlassen dalag.

Er kam auf die Füße, aber fast wäre er auf das Gesicht gefallen. Es gelang ihm, trotz der ungewohnt niedrigen Schwerkraft zu gehen, sogar die Knie zu beugen, um den Desintegrator aufzuheben. Er mußte beide Hände dazu benützen, weil die Finger so winzig, dünn und zerbrechlich aussahen. Er richtete knurrend das Grabinstrument gegen die Fremden, dann rannte er – und prallte gegen die Drahtwand, taumelte zurück und grub ein Loch, durch das er zur Tür rennen konnte. Er hatte Greenberg durch die Öffnung gelassen. Und dann dachte er nur noch daran, zu rennen . . .

## VI

Unten waren grüne Lichter in weiten Abständen über dem Land zwischen den Städten verteilt. Man mußte sehr hoch fliegen, um zwei auf einmal zu sehen, und die meisten Wagen flogen so hoch, weil die Fahrer vorsichtig waren. Die Lichter waren Tankstellen. Die meisten Wagen brauchten nur zweimal jährlich eine Tankstelle aufzusuchen, aber man sah wenigstens über dem offenen Land, wo man Hilfe bekommen konnte, wenn man sie brauchte. Die meisten Menschen waren Stadtbewohner, und für Stadtbewohner war die Einsamkeit nicht gut.

Man konnte sogar neben einem grünen Licht landen, ohne daß man dann in einem Baum hing oder über einen Felsen stürzte.

Kzanol hielt sich von den großen Städten fern, auch von den grünen Lichtern. In seinem jetzigen Zustand hätte er keinen Sklaven ertragen. Als er den Raum, in dem er gewesen war, verlassen hatte, war er sofort zu seinem Volkswagenschweber auf dem Dach geeilt. Eigentlich hatte er ja gar kein Ziel, doch er stieg kerzengerade in die Höhe. Weil ihm nichts Besseres einfiel, wählte er als Bestimmungsort New York, denn er wußte, daß er, ehe er dort ankam, jederzeit umkehren und nach Kalifornien zurückkehren konnte. Nun brauchte er sich nicht mehr um den Wagen zu kümmern, außer er mußte einer Stadt ausweichen und den Gleiter manuell steuern.

Die grünen Landflächen glichen eher Inseln in einem Städtebrei als umgekehrt, doch die Städte vermied er. Wohin wollte er eigentlich fliehen? Sein ganzer Körper schmerzte ihn, obwohl Greenberg die Schmerzen wohl aus reiner Gewohnheit unbeachtet gelassen hätte. Seine Finger waren verkrampft und erschienen ihm zerbrechlich, und Greensberg Gedächtnis erklärte ihm auch einen Grund für einen der Schmerzen: er hatte sich den kleinen Finger der linken Hand verstaucht, und Greenberg hatte nicht einmal darauf geachtet. Kzanol wagte es kaum, seine

Hände zu benützen. Fünf Stunden lang saß er, und seine verkrampften Muskeln taten weh, und jetzt schmerzte auch noch das rechte Bein besonders, weil es ständig auf ein Pedal zu treten hatte. Und die Kleidung drückte und scheuerte.

Mitten in einem abgeholzten Wald in Arizona brachte er den Wagen zu Boden. Eiligst stieg er aus und riß sich die Kleider vom Leib. Jetzt war es schon besser. Er warf sie auf den Sitz neben dem seinen, denn vielleicht brauchte er sie noch einmal. Nachdem er wieder eingestiegen war, stellte er die Heizung an. Jetzt störte ihn das Material des Sitzes, doch das ließ sich schon leichter ertragen.

Da Greenberg in seinem Geist den Wagen steuerte, gewöhnte er sich allmählich an dessen Anwesenheit. Jetzt bereitete es ihm weder Unbehagen noch Angst, sich Greenbergs Erinnerungen zu bedienen. Der fremde Körper störte ihn schon mehr, und daß er *die Kraft* nicht mehr hatte, wollte er nicht akzeptieren. Er wollte überhaupt diesen Körper nicht akzeptieren, sondern den seinen zurück haben.

Ah, ja. Den Desintegrator hatte er fallengelassen, als er die Arme ausstreckte, um seinen Sturz abzufangen. Sein Körper würde so lange halten, bis er ihn zurückbekommen konnte, das war ihm aus Greenbergs Geist klar. Aber er hatte den eigenen, den Kzanol-Körper aus seiner Stasis herauszuholen. Dazu gehörte technologische Hilfe. Als Greenberg hatte er den matten Fleck an seinem Rücken entdeckt. Um mit all seinen Problemen fertig zu werden, brauchte er *die Kraft*. Aber wie sollte er sie wieder bekommen? Sein menschliches Gehirn hatte sie ja nicht.

Eine Chance hatte er. Die Menschen hatten ja die Raumfahrt, und daran erinnerte sich Kzanol/Greenberg. Armselig zwar, denn die Schiffe brauchten zehn Jahre und länger, um von einer bewohnten Welt zur anderen zu gelangen, viele Tage sogar, um die Außenplaneten des eigenen Sonnensystems zu erreichen. Aber Raumfahrt war es doch. Fände er das System 124, konnte er seinen Verstärkerhelm finden. Hoffentlich war es nahe genug. Und Greenberg hatte ja wenigstens eine Spur telepathischer Kraft.

Der Helm könnte dieses winzige Talent so verstärken, daß es annährernd *der Kraft* gliche . . .

Wo war er jetzt? Er mußte F 124 übersehen haben und war wohl rein zufällig mit dem Planeten Erde zusammengeprallt.

Wann und wo war er da gelandet? Konnte er den übersehenen Planeten innerhalb von Greenbergs Lebenszeit erreichen?

Greenbergs Körper hatte Hunger und Durst und verlangte nach einer Zigarette, denn es war 1.20 Uhr. Hunger und Durst konnte Kzanol verleugnen, denn ein Thrint würde sich selbst töten, äße er, bis er satt wäre; und tränke er ausreichend für seinen Durst, würde sein Vorratssack im Leib durchbrechen. Zigaretten hatte er. Also rauchte er, und er fand das gar nicht unangenehm, wenn er auch den Filter beinahe aufgegessen hätte.

Wo war er? Er ließ Greenbergs Erinnerungen an die Oberfläche steigen. Ah, Schule. Geschichte mit lausigen Noten. Das Rennen in den Raum. Mondbasen. Marsbasen. Der Belt und dessen Kolonisierung. Die Wirtschaftlichkeit des Asteroidengürtels. Ein geschlossener Asteroid. Übervölkerung der Erde. Gesetze zur Einschränkung der Fortpflanzung. Supermann-Wunschtraum. Sanktionen gegen den Belt, als es zum Streit um die Benutzung der Jupiter-Monde kam.

Allmählich erhielt Kzanol ein recht gutes Bild des Sonnensystems. Er befand sich auf dem dritten Planeten; er war binär. Also hatte er doch Glück gehabt.

UN-Sender auf dem Merkur. Mißerfolg der Sanktionen. Einschränkung der Belt-Autonomie. Industriekriege. Warum behandelte man den Belt als Schurken?

Egal. Der Belt suchte auf den Saturnringen nach Wasser. Saturnringe. Ringe!

»Autsch!« Kzanol warf das Zigarettenende weg und steckte sich den verbrannten Finger in den Mund.

F 124. Das muß also F 124 sein. Sieht aber nicht so aus. Ihn fror, also drehte er die Heizung auf.

Um halb zwei Uhr morgens stand Judy auf und ging aus. Dieses Alptraumgefühl war unerträglich geworden. Und Larry hatte nicht angerufen.

An der Ecke drückte sie auf den Taxiknopf. Zum Glück war jedes Taxi mit einem Telefon ausgerüstet, so daß sie die Adresse von *Ucla* Physics in den Zielcomputer eintasten konnte. Der Schweber stieg auf. Judy lehnte sich zurück. Sie war müde, doch schlafen konnte sie nicht.

*Ucla* war hell beleuchtet, schon um zu vermeiden, daß Schweber gegen diesen Turm stießen. Ein Stockwerk war jedoch noch heller als alle übrigen, und Judy vermutete den Grund dafür. Als das Schwebetaxi auf dem Balkon landete, sah sie noch mehr.

Das große Fahrzeug war eine Ambulanz mit großem Fassungsvermögen. Die kleinen Fahrzeuge daneben waren Polizeischweber, und dazwischen bewegten sich winzige Gestalten.

Automatisch zündete Kzanol seine letzte Zigarette an. War es normal, daß Mund und Kehle trocken und rauh waren? Nein, sagte seine Greenberg-Erinnerung, das kam vom übermäßigen Rauchen.

... Die Reifezeit würde kommen. Jeder hatte es eilig. Dad und Grandpa kamen spät und sehr müde nach Hause zurück, und die Sklaven hatten überhaupt niemals Ruhe. Tag und Nacht wurden Bäume gefällt und entrindet.

Ehe er alt genug war, um zu helfen, saß er unter den Sonnenblumen-Wächtern und sah zu, wie die Bäume gefällt wurden. Diese Mpulbäume waren kerzengerade und hatten eine riesige grüne Blume ganz oben an der Spitze, und unten hatten sie eine lange Pfahlwurzel. War der Baum gefällt, wurden Blume, Rinde und Wurzel entfernt, dann kamen die Stämme in die Sonne hinaus, die nun nichts anderes mehr waren als feste Raketenkerne, denn unter der weichen Rinde befand sich eine dünne Eisenkristallhaut. Diese Raketenkerne wurden in Schiffen, die von anderen solchen Raketenkernen angetrieben wurden, an weitere zivilisierte Welten geliefert.

Natürlich wurden immer wieder Proben gemacht; dann spannte man einen Baum in den Testblock, und Großvater und Vater standen dabei und machten Gesichter, als hätten sie einen sauren Gnal im Mund. Beim geringsten Anzeichen für mindere Qualität des Probestammes wurde die ganze Ernte zurückgewiesen. Die kleinen Tnuctip-Techniker kamen sich wichtig vor mit ihren Instrumenten. Es waren kleine, sehr intelligente Tiere. Aus an sich wertlosen Mpulbäumen hatten sie nämlich die Stagebäume entwickelt, sie hatten auch die Sonnenblumen gezüchtet, die das Haus bewachten; eine Hecke aus vier Meter hohen Stämmen, deren Spitzen mit Silberspiegeln ausgerüstet waren, konzentrierten das Sonnenlicht auf die photosynthetischen Knötchen, oder sie wendeten sich konzentriert gegen angreifende Feinde. Und die Tnuctipun hatten auch die riesigen, verstandlosen Weißfüße entwickelt, die Hefefresser, von denen sich die ganzen Familien und auch die fleischfressenden Tnuctipun selbst ernährten. Man hatte ihnen deshalb auch größere Freiheiten eingeräumt als anderen Sklavenrassen, weil sie mehr Verstand hatten als diese. Wenn dann der Probeschuß gut gelungen und die Welt vom Dröhnen der Baumrakete erschüttert war, lächelten Vater und Großvater vor Befriedigung. Kzanol fürchtete jedoch immer, dieses Getöse könne seine Welt zu einer schnelleren Drehung zwingen.

Kzanol/Greenberg streifte die Asche von der letzten Zigarette. Wo im Universum befand er sich jetzt? Er mußte jedenfalls zu einem Raumhafen gelangen, denn er brauchte den Verstärkerhelm. Später konnte er herausfinden, ob es auf F 124 schon lange diese Fremdlinge gab. Warum glaubten sie eigentlich, sie seien schon länger da, als es möglich war? Er startete den Schweber und programmierte ihn für Topeka, Kansas.

Ich muß sowieso ein Schiff stehlen, überlegte er. Möglichst ein bewaffnetes Schiff, denn diese Raumsektion hatte ja keine Gesetze, da sie nicht von Thrintun bewohnt war. In der Nähe von Topeka gab es einen Militärraumhafen.

Moment. Das konnte doch nicht F 124 sein, denn es gab zu viele Planeten. F 124 hatte nur acht, und da waren neun. Und der Asteroidengürtel von F 124 war doch viel, viel dicker. Der Mond hatte übrigens, wie er sich erinnerte, eine leichte Rotation. Also war er im falschen Sonnensystem!

Zufall. Kzanol lachte. Und welch ein Zufall! Der bewohnbare Planet, der beringte Planet, die genau richtige Größe der Welten . . . Übrigens war er der einzige Thrint, der je zwei Sklavenplaneten entdeckt hatte. Er würde also der Reichste in der ganzen Galaxis sein! Das war ihm jetzt allerdings gleichgültig, denn er brauchte erst die Karte. Und den Verstärkerhelm.

## VII

Judy war nahe daran, durchzudrehen. »Aber können Sie denn gar nichts sagen?« fragte sie immer wieder. Der Geduldsfaden von Polizeichef Lloyd Masney wurde allmählich sehr dünn.

»Mrs. Greenberg«, sagte er nachdrücklich, »Sie wissen, daß Dr. Jansky in diesem Moment Augen und Gesicht ersetzt bekommt, ebenso einen großen Hautlappen auf seinem Rücken, der fast bis zum Rückgrat nacktes Fleisch ist. Die anderen sind auch kaum besser dran. Dr. Snyder hat zwar keine Augenverletzung aber der Teil seines Gesichtes, den er nicht mit den Händen abdecken konnte, muß ersetzt werden, natürlich auch die Haut der Innenhand und ein Teil seines Rückens. Knudsens Rückenmark und einige Rippen lagen bloß. Der Autodoc läßt nicht mal die Polizei an ihn heran – höchstens an Mr. Trimonti. Ihm wird ein Teil der Schädeldecke am Hinterkopf ersetzt. Er hatte einen schweren Schock, ist unter örtlicher Betäubung, und Sie dürfen ihn auf gar keinen Fall stören! Sie kriegen schon die Niederschrift unserer Vernehmung, sobald wir sie haben. Inzwischen kann ich Ihnen wohl eine Tasse Kaffee anbieten?«

»Ja, vielen Dank«, antwortete Judy. Sie war dankbar, daß man ihr die Möglichkeit gab, sich selbst wieder in die Hand zu bekommen. Während sie an ihrer Tasse nippte, musterte sie den Polizeichef unauffällig.

Er war ein stämmiger Mann, der ging, als habe er schlechte Füße; kein Wunder, denn im Verhältnis zu seinem übrigen Körper waren Hände und Füße unverhältnismäßig klein. Sein weißes Haar war glatt, seine Haut ziemlich dunkel. Auch sein Schnurrbart war weiß, und er war etwa so ungeduldig wie sie selbst. Er lehnte an der einen Sesselarmstütze und ließ die Beine über die andere hängen.

»Haben Sie eine Ahnung, wo er jetzt ist?« fragte sie.

»Natürlich. Er hat eben in einer Höhe von neuntausend Fuß die Grenze Kansas-Colorado überflogen. Ich denke, er weiß nicht, wie er seinen Lizenzsender ausschalten kann, oder es ist ihm auch egal.«

»Vielleicht mag er Städte nicht«, sagte der alte Mann in der Ecke, von dem Judy geglaubt hatte, er schliefe. Er hieß Lucas Garner und gehörte der UN-Truppe an. Masney erklärte, was er gemeint hatte.

»Sehen Sie, wir sagen es ja nicht, daß unsere Grenzbeobachtungsposten in den Städten sitzen. Wenn er also die Städte absichtlich umfliegt, dann weiß er auch, wie er den Sender ausschalten muß, so daß wir ihm nicht folgen können. Luke, hast du einen besonderen Grund dafür, zu meinen, daß er Städte nicht mag?«

Luke nickte. Sein Gesicht war verrunzelt wie ein vorjähriger Apfel. Er saß mit einer Würde auf dem Klappstuhl, als sei dieser ein Panzerwagen. »Seit Jahren hab' ich so was erwartet«, sagte er. »Lloyd, du erinnerst dich doch, als die Fortpflanzungsgesetze in Kraft traten? Ich sagte dir, da gäbe es eine Menge mörderischer Irrer, die Junggesellen umzubringen versuchten, weil sie eine Kinderlizenz erhalten hatten. Und genauso kam es auch. Das ist ein ähnlicher Fall. Ich dachte allerdings, es würde auf Jinx passieren, aber dann ging es eben hier los.«

»Larry Greenberg hält sich für einen Außenweltler.«

Judy war verblüfft. »Aber . . . das hat er noch nie getan!« wandte sie ein.

»Nein. Hat er nicht. Er hat mit Menschen und Delphinen gearbeitet, und jetzt sieht er sich einer Sache gegenüber, der er sich nicht gewachsen fühlt. Ich habe eine Ahnung, was es ist, und ich würde meinen Stuhl dafür geben, wenn ich wüßte, ob das stimmt.«

»Mrs. Greenberg, ist Ihr Mann je gebeten worden, den Geist eines Telepathen zu lesen?«

Judy schüttelte den Kopf.

»So«, sagte Garner und schien einschlafen zu wollen. Seine Hände waren riesig und braun gefleckt, und er hatte die Schultern eines Hufschmiedes. Garner sah fast wie ein nackter Affe aus. Er zog heftig an seiner Zigarette und blies Rauchwolken von sich. »Lloyds Leute kamen ungefähr fünfzehn Minuten nach Larry Greenbergs Flucht hierher. Trimonti rief die Cops, aber sonst konnte sich keiner rühren. Lloyd selbst war in weiteren zehn Minuten da. Als sie die Wunden sahen, riefen sie mich in Brüssel an. Wissen Sie, ich gehöre der Technischen Polizei der UN an. Es bestand die Möglichkeit, daß die Waffe, die diese Wunden verursacht hatte, unschädlich gemacht werden mußte, und auf jeden Fall mußte man der Sache nachgehen. Mein Hauptinteresse galt also der Waffe. Haben Sie je von Buck Rogers gehört? Nein? Wirklich schade. Dann möchte ich nur erklären, daß unsere gegenwärtige Technologie eine solche Waffe nicht kennt. Sie zerstört nämlich die Materie nicht, und das ist irgendwie tröstlich. Es ist viel schwieriger, ein Naturgesetz umzuschreiben, als eine einzige Erdnuß zu essen. Die Waffe *zerstreut* die Materie nämlich nur. Im ganzen Raum fanden Lloyds Männer Spuren von Blut, Fleisch und Knochen als schmierigen Belag, aber es sind so winzige Klümpchen, daß man sie überhaupt nicht sehen kann.«

Trimontis Aussage war wie von Gott geschickt. »Die See-

Statue ließ offensichtlich die Waffe fallen, und Greenberg benützte sie. Warum?«

»Luke, faß dich kurz«, mahnte Masney.

»Okay. Ich bin ja schon soweit. Der Kontakthelm ist eine sehr komplizierte psionische Angelegenheit. Die Psychologen denken darüber nach, warum die Kontaktleute nicht verwirrter werden, wenn fremde Erinnerungen auf sie einstürmen. Meistens gibt es ein paar Minuten der Verwirrung, und dann glätten sich die Wogen wieder. Sie sagen, weil die anderen Erinnerungen wirr und schwach sind, aber das ist nur die halbe Antwort. Das kann sogar das Resultat sein, nicht die Ursache.

Man stelle sich vor: Zwei Männer sitzen unter einem Kristall-Eisenhelm, und wenn einer aufsteht, hat er zwei komplette Erinnerungssätze. Welcher ist nun sein eigener? Der eine Satz gehört zu einem anderen Körper als dem, in dem er sich befindet. Noch wichtiger: ein Satz erinnert sich, daß er Telepath ist, der andere aber nicht! Ein Satz erinnert sich, unter dem Kontakthelm gesessen zu haben mit dem Vorauswissen, daß er, wenn er aufsteht, zwei Erinnerungssätze haben wird.

Natürlich wird sich der Kontaktmann so benehmen, als sei nur einer der beiden Erinnerungssätze sein eigener. Er benützt auch dann, wenn er zehn solcher Sätze hat, automatisch seinen eigenen.

Gut. Sagen wir, die See-Statue sei ein Telepath, ein voller, der jeden Geist lesen kann, wenn er will. Plötzlich ist nichts mehr da. Greenberg wacht mit zwei Erinnerungssätzen auf. Der eine erinnert sich, daß er Hunderte von anderen Geistern, vielleicht Tausende gelesen hat. Klar?«

»Ja, natürlich«, antwortet Judy. »Ich warnte ihn, daß so etwas passieren könnte. Aber was können wir tun?«

»Wenn er jetzt nicht bald über eine Stadt fliegt, müssen wir ihn abfangen. Hoffentlich kommt Snyder bald wieder zu sich und heraus aus dem Autodoktor.«

## VIII

Kzanol lenkte den Wagen eine halbe Stunde später wieder nach unten. Woher kam wohl das Gefühl, Sand in den Augen zu haben? Er bekam Angst, als er das Bewußtsein zu verlieren glaubte. Dann sagte ihm sein Greenberg-Gedächtnis, er sei nur schläfrig.

Kzanol gewöhnte sich allmählich an die Demütigungen, die ihm von Greenbergs Körper zugefügt wurden. Er setzte also den Schweber in ein frisch gepflügtes Feld und schlief.

Beim Morgengrauen erwachte er und stieg sofort wieder auf. Unglaublich, aber allmählich genoß er die Sache. Große und kleine Städte umflog er noch immer vorsichtig, aber das Land erweckte seine Aufmerksamkeit. Die Felder mit Korn und Alfafagras waren klein und sahen wie Schachbrettfelder aus. Die Bäume interessierten ihn besonders, weil sie keine einzelnen Blumen, sondern nur unförmige grüne Wolken hatten. Manchmal krochen Bäume auch am Boden dahin, als fürchteten sie den Himmel. Vielleicht waren die Winde dieser Welt gefährlich, weil kaum ein Baum richtig gerade wuchs. Sie waren auf merkwürdige Art sehr schön, wenn auch Greenbergs Gedächtnis wenig darüber wußte, da er ja ein Mann der Städte war. Er flog tiefer, über Häuser mit spitzen Dächern, denn die Architektur war für ihn neu. Und eindrucksvoll – für Kzanol.

Er war glücklich wie ein Tourist. Sicher, er hatte Hunger und Durst und brauchte Zigaretten oder einen Gnal. Das waren aber nur kleine Unbehaglichkeiten, denn er war ein Thrint und wußte, daß ein Gnal zu einem tödlichen Gift werden konnte. Greenberg hatte die fixe Idee, er könne jederzeit mit dem Rauchen aufhören, und das glaubte er ihm. Normalerweise glaubte er alles, was er in Greenbergs Gedächtnis fand.

Nach zwei Stunden ließ die Begeisterung ein wenig nach, weil er keine Ahnung hatte, in welchem Raumsektor er sich befand. Doch die Lösung sah er sofort: Die Staatsbibliothek von Topeka. Dort mußte er wohl auch Teleskope finden, mit denen er Planeten erkennen konnte, die um andere Sonnen kreisten, und Roboter finden, die ihm alle nötigen Unterlagen verschafften. Falls das System F 124 bis jetzt noch nicht entdeckt worden sein sollte, lag es außerhalb der Reichweite terranischer Schiffe, doch dann konnte er sowieso leichten Herzens Selbstmord begehen.

Eigentlich erstaunlich, wie sehr sich F 124 und das Sonnensystem ähnelten. Es gab zwei bewohnbare binäre dritte, den riesigen fünften Planeten, den Asteroidengürtel, der in seiner Position, vielleicht sogar auch in seiner Dichte dem anderen glich, und jedenfalls waren die ersten acht Planeten beider Systeme, sogar der beringte sechste, zu ähnlich, um wahr zu sein.

Oh, daß ihm *die Kraft* fehlte! Kzanol/Greenberg seufzte. Er glaubte es einfach nicht! Aber mit einem Mal war er sehr müde. Thrintun war sehr weit entfernt und lag in einer ihm unbekannten Richtung. Hätte er den Verstärkerhelm und seine andere Ausrüstung, *die Kraft* und seinen eigenen Körper, dann wüßte er wenigstens, was er jetzt tun sollte.

In der Ferne sah er eine Stadt. Er steuerte sie direkt an, denn das mußte Topeka sein. Er legte seinen Kopf in die Armbeuge. Seine ganze Energie war aus ihm herausgeronnen.

Es mußte das System F 124 sein, wenn es auch kaum möglich erschien. Pluto befand sich in einer Art Rumpelkammer des Sonnensystems und hatte eine ziemlich verrückte Umlaufbahn, und die Größe stimmte mathematisch auch nicht. Vielleicht hatte die Sonne ihn einmal lange, sehr lange vor seiner Zeitrechnung eingefangen? Und doch, wie unwahrscheinlich . . .

Kzanol hatte Angst. Er wußte genau, daß er mindestens dreihundert Jahre alt war. Der Vorsitz der Intelligenzler hatte ihm dreihundert Jahre für seine Reise bewilligt, und damit verbrauchte er nur die halbe Schiffsenergie. Er konnte aber sehr viel länger begraben gewesen sein.

Pluto? Was war dann mit der Sklavenrasse, die in diesem System lebte, wo es doch nur Weißfüße geben sollte, die sich aus dem Hefe-Ozean ernährten? Da er es nicht erklären konnte, ließ er dieses Thema fallen.

Nein, der Asteroidengürtel war etwas dünner. Natürlich wurde er mit der Zeit dünner, weil der Sonnenwind und der Druck der Photonen kleine Partikel in den tiefen Raum hinaustrieben, und die am verrücktesten herumkurvenden Asteroiden knallten schon einmal mit einem anderen zusammen und brachen auseinander; oder die Lufthülle der Erde, die doch weiter reichen mußte, als er angenommen hatte, nagte an ihrer Materie. Hundert Jahre lang? Tausend? Oder Tausende?

Da wußte er es plötzlich.

Er hatte sich am Grund der See befunden, während das Sonnensystem einen neuen Planeten einfing und ein Drittel des Asteroidengürtels einbüßte, und die Hefe-Ozeane mußten umgekippt sein, um sich wieder und immer wieder zu wandeln, bis die Hefe schließlich zu Gras und Fisch wurde, der am Ende auf zwei Beinen ging, wie es ein Thrint tat.

Zwei Milliarden Jahre vielleicht, denn eine genügte dafür sicher nicht.

Er schlang die Arme um beide Knie, als wolle er seinen Kopf zwischen ihnen vergraben. Ein Thrint hätte das nicht tun können. Nicht das ängstigte ihn, daß so viel Zeit vergangen war, sondern daß vermutlich seine eigene Rasse nicht mehr war, daß all das geschwunden sein mußte, was er geliebt und gekannt hatte. Die Welt Thrintun und die Thrint als Spezies lagen weit in der Vergangenheit, und gab es die Welt doch noch, so mußte die Erde sie vor vielen Jahrhunderten kolonisiert haben. Er war also der letzte Thrint.

Trotzdem konnte er sich wie ein wahrer Thrint benehmen.

Der Wagen hing über der Stadt. Wo mochte der Raumhafen sein? Wie kam er zu einem Schiff? Greenberg hatte leider keine Erfahrung darin, ein Raumschiff zu stehlen.

Er fühlte, wie sein Schweber unter seinen Fingerspitzen zitterte, unter den sensiblen Greenberg-Fingern, und er wußte, daß hier ein Geräusch war, das weit über der für seine Ohren aufnehmbaren Frequenz lag. Was ging hier vor? Jedenfalls zog er es vor, zu schlafen. Der Wagen senkte sich.

## IX

»Dauernd stecken sie mich in den hintersten Flugzeugwinkel«, beklagte sich Garner, doch leider zeigte Lloyd Masney kein Mitleid.

»Du hast sowieso Glück, daß du nicht im Frachtabteil verstaut wirst«, erklärte er, »wenn du schon deinen Stuhl nicht verlassen willst.«

»Ist doch wahr, ich bin doch auch sozusagen verkrüppelt. Zweimal am Tag zehn Schritte – das bringt mich um. Mein Rückgrat . . . Es dauert noch mindestens ein Jahr, bis ich wieder in die Stadt und zurücklaufen kann. Deshalb reist mein Stuhl auch immer mit mir, nicht ich mit ihm.«

»Wie alt bist du eigentlich, Luke?«

»Nächsten April hundertsiebzig. Aber die Jahre, mein lieber Lloyd, werden nicht kürzer, auch wenn die Leute das meinen. Warum muß ich hinten sitzen? Ich werde immer ganz nervös, wenn ich sehe, wie die Tragflächen vom Wind rotglühend werden.«

Judy Greenberg kam aus dem Ruheraum und setzte sich zu

Lloyd. Um es Luke in seinem Stuhl bequem zu machen, hatte man zwei normale Sitze entfernt, und er saß in der gleichen Reihe auf der anderen Seite des Mittelganges. Judy hatte sich ganz gut erholt und sah aus, als komme sie eben aus einem Schönheitssalon. Schaute man nicht ganz genau hin, wirkte ihr Gesicht ruhig, aber Garner, der alte Weise, bemerkte die Spannung in ihr; er hatte seine eigene Art, die Gedanken der Menschen zu lesen. »In einer halben Stunde landen wir«, murmelte er vor sich hin. »Greenberg wird friedlich schlafen, wenn wir hinkommen.«

Kzanol wachte hustend und spuckend auf, er würgte und keuchte, denn ein Ammoniakgeruch war ihm zuwider. Er befahl dem ersten Sklaven, den er sah, sich selbst zu entleiben, doch der tat es nicht, sondern lächelte ihn freundlich an. »Liebling«, sagte dieser Sklave, »ist mit dir auch alles in Ordnung?« Das Lächeln war eine Lüge, der kleine Sklave sah angestrengt drein.

Alles fiel ihm wieder ein. Es war wie ein Sturzbach. Das war doch Judy . . . »Klar, Süße, mir geht es gut. Würdest du bitte einen Augenblick entschuldigen? Die Leute hier wollen mich was fragen.«

Sie stand auf und ging. Kzanol wartete, bis die Tür geschlossen war. »Sie«, sagte er zu dem Mann im Klappstuhl, der sehr alt aussah und offensichtlich am meisten zu bestimmen hatte. »Warum haben Sie Judy mit in die Sache hereingezogen?«

»Ich hoffte, sie würde Ihr Gedächtnis anregen. Hat sie das getan?«

»Mein Gedächtnis ist absolut in Ordnung. Ich weiß sogar, daß Judy eine vernünftige Frauensperson ist, und der Gedanke, daß ich nicht Larry Greenberg bin, wäre für sie ein großer Schock. Deshalb schickte ich sie weg.«

»Gut. Ihre Frauen sind also nicht so vernünftig?«

»Nein. Und nicht so gefühlvoll. Eine gefühlvolle Gefährtin muß sehr merkwürdig sein . . . Aber wie habt ihr mich auf den Boden geholt?«

Der alte Mann zuckte die Achseln. »War doch einfach. Wir schicken Sie mit einem sonischen Impuls schlafen, dann übernahmen wir Ihren Autopiloten. Das einzige Risiko war, daß der Schweber auf Handsteuerung sein könnte. Im übrigen heiße ich Garner, und der hier ist Masney.«

Kzanol gab keinen Kommentar dazu. Er sah, daß Masney ein sehr breiter, massiger Mann war, der fast zwei Meter hoch war, aber durch seine Breite kleiner wirkte. Seine Eßfäden, oder was immer das weiße Zeug war, hatten dieselbe Farbe wie sein Haar auf dem Kopf. Jedenfalls musterte dieses Wesen Kzanol etwa so, wie ein neuer Biologiestudent ein präpariertes Schaf.

»Greenberg, warum haben Sie das getan?« fragte er.

Kzanol gab keine Antwort.

»Jansky hat beide Augen verloren und den größten Teil seines Gesichtes. Knudsen wird mindestens ein Jahr lang ein Invalide sein. Sie haben sein Rückenmark verletzt. Damit.« Er zog den Desintegrator aus einer Schublade. »Warum? Glauben Sie, damit seien Sie der König der ganzen Welt? Das ist doch dumm. Es ist ja nur eine Handwaffe.«

»Nicht einmal das«, erklärte Kzanol. Es fiel ihm leicht, englisch zu sprechen. Er brauchte sich dazu nur zu entspannen. »Das ist ein Grab- und Schneidewerkzeug, das man auch zum Formen benützt. Nicht mehr.«

»Greenberg«, flüsterte Masney, als fürchte er die Antwort, »wer glauben Sie, daß Sie sind?«

Kzanol versuchte es ihm klarzumachen, denn an die menschlichen Sprechwerkzeuge war er noch nicht gewöhnt, und so erstickte er fast an den Worten. »Ich bin nicht Greenberg . . . kein Sklave. Nicht menschlich.«

»Was dann?«

Kzanol rieb sich die Kehle und schüttelte den Kopf.

»Okay. Also, wie arbeitet dieses Werkzeug?«

»Man drückt auf den kleinen Knopf, dann entfernt das Gerät das Oberflächenmaterial.«

»Das meinte ich nicht.«

»Oh . . . Nun, damit wird sozusagen die Ladung des Elektrons neutralisiert. So ungefähr wenigstens. Was in den Strahl kommt, reißt sich selbst auseinander. Große Geräte benützen wir dazu, um Berge zu formen. Ja, das taten wir«, flüsterte er, denn der Hals schien ihn wieder zu schmerzen.

»Wie lange waren Sie unter Wasser?« wollte Garner wissen.

»Zwischen einer und zwei Milliarden Jahre. Ihre Jahre unterscheiden sich nicht sehr viel von den unseren.«

»Dann ist Ihre Rasse wohl ausgestorben.«

»Ja . . . Wie, bei meiner *Kraft*, kam ich in diesen Körper? Greenberg dachte, das sei nur eine Telepathenmaschine.«

Garner nickte »Und Sie waren immer in diesem Körper. Die fremden Erinnerungen wurden nur Ihrem Geist aufgezwungen,

Greenberg. Das taten Sie seit Jahren bei den Delphinen, aber so hatte es Sie noch nie vorher gepackt. Was ist los mit Ihnen, Greenberg? Kommen Sie doch endlich wieder zu sich!«

Der Sklave im Klappstuhl machte keine Anstalten, sich selbst zu töten. »Sie«, sagte Kzanol/Greenberg langsam, »Weißfuß! Sie verkrüppelter, alter, abgenutzter Weißfuß mit fehlerhaften Sexualorganen! Mir brauchen Sie nicht zu sagen, wer ich bin, das weiß ich selbst!« In seinen Augenwinkeln formten sich Tränen, die ihm über die Wangen liefen, aber sein Gesicht blieb so ausdruckslos wie das eines Idioten.

Garner blinzelte. »Sie meinen also, Sie sind so ein Ungeheuer aus dem Außenraum? Quatsch. Das Thema gehört in den ersten Stock dieses Gebäudes. Er ist aber harmlos. Wenn wir ihn in die normale Zeit zurückbringen könnten, würde er den anderen einen Betrüger nennen . . . Später zeigen wir Ihnen den.«

»Was Sie sagen ist teilweise wahr. Natürlich bin ich sehr alt, aber was ist er? Ein Weißfuß, oder?«

»Und was ist ein Weißfuß, bitte schön?«

»Ein künstliches Tier, von den Tnuctipun als Fleischlieferant gezüchtet. Ein Weißfuß ist groß wie ein Dinosaurier und glatt und weiß wie ein Schmoo. Ja, den Schmoo sind sie sehr ähnlich. Man kann bis auf das Skelett alles von ihnen brauchen. Sie essen Nahrung, die so billig ist wie Luft. Sie sehen aus wie eine große Raupe, die nach einem Blatt greift. Der Mund ist vorne am Bauchfuß . . . Komisch . . . Garner, erinnern Sie sich an die Bilder von den Bandersnatschi von der zweiten Jinx-Expedition? Greenberg wollte doch eines Tages die Gedanken der Bandersnatschi lesen. Und Bandersnatschi sind Weißfüße. Sie haben keinen Geist.«

»Das dachte ich mir . . . Mensch, Sie dürfen aber nicht vergessen, daß sie zwei Milliarden Jahre Zeit hatten, einen Geist zu entwickeln.«

»Denen würde es nichts nützen, weil sie sich nicht verändern können. Sie wurden doch so konstruiert. Ein Weißfuß ist eine einzige große Zelle mit einem Chromosom, das so lang ist wie Ihr Arm und so dick wie Ihr kleiner Finger. Strahlung kann ihnen nichts anhaben, und das einzige, was man an ihnen verletzen könnte, wäre der Knospenapparat. Warum sollte man sie für intelligent halten?«

»Nun ja, der Bericht sagte, das Gehirn sei riesig und wiege soviel wie das eines dreijährigen Kindes.«

Kzanol/Greenberg lachte. »So wurden sie doch konstruiert! Das Weißfußgehirn hat einen wundervollen Geschmack, also wurde es von den Ingenieuren der Tnuctip vergrößert.«

»Und es hat sich wie ein menschliches Gehirn entwickelt.«

»Möglich. Und ein Tnuctip-Gehirn, ein Ghrint-Gehirn und so. Aber . . .«

Das Geheimnis der intelligenten Bandersnatschi störte ihn zwar, doch er hatte über wichtigere Dinge nachzudenken. Warum etwa, weshalb man ihn nicht gerettet hatte? Dreihundert Jahre, nachdem er auf den Panikknopf gedrückt hatte, mußte er auf die Erde geknallt sein wie der Zerstörerfluch der *Machtgeber*. Jemand auf dem Mond mußte das beobachtet haben. Oder war etwa der Beobachtungsposten auf dem Mond verlassen? Und warum?

»Vielleicht wurde die Mutation von etwas Größerem ausgelöst als einem kosmischen Strahl«, meinte Garner. »Ein Meteorsturm etwa, oder eine Maschinengewehrsalve?«

Kzanol/Greenberg schüttelte den Kopf. »Sonst noch Beweise?«

»Klar. Greenberg, was wissen Sie von Jinx?«

»Viel«, antwortete Kzanol/Greenberg. Larrys Wissen war da so umfassend wie das eines Kolonisten. Das Wort ›Jinx‹ löste eine ganze Gedankenfolge aus.

Mond des dritten Binärplaneten von Sirius A. Der Planet war ein orangenfarbener Riese, größer als Jupiter, auch viel wärmer. Jinx war sechsmal so groß wie die Erde und hatte eine Schwerkraft von 1.78, und eine Umdrehung um sich selbst dauerte mehr als vier Erdentage. Radioaktives Material fehlte völlig, und das war wichtig. Jinx war bis in die felsige Lithosphäre und halbwegs bis zum Mittelpunkt des Nickel-Eisen-Kernes solid.

Lange vor Kzanols Zeit war Jinx seinem Binär viel näher gewesen, so daß die Tiden die Rotation gebremst und ihn in eine Eiform gepreßt hatten. Später hatten ihn die gleichen Tiden weiter weg geschleudert. Jinx wurde trotzdem nicht mehr recht rund, und der Mond blieb eiförmig.

Jinx war also, sozusagen, ein Osterei, das durch verschiedene Oberflächendrücke mehrfarbene Bänder erhalten hatte.

Der Ozean war ein breiter Ring anscheinend sehr salzigen Wassers, das durch die Rotationspole lief. Die Regionen mit den Kolonisten nannte man ›Enden‹, und sie lagen etwa sechshundert Meilen ›über‹ dem Ozean, also sechshundert Meilen vom

Massenmittelpunkt des Mondes entfernt, da man die mittlere Entfernung des Binärs als Maßstab benützte. Diese ›Berge‹ ragten über die Atmosphäre hinaus. Auf den Fotos von der ersten Expedition waren sie knochenweiß gewesen und hatten schwarze Schatten aufgewiesen. Diese Schatten verschwanden mit zunehmender Entfernung von den ›Enden‹, und dort bildeten sich dann Wolken, die immer dichter wurden. Dafür sah man immer weniger von der grau-braunen ›Erde‹. Der Ozean lag ständig unter einem Band dünner Wolken. Es war etliche tausend Meilen breit. Auf Seehöhe war die Luft ungeheuer dicht und etwa 80° C heiß.

Die Kolonie Sirius Mater war auf dem Ostkontinent, dreitausend Meilen östlich des Ozeans, ein Dreieck kultivierten Landes und aufblasbarer Gebäude an der Gabelung von zwei Flüssen. Die ersten Kolonisten hatten einen Landeplatz mit hohem Oberflächendruck herausgesucht, da die dichtere Atmosphäre sie auch vor den großen Temperaturschwankungen zwischen den langen Tagen und Nächten schützte, auch vor der ultravioletten Strahlung des blauweißen Sirius A. Sirius Mater hatte nun eine Bevölkerung von mindestens zweihundert Leuten aller Altersklassen.

»Gut«, sagte Garner. »Dann brauchen wir ja nichts zu erklären. Kann ich mal das Telefon haben, Lloyd?«

Der Telefonschirm war riesig groß und bedeckte mehr als die halbe Wand. Luke wählte mit dreizehn schnellen Zeigefingerbewegungen, und sofort erschien eine schlanke junge Frau mit braunem, welligem Haar.

»Technologische Polizei, Datenbank«, meldete sie sich.

»Hier ist Lucas Garner.« Er hielt seine Identitätskarte vor die Kamera. »Ich möchte die Abteilung Bandersnatschi aus dem Jinx-Bericht von 2106.«

»Jawohl, Sir.« Die Frau verließ den Bildbereich.

Interessiert beugte sich Kzanol/Greenberg vorwärts. Der letzte Bericht von Jinx war erst vor zwei Monaten gekommen, und wenig war davon zur Veröffentlichung freigegeben. Er kannte nur Fotos von den Bandersnatschi, mehr nicht. Ob sie wohl wirklich Weißfüße waren?

Eigentlich spielte doch eine solche Kleinigkeit keine Rolle, denn das hätte er wissen müssen, das Masneys sonische Schlaftablette in ihrer Wirkung nachließ. Ohne Freunde, Heim und Körper war er übel dran. Aber erste Pflicht eines Gefangenen ist immer die Flucht: durch Betrug, Zusammenarbeit, Diebstahl und sogar Mord, egal wie. Wenn er diesen arroganten Sklaven vorflunkern könnte, daß er zu einer Zusammenarbeit bereit sei und willig Informationen gäbe . . . Weshalb die Fragen so wichtig waren, konnte er später entscheiden. Daß ein Weißfuß so intelligent sein könnte, traf ihn wie ein Schlag. Es war eine Beleidigung. Ob das wahr sein konnte?

»Mr. Garner«, sagte die zurückkehrende junge Frau lächelnd, »ich verbinde Sie jetzt mit Major Herkimer.« Das Bild löste sich auf, und zahllose bunte Lichtpunkte erschienen. Ein Maser-Strahl hatte neun Lichtjahre überbrückt, um das Bild zu bringen, das unterwegs ein wenig verzerrt wurde, weil Lichtwellen und Schwerkraftfelder darauf wirkten.

Major Herkimer, der ›Vater‹ der Kolonisten, hatte ein eckiges Gesicht und buschiges Haar, buschige Brauen und einen buschigen Bart. Seine Stimme wurde von den Interferenzen ein wenig vergröbert, aber er sprach klar und sehr gut artikuliert mit einem leichten Akzent.

» . . . mindestens für ein Jahrhundert eine gute Energiequelle, da alles, was sich aus *Lazy Eight I* und *II* herausholen hieß, einschließlich Fusionsanlage, hier verwendet wurde. Bis zum Frühjahr konnte wenig getan werden, und so erforschten wir nach allgemeiner Zustimmung die Ozeane. Sechs unserer besten Forscher flogen mit dem Schiff nach Westen. Ein Rundschiff ist nicht gerade ein gutes Flugzeug, aber wir hatten weniger Gewicht als bei der ersten Landung, und so ging es. Wir konnten praktisch überall auf jedem Stück Ebene landen. Nur . . . diese verdammte Sicht wurde immer schlechter . . .«

»Der Slang ist um nichts besser geworden«, bemerkte Garner leise. »Hören Sie das?«

»Ah, natürlich.«

Kzanol/Greenberg ärgerte sich über diese Unterbrechung, und das allein kennzeichnete ihn als Fremdling.

. . .» konnten überhaupt nichts mehr sehen. Das Licht vom Fusionsantrieb ließ uns den Boden nicht erkennen, bis wir höchstens 200 Fuß darüber waren. Wir landeten auf Jets an der Küste und ließen die Kameras laufen. Sofort waren wir von . . . diesen hier umgeben.«

Der Major hatte einen Sinn für Dramatik, denn bei diesen Worten schwenkte er zu einer sandigen, leicht abfallenden Küste. Der Sand im Vordergrund war eine schwarze, geschwungene Mauer, dahinter lag der Ozean. Er hatte keine Wellen. Das Wasser schien dick, grau und lebendig zu sein.

Etwas kroch ins Blickfeld, etwas Weißes, Massiges mit dikker, feuchter Haut. Das Tier hatte den Hals eines Brontosauriers ohne Kopf, doch der Hals war so breit wie die Schultern und lief ein wenig konisch zu. Die Spitze war dick und abgerundet und hatte nur zwei Büschel schwarzer, störrischer Haare. Das Tier blieb auf dem verbrannten Sand stehen oder liegen, und weitere tauchten aus dem Nebel auf. Die Kamera beschrieb einen Kreis, und überall waren diese Tiere, die wie Albino-Wale wirkten, die durch Sand schwammen.

Die runden Spitzen schwangen hin und her, die Haarbüschel bewegten sich. Das waren natürlich Sinnesorgane. Die Münder waren geschlossen und daher unsichtbar; das war bei Weißfüßen nicht normal, und Weißfüße waren es.

»Dieses Bild wurde in sichtbarem Licht mit langer Belichtungszeit aufgenommen, deshalb ist es etwas verschwommen. Für unsere Begriffe war es Nacht. Unser Biologe schaute sich die Biester an und taufte sie *Frumious Bandersnatch*, und wir haben jetzt den Namen wirklich in unserem verdammten Logbuch. Harlow ging in einer Art Rüstung hinaus und schoß eines von den Tieren, um es zu sezieren. Die übrigen rannten davon. Zum Glück hielt der Anzug Hitze und Druck aus.«

Das Bild zeigte den Tod des Tieres, dessen Spitze umkippte. »Sie laufen auf einem kriechfähigen Bauchfuß, und zwar sehr schnell. Doheny, der Biologe, behauptet, das Tier sei eine einzige große Zelle. Nerven sind den menschlichen in der Struktur ähnlich, haben aber keinen Zellkörper, keinen Zellkern und nichts, was sie von anderem Protoplasma trennt. Das Gehirn ist lang, schmal und in eine knochige Hülle gepackt; es liegt in der Spitze. Der Schädel ist das Ende einer starken, biegsamen, gelenklosen Knochenstruktur. Gott scheint diese Tiere nicht dazu erschaffen zu haben, jemals ihre Lage zu verändern. Der Mund liegt genau über dem Bauchfuß und taugt für nichts anderes als dafür, die Ozeanhefe aufzunehmen.«

Mansey und Garner schauten äußerst interessiert zu, als das Tier seziert wurde. Für sie war eine Autopsie nicht neu. Das Tier wurde umgedreht, das Maul geöffnet, man zeigte auch Gewebeschnitte. Das Tier hatte sechs Herzen, und jedes wog etwa elf Pfund. Links befanden sich merkwürdige Organe, die nur Kzanol/Greenberg als Knospen erkannte. Fasziniert sah er zu, wie der Schädel geöffnet wurde. Das Gehirn war grau und tief gefurcht und lag in einer Knochenrinne . . . Dann war der Major wieder im Bild.

»Der Ozean ist etwa einen Fuß tief und besteht aus einer bisher unbekannten Hefemasse. Die Herden bewegen sich am Strand entlang und nehmen ununterbrochen Nahrung auf. Der Strand ist aber, weiß Gott, keine verdammte Touristenattraktion. Es ist gespenstisch, wie dieses Viehzeug sich da bewegt. Doheny konnte die Sexorgane nicht finden, und er wollte noch ein paar Tiere sezieren, also gingen wir mit dem Kopter auf Suche, aber da konnten wir nicht ein einziges Tier schießen. Sie sind neugierig und haben keine Angst, aber kommt man mit dem Kopter, rennen sie, was das Zeug hält. Alle. Sie müssen entweder eine Sprache haben oder intelligent sein. Sie schienen immer genau zu wissen, wie weit unsere Waffen reichten, denn ein Tier stand immer gerade außerhalb der Reichweite auf Posten.

Am dritten Tag der Jagd wurde Doheny ungeduldig und landete den Kopter, um zu Fuß auf die Jagd zu gehen, aber er hatte den Kopter kaum verlassen, da walzte diesen ein Bandersnatsch zusammen, so daß Doheny zu Fuß zurückkehren mußte. Ein paar hundert Meilen weiter östlich fanden wir dann andere Formen von . . .«

Die Brünette schaltete ab. »Mr. Garner, ich habe noch einen weiteren Bericht über Bandersnatschi. Wollen Sie den auch haben?«

»Ja, aber erst später, bitte. Moment mal . . . Greenberg, waren das Weißfüße?«

»Ja, natürlich.«

»Sind das Telepathen?«

»Nein. Ich habe auch nie gehört, daß sie ein Fleischkonservenschiff beachten. Sie fressen nur immer weiter, bis sie tot sind.«

»Okay, Miß, wir sind wieder soweit.«

Wieder erschien das bärtige Gesicht auf dem Schirm. »Fünf Jinx-Tage später kehrten wir nach Sirius Mater zurück. Wir fanden, daß *Frumious Bandersnatch* schon vor uns angekommen war. Eines. Es mußte dreitausend Meilen ohne Hefe zurückgelegt haben und ohne andere verwertbare Nahrung, um unsere Niederlassung zu besuchen. Also muß es sich für Monate oder Jahre vollgestopft haben, um diese Reise zu überstehen.

Die Kolonisten ließen das Biest in Ruhe, und das war verdammt vernünftig, denn es kam auch nicht zu nahe. Jetzt war die Haut oder Zellenwand blau, wahrscheinlich als Schutz vor der Sonne. Zwei Stunden lang lief es in der Nordwest-Kulturzone herum, und der Vize Tays sagt, es war der verrückteste Tanz, den er je gesehen habe. Dann entfernte es sich in Richtung Ozean.

Wir hatten noch zwei Kopter und sahen dann die Spuren von oben. Hier sind Filme davon vorhanden. Ich denke, das ist eine Art Schrift. Doheny glaubt es mir aber nicht, denn die Bandersnatschi hätten keine Verwendung für Intelligenz, da sie nicht entwickelt werden kann. Natürlich hat der Bastard da ein gutes Argument, denn verglichen mit einem Bandersnatsch sieht ein Delphin am Strand wie ein Wunder aus. Würden Sie das bitte mal analysieren und uns wissen lassen, ob wir diese Welt vielleicht doch mit einer intelligenten Spezies teilen?«

»Die Maschinen konnten nichts damit anfangen«, erklärte Garner. »War vielleicht doch zu fremdartig.«

Auf dem Bildschirm kam eine Orgie von Farben, dann ein verwischtes, ausgefranstes Bild und schließlich erschienen Linien, die den Kriechspuren von Schnecken auf brauner Erde glichen; die Erde war mit geraden, breiten Linien durchpflügt, doch diese Linien waren breiter als die Zwischenräume und ziemlich tief; ein Kopter war darauf gelandet. Er sah wie eine Fliege auf einer Zeitungsseite aus.

Kzanol gurgelte und würgte. »Lassen Sie unseren Planeten sofort in Ruhe, denn im Vertrag . . . Den Rest kann ich nicht lesen, aber es ist die wissenschaftliche Sprache der Tnuctip. Kann ich etwas Wasser haben?«

»Natürlich«, antwortete Masney freundlich und deutete auf den Kühler. Kzanol/Greenberg stand auf und holte es sich.

Lloyd ging zu Garners Stuhl und sprach sehr leise mit ihm. »Luke, was soll das alles?« wollte er wissen.

»Neugier, sonst nichts. Lloyd, nur Ruhe bewahren. Dr. Snyder wird in einer Stunde hier sein, dann kann er weitermachen. Inzwischen kann uns Greenberg eine ganze Menge erzählen. Lloyd, das ist kein Mann, der nur unter Halluzinationen leidet. Warum reagiert er so heftig, wenn wir sagen, das Ding könnte Vernunft haben? Greenberg hält sich für einen Gefangenen von Außenweltlern, er meint, seine Rasse sei seit Milliarden von Jahren tot, und er habe seine Heimatwelt für immer verloren. Aber was interessiert ihn wirklich? *Frumious Bandersnatch.*

Haben Sie seinen Gesichtsausdruck gesehen, als die Sektion vorgeführt wurde?«

»Nein. Ich war selbst sehr interessiert.«

»Ich habe fast Angst, wenn ich daran denke, welche Informationen in Greenbergs Gehirn gespeichert sind. Verstehen Sie, daß Dr. Snyder vermutlich sein Leben lang diese Erinnerungen unterdrücken muß, um ihn zu heilen? Warum hat eine so hoch entwickelte Rasse wie die Tnuctipun, wie Greenberg sagt, für ›dessen‹ Rasse gearbeitet? Aus Gründen der Telepathie? Ich . . .«

»Das kann ich Ihnen schon sagen«, fiel ihm Kzanol/Greenberg ins Wort. Er hatte fünf Gläser Wasser getrunken, ohne Atem zu holen. Jetzt keuchte er.

»Sie haben aber gute Ohren«, stellte Masney fest.

»Nein. Ich habe telepathische Fähigkeiten, nur ein wenig. Es ist Greenbergs Talent, aber er glaubte nicht daran und benützte es daher auch nicht. Ich kann es schon, und vielleicht nützt es mir.«

»Warum haben also die Tnuctipun für Sie gearbeitet?« fragte Masney.

Die Frage beantwortete sich selbst. Alle im Raum schossen herum wie Fische an der Angel.

Es war kein Fall zu hören. Kzanol streckte die Arme aus und landete auf sechs Fingerspitzen wie einer, der Liegestützen macht. Dann stand er schon wieder auf den Beinen.

Wo waren denn alle? Wo war der Thrint oder Sklave, der ihn entlassen hatte? Er befand sich in einem leeren, häßlichen, fremdartigen Gebäude, die es nur auf Sklavenwelten gibt, ehe die Verwalter dort ankommen. Aber wie war er auf diese Welt gekommen, da er doch nach einem verlassenen Nahrungsplaneten gesucht hatte? Er hatte damit gerechnet, im Palast eines Verwalters zu sein. Wo waren alle? Er mußte jemanden fragen, was da vor sich ging.

Dann lauschte er.

Aus irgendeinem Grund hatten weder Menschen noch Thrintun Klappen über den Ohren ähnlich denen über den Augen, denn *die Kraft* der Thrintun ist viel besser geschützt. Kzanol brauchte seinen Geistschild nicht plötzlich herabzulassen. Wenn er es tat, hatte er dafür zu bezahlen.

Nirgendwo im Universum der Thrintun würde telepathischer Lärm solche Ausmaße annehmen. Die Sklavenwelten waren niemals so übervölkert, und in der Öffentlichkeit hatten die Thrintun ihre Barrieren sowieso oben.

Kzanol krümmte sich vor Schmerzen. Seine Reaktion war automatisch.

*Hör auf, an mich zu denken!* röhrte eine bellende Stimme aus der Menge von Topeka, Kansas.

## X

Tausende von Ärzten und Schwestern des psychiatrischen Krankenhauses Menninger hörten diesen Befehl. Hunderte von Patienten nahmen ihn sofort buchstäblich und für die Dauer auf. Jemand wurde irre, aber kuriert, andere fielen in Krämpfe, etliche, die früher harmlos gewesen waren, wurden jetzt gefährlich. Ein paar Ärzte wurden zu Patienten, aber nun kamen unzählige Fälle aus der Stadt herein, so daß die Lage kritisch wurde. Menninger war Meilen vom Hauptquartier der Polizei Topeka entfernt.

In dem kleinem Raum hörten plötzlich alle auf, sich zu bewegen, nur Kzanol/Greenberg nicht. Ihre Gesichter waren leer. Sie starrten wie Idioten vor sich hin.

Fast hörbar knallte Kzanol/Greenbergs Geistschild in die Höhe. Minutenlang röhrte ein entsetzlicher Lärm durch seinen Geist. Als er wieder zu denken vermochte, wagte er es nicht, seine Barrieren herabzulassen.

Es war ein Thrint auf der Erde . . .

Die Posten an der Tür hockten auf der Erde. Kzanol/Greenberg holte aus einer dunkelblauem Hemdtasche Zigaretten heraus und entzündete eine an einem Stummel zwischen Masneys Lippen an und ersparte diesem damit eine häßliche Brandwunde. Da saß er nun, rauchte und dachte über den anderen Thrint nach.

Eins: Der Thrint würde ihn als Sklaven sehen.

Zwei: Er, Kzanol, hatte einen Geistschild, der funktionierte. Das konnte den Thrint von seiner Identität überzeugen und auch davon, daß er ein Thrint in einem menschlichen Körper war. Nun, vielleicht auch nicht. Ob der andere Thrint wohl helfen würde? Oder hielt er Kzanol/Greenberg nur für einen Ptavv, also einen Thrint ohne *die Kraft?*

Es stimmte ja auch irgendwie, daß Kzanol/Greenberg ein Ptavv war. Also mußte er seinen eigenen Körper zurückbekommen, ehe der andere ihn fand.

An dieser Stelle hörte er auf, über den anderen Thrint nachzudenken, obwohl es noch genug Gründe gegeben hätte. Was tat dieser andere auf der Erde? Würde er sie als sein Eigentum betrachten? Oder würde er helfen? Gab es noch ein Thrintun? Und wenn, wie sahen die heutigen Thrint aus? Nun, er dachte lieber über den Neptun nach, wie er den erreichen könnte.

Er lauschte. Der Thrint hatte das Gebäude verlassen, und da dieser seine Barriere errichtet hatte, konnte er von ihm nichts mehr erfahren. Also beschäftigte er sich besser mit den Personen im Raum.

Sie erholten sich langsam. Er mußte sich sehr konzentrieren, da die Reichweite von Greenbergs Gehirn zu gering war. Garner war schon am weitesten gekommen, ihm folgte Masney.

Greenberg hatte wirklich einen besonderen Sinn für Streiche, genau wie die Delphine, und er hatte ihn sehr sorgfältig entwikkelt. Jetzt wandte er einen sogenannten Partytrick an.

Er bückte sich über Lloyd Masney. »Lloyd«, sagte er laut und im Befehlston, »konzentrieren Sie sich auf den Ton meiner Stimme. Sie hören nur den Ton. Ihre Lider werden schwer, sehr schwer. Ihre Finger werden müde, sehr müde. Sie werden schlaff. Die Augen wollen sich schließen . . .«

Masney reagierte großartig. Er leistete nicht den geringsten Widerstand.

Die Schwerkraft irritierte ihn. Nach ein paar Minuten war er schon erschöpft. Kzanol gab den Gedanken auf, weiterzugehen, obwohl ihn die Vorstellung, in einem Sklavenwagen fahren zu sollen, anwiderte.

Ich bin ja gar nicht stolz, sagte er zu sich selbst und kletterte in einen geparkten Cadillac. Dem Chauffeur mit dem strengen Mund befahl er, ihn zum nächsten Raumhafen zu bringen. Der Wagen vibrierte und hob ab.

Diese Sklaven waren viel größer als die durchschnittlichen vernünftigen Landbewohner. Kzanol hatte viel Raum über sich. Vorsichtig nahm er seinen Helm ab. Die Luft war ein wenig dünn, und das war komisch, wo doch die Schwerkraft so hoch war. Sonst schien sie in Ordnung zu sein. Er legte den Helm auf den Sitz, denn dieser war zu unbequem.

Die Stadt war erstaunlich groß, fast grotesk. Überall, wohin das Auge reichte, befanden sich rechteckige Prismen mit gelegentlichen rechteckigen gelben Feldern. Die Straßen konnten sich nicht entscheiden, ob sie gerade oder gekrümmt verlaufen sollten. Schweber flogen vorüber und summten wie gefährliche Insekten. Das zerrte an seinen Nerven, bis er lernte, diese Geräusche zu ignorieren.

Wo war er nur? Er mußte F 124 irgendwie übersehen haben. Der Fahrer wußte doch, daß dieser Planet – die Erde – Raumfahrt hatte, und vielleicht wußte dieser, wo F 124, der achte Planet seines Systems, zu finden sei.

Er brauchte ja unbedingt den zweiten Anzug. Diese Sklaven waren ihm um 17 Milliarden überlegen, er war ja allein. Sie konnten ihn vernichten, wann immer sie wollten. Und das würden sie sicher auch tun, wüßten sie erst, wer er war. Den Kontrollhelm brauchte er unbedingt. Dann mußte er einen Thrintun-Planeten finden und ein viel besseres Raumschiff, als diese Sklaven bisher zu bauen verstanden. Sie mußten lernen, bessere Schiffe zu bauen.

Die Gebäude wurden niedriger, zwischen ihnen befanden sich Lücken. Warum hockten diese Sklaven in solchen Klumpen zusammen? Er mußte mehr über sie herausfinden.

Ah, das würde einmal eine Geschichte abgeben! Seine Enkelkinder würden lauschen und ihn bewundern! Er mußte sich dann auch Balladensänger kaufen, die besten waren die von Pruntaquil, denn die hatten die Gabe der Sprache.

Er näherte sich dem Raumhafen.

Man brauchte gar nicht so besonders feinfühlig zu sein. Als Kzanol/Greenberg Masney völlig stillgelegt hatte, ließ er sich zum Raumhafen bringen. Es dauerte fünfzehn Minuten, länger nicht.

Warum landete Masney überhaupt? Konnte er nicht über den Zaun fliegen? Aber Masney erklärte ihm nichts, doch das war für eine hypnotisierte Person eigentlich normal. Masney ›wußte‹, daß er nicht richtig hypnotisiert, daß er nur einem Streich zum Opfer gefallen war. Jetzt mußte er bald wieder aufwachen. Er hatte den Befehl erhalten, zum Raumhafen zu fliegen, und da war er nun.

Da erst wurde Kzanol/Greenberg klar, daß Masney darauf wartete, von den Posten durchgelassen zu werden. Er fragte deshalb: »Werden sie uns durchlassen?« und erhielt die Antwort »Nein.«

»Würden sie mich mit Garner durchlassen?« fragte er.

»Ja. Garner gehört zur Truppe.«

»Gut. Dann drehen Sie um und holen Sie Garner . . . Aber Moment noch, wo sind eigentlich die Wachen?«

An den Rändern eines riesigen Betonfeldes konnte er die Raumschiffe sehen. Der Beton war mit riesigen roten Pfeilen bemalt. An Raumschiffen waren etwa zwanzig oder dreißig Orbitalschiffe vorhanden, die mit Rammjets ausgerüstet waren. Ein paar waren startbereit. Die ganze Südseite entlang lief ein Akzelerationsstreifen, der eine Viertelmeile breit war und aus nahe nebeneinander stehenden Metallreifen bestand. Militärraketen mit Fusionsantrieb lagen in den Docks und warteten nur darauf, in die dreieckigen Rammjet-Raketen geladen zu werden.

Ein wenig abseits entdeckte er ein rundes Einflügelschiff, das eben beladen wurde. Es war die *Lazy Eight III*. Jeder Mensch hätte sie erkannt, auch wenn sie nicht das Unendlichkeits-Zeichen an der Flanke gehabt hätte. Sie maß mehr als 100 Meter im Durchmesser, 120 in der Höhe. Daneben stand ein riesiges Passagierschiff, das eines der Zwillingstransporter war, die zum Hotel Titan flogen. Und um dessen Ladeluke flatterten praktisch sämtliche Sklaven herum, die überhaupt zu sehen waren.

Er lauschte. Diese Sklaven waren zahm, und sie gehorchten Befehlen. Aber der andere Thrint befand sich in der Nähe. Oder war er hier gelandet? War er etwa der Abkömmling eines Ptavv, der sein neues Besitztum inspizierte?

Er sagte zu Masney: »Der Posten sagte, wir sollen weiterfliegen. Also bringen Sie den Schweber zu diesem Spezialschiff für Hochzeitsreisen.« Und schon schwebte der Wagen hinüber.

Garner schüttelte den Kopf. Sein Geist war wie der eines schlafenden Kindes. Die Gedanken, die durch sein Gehirn huschten, glichen Träumen. Er konnte sie nicht festhalten, da er den Befehl erhalten hatte, nicht zu denken.

Ich muß ja furchtbar senil wirken, überlegte er. Senil . . . Alt bin ich zwar, doch nicht senil. Nein? An meinem Kinn hängt Speichel . . . Er schüttelte den Kopf heftiger und schlug sich selbst ins Gesicht. Der Denkvorgang setzte wieder ein, aber viel zu langsam. Er rollte mit seinem Stuhl zum Kaffeeautomaten, doch er verschüttete den heißen Kaffee über Hände und Handgelenke, so daß er wütend wurde und den Becher an die Wand schleuderte. Dann trübte sich sein Geist wieder.

Auch Judy Greenberg, die wenige Augenblicke später durch die Tür taumelte, war erst noch ziemlich benommen, doch bald klärte sich ihr Geist. Als sie Garners ausdruckslose Miene sah, goß sie ihm kaltes Wasser über den Kopf, bis er wieder zu sich kam.

»Wo ist er denn?« fragte Garner.

»Ich weiß es auch nicht«, erwiderte Judy. »Ich sah, daß er wegging, doch es schien ohne Bedeutung für mich zu sein. Bei ihm war Masney. Was ist nun eigentlich mit uns los?«

»Ich hätte es mir denken können.« Jetzt war Garner kein benommener alter Idiot mehr, sondern ein zürnender Jehova. »Jetzt sind wir noch schlechter dran als vorher. Diese fremdartige Statue . . . Ich wußte doch, daß mit der etwas nicht stimmte, als ich sie zum erstenmal sah, ich hatte nur keine Ahnung, was es sein könnte. Verrückte Sache. Das Ding hatte die Arme ausgebreitet, als hätte es plötzlich während eines Startsprunges ins Wasser Angst bekommen. Und an der Brust hab ich auch eine kleine Erhebung gesehen. Der Fremdling scheint sich selbst in ein Tiefgefrierfeld geworfen zu haben, um größeres Unheil zu vermeiden. Danach war der Knopf, der das Feld aktinierte, innerhalb des Feldes, auch die Finger des Fremdlings, die den Knopf hineindrückten. Es war also nicht nötig, daß der Knopf irgendeinen Feststeller hatte, deshalb hatte er auch keinen.

Aber er hatte die beiden Arme ausgebreitet, als ich ihn sah. Dann legte Jansky sein eigenes Feld um die Statue, der Freodling ließ Greenbergs ›Grabinstrument‹ fallen, und den Knopf ließ er los. Der sprang heraus. Ich weiß nicht, weshalb er dann nicht gleich wieder zum Leben kam; vielleicht hatte das Gefrierfeld so etwas wie ein Verzögerungsmoment. Jetzt lebt er auf jeden Fall, und ihn haben wir auch gehört.«

»Und es ist ein Monster«, sagte Judy. »Larry hält sich wohl für diesen Fremdling?«

»Genau.« Garner drückte auf einen Knopf an seinem Stuhl, so daß er zur Tür hinausglitt und ziemlich schnell Tempo zulegte. Judy starrte ihm nach.

»Und wenn er dann sieht, daß er nicht der ist, der er zu sein glaubt . . .« Aber dann gab sie's auf. Einer der Polizisten stand auf und bewegte sich wie ein Schlafwandler.

## XI

Kzanol nahm die Posten auf seine Tour durch den Raumhafen mit, sogar die Mechaniker, die Starter, etliche Raummänner und selbst Passagiere, denen er zufällig begegnete. Der Mann, dem der Cadillac gehörte, schien sogar eine Reise zum Mars nicht auszuschließen, sie aber auch als Abenteuer zu betrachten. Die Raumfahrt der Erde war also noch nicht recht entwikkelt.

Einen Teil der Starter schickte er in die Büros zurück, damit sie auf den Sternenkarten das System F 124 suchten, der Rest kam knurrend und widerwillig mit. Er hatte sich schon die *Lazy Eight III* ausgesucht, denn das war das einzige interstellare Schiff im Raumhafen. Während er den Rettungsschalter auf seinem Rücken reparieren ließ, konnten Sklaven sich um die Treibstofftanks und den Antrieb des Schiffes kümmern. Es dauerte mindestens ein Jahr, bis er die Erde verlassen konnte, denn er wollte eine große Mannschaft und viele Sklaven mitnehmen. Er selbst würde die Reise in Stasis verbringen, so daß man ihn nur aufzuwecken brauchte, sobald ein neues Kind alt genug war, Befehle entgegenzunehmen. Am Ende der Reise würden deren Nachkommen ihn dann aufwecken.

Kzanol schaute nach oben in das gähnende Maul einer Feststoff-Landerakete. Aus dem Geist eines Ingenieurs hatte er sich die Information besorgt, wie die Drehung des Schiffes die natürliche Schwerkraft ersetzen konnte. Dann war er durch die Korridore des Schiffes gegangen und hatte sogar den Garten angesehen, dessen Reihen hydroponischer Tanks die Sklaven mit lebenswichtigen Nährstoffen versorgten, und im Kontrollraum hatte er die Instrumente und Geräte gemustert, die er für einen Alptraum hielt. In seinem eigenen Schiff war nur ein einziger Schirm und ein Elektronengehirn nötig gewesen. Hier war Wissen einfach durch Einfallsreichtum ersetzt worden. Durfte er sein Leben diesem Monster anvertrauen?

Was blieb ihm anderes übrig? Bemerkenswert erschien ihm die Tatsache, daß die Menschen dies offensichtlich taten. Sie schienen unter einer gewissen Raumsucht zu leiden. Davon konnte man sie aber kurieren.

Jedenfalls würde die Reise, so überlegte Kzanol müde, viel länger dauern als er geglaubt hatte. Ob er wohl wieder sein Thrintun wiedersehen würde? Nun, man konnte sich ja einmal das ansehen, was die Menschen für Luxus hielten. Das tat er auch. Und war überaus beeindruckt.

Auf Thrintun gab es Linienschiffe, die größer waren als die *Golden Circle*, sogar etliche, die viel größer waren. Kaum eines war jedoch so prächtig, so luxuriös. Die riesige Halle war in Gold und Marineblau gehalten. Die Akzelerations- und Landesessel waren so vorzüglich in die Wand eingepaßt, daß ausreichend Platz für eine Bar und eine kleine Tanzfläche blieb. Die Eßtische stiegen auf Knopfdruck aus dem teppichbelegten Boden und versahen sich dabei selbst mit einem Belag aus dunkel geprägter Plastik-Eiche. Eine Wand war ein immenser 3-D-Schirm. Wenn der Wasserstand in den Tanks niedrig genug war, wurde der Tank zum Swimming-pool, den man von der Halle aus betreten konnte. Schließlich stellte Kzanol noch fest, daß der Fusionsantrieb im Bauch des Schiffes lag. Rammjets hoben es bis in eine sichere Höhe, und von da an wurde der Schub senkrecht aufwärts von der Fusionsanlage geliefert. Das Schiff benützte Wasser, nicht flüssigen Wasserstoff, denn Wasser war viel sicherer und versorgte das Schiff auch mit zusätzlichem Sauerstoff. Die Einzelkabinen waren Wunder der Zweckmäßigkeit.

Viele der hier verwirklichten Ideen konnte Kzanol nach seiner Rückkehr in die Zivilisation sicher verwerten. Dann setzte er sich in einen der Akzelerationssessel und blätterte die Prospekte durch, die er in der Rückenlehne des Vordersitzes fand. Ein besonders eindrucksvolles Bild zeigte den Saturn von der großen Tanzkuppel des Hotels Titan aus gesehen.

Natürlich erkannte er es. Er befragte die Männer, die ihn umgaben, und dann traf ihn die Wahrheit wie ein Schlag.

Kzanol/Greenberg hielt den Atem an, und sein Schild sauste nach oben. Masney hatte nicht so viel Glück. Er schrie, umklammerte seinen Kopf und schrie noch einmal gellend. In Topeka, dreißig Meilen weit entfernt, hörten sehr sensible Menschen den Schrei, der Wut, Trauer und Untröstlichkeit ausdrückte.

Bei Menninger schaute ein katatonisches Mädchen um sich. Jemand brauchte Hilfe, ihre Hilfe; Lucas Garner hielt seinen Stuhl mit einem Ruck an und lauschte. Die Fußgänger in seiner Nähe liefen herum, als hätten sie Kopfschmerzen. Aber Garner erfuhr nichts. Er hatte nur ein Gefühl des Verlustes, das seinen Lebenswillen untergrub.

»Es tut nicht weh«, sagte Kzanol/Greenberg sehr laut, so daß Masneys Schrei übertönt werden konnte. »Ihr könnt es wohl fühlen, doch es schmerzt nicht. Und ihr habt mehr Mut als je vorher im Leben.« Masney hörte zu schreien auf, aber sein Gesicht war eine Maske des Leidens. »Na, schön, dann schlaf weiter«, sagte er und streifte Masneys Gesicht mit den Fingerspitzen. Masney brach zusammen. Der Wagen schwebte gewichtslos weiter über den Beton, und Kzanol/Greenberg mußte ihn schweben lassen, da er vom Rücksitz aus die Instrumente nicht erreichen konnte und Masney ja schlief. Er hätte das Luftkissen ausschalten müssen, doch dabei hätte er sterben können, weil er sich zu sehr hätte strecken müssen.

Der geistige Schrei hörte auf. Er legte seine Hand auf Masneys Schulter und sagte: »Wagen anhalten, Lloyd.« Masney tat das, ohne irgendwelche Angst zu zeigen. Sanft ließ sich der Schweber ein paar Meter vom Rumpf des Kolonistenschiffes entfernt nieder.

»Schlafen Sie wieder«, befahl Kzanol/Greenberg, und Masney schlief. Er war noch immer unter Hypnose. Kzanol/Greenberg wußte noch nicht recht, was er wollte. Erstens mußte er ausruhen und nachdenken, und zweitens mußte er etwas essen. Er hatte den Geist erkannt, der seinen Schmerz über halb Kansas schrie, und er brauchte Zeit, um zu erkennen, daß er nicht Kzanol, Herr der Schöpfung und ein Thrint war.

Aber dann röhrte etwas, als explodiere ein Fusor. Flammender Rauch ergoß sich über den Beton, dann ließ er allmählich nach. Was war das nur? Vorsichtig ließ er seinen Schild herab.

Jato-Einheiten. Kzanol war unterwegs, seinen zweiten Anzug zu holen.

Vor einem Jahrhundert hatte man damit begonnen, den Belt zu besiedeln. Man hatte die Schiffe mit Ionentriebwerken und Kernspaltungs-Batterien ausgestattet, für den Wiederstart hatten sie Raketen mit chemischen Treibstoffen. Jetzt hatte man längst den Fusionsantrieb. Statt Luft- und Wassertanks waren kompakte Luftkonverter eingesetzt, und für die Monate dauernden Hüpfer gab es in den interstellaren Schiffen hydroponische Anlagen, um frische Pflanzennahrung für die Besatzungen zu züchten, vor allem für die Kolonistenjugend. Die Schiffe waren kleiner geworden, zuverlässiger, vielseitiger, billiger, sehr viel schneller und vor allem viel zahlreicher. Zehntausende von Schiffen bewegten sich im Belt-Raum.

Jedes Schiff war mit mindestens einem Teleskop ausgerüstet.

Die Erde kaufte die damit gedrehten Filme, in erster Linie die in den Trojanischen Gebieten hergestellten Asteroidenfilmen, um die wirtschaftliche und ökonomische Entwicklungsfähigkeit oder schon laufende Entwicklung ständig unter Kontrolle zu haben. Von der Erde aus war dies nicht so gut möglich, weil durch die Abweichungen der Schwerkraft und die Sonnenwinde zu große Verzerrungen auftraten. Die Filme waren streng geheim, und ein Teleskop bewachte das andere.

Ein Gesperrter Asteroid ist etwas Einmaliges.

Ein paar der frühesten Forscher waren zufällig auf einen etwa zylindrischen Block soliden Nickel-Eisens von zwei Meilen Länge und einer Meile Durchmesser in der Nähe des Asteroiden Ceres gestoßen. Sie hatten dessen Kurs festgestellt und ihn mit S-2376 bezeichnet.

Vor sechzig Jahren waren Arbeiter mit einem Plan gekommen. Sie bohrten in die Achse des Asteroiden ein Loch, füllten es mit Wassersäcken aus Plastik aus und verschlossen beide Enden. Jets mit Festtreibstoff drehten S-2376 um seine Achse. Sonnenspiegel schmolzen ihn langsam von der Oberfläche aus nach innen ab. Als das Wasser explodiert und der Fels abgekühlt war, hatten sie eine zylindrische Nickeleisen-Blase von zwölf Meilen Länge und sechs Meilen Durchmesser.

Schon das allein war sehr teuer gewesen, doch jetzt wurde es
Schon das allein war sehr teuer gewesen, doch jetzt wurde es
gung, so daß etwa ein halbes G an Schwerkraft entstand, füllten die Blase mit Luft und Tonnen teuren Wassers, bedeckten das Innere mit einer Mischung aus pulverisiertem steinigem Meteoritenmaterial und allerhand Abfall, der mit ausgewählten Bakterienstämmen besetzt war. Durch die Achse führte man ein Fusionsrohr. Es war duchlässig für verschiedene Licht-Wellenlängen. In der Mitte war eine sogenannte Hochzeitsringausbuchtung. Eine Meile entfernt setzte man Sonnenblenden so auf, so daß sich Schnee kondensieren konnte, den sein eigenes Gewicht herabfallen und schmelzen ließ und so in winzigen Bächen in den durch die Ringausbuchtung geschaffenen kleinen See rinnen konnte.

Zur Vollendung dieses Projekts brauchte man ein Vierteljahrhundert.

Vor fünfunddreißig Jahren wurde der Belt von den härtesten Bindungen an die Erde frei. Frauen können im freien Fall keine Kinder bekommen. Auf zweihundert Quadratmeilen Nutzland können hunderttausend Menschen recht behaglich leben, und sie werden es auch tun. Jetzt waren es zwanzigtausend, die meisten davon Frauen, fast alle schwanger.

Lars hielt in einer Hand eine rohe Karotte, in der anderen den Knopf eines Filmskanners. Er ließ sechs Filmstunden mit einer Geschwindigkeit durch die Maschine laufen, die eine Rolle in fünfzehn Minuten abgespult hätte. Der Film war durch eine der Eros-Kameras aufgenommen worden, und alle zeigten jetzt auf die Erde.

Während des größten Teiles der nächsten Woche würde Eros der Asteroid in größter Erdnähe sein. Dann mußten die Filme ununterbrochen laufen.

Plötzlich hörte Lars zu kauen auf. Seine Hand bewegte sich. Der Film lief ein Stück zurück und blieb stehen.

Da war es. Ein Rahmen war fast bis zu den Ecken ausgebleicht.

Lars legte den Film in einen größeren Skanner ein. Langsam spulte er zurück. Zweimal stellte er auch die Vergrößerung nach. »Idioten«, murmelte er schließlich.

Er querte den Raum und versuchte mit einem Maser Ceres zu finden.

Der Diensthabende nahm mit seiner üblichen Miene müder Geduld die Ohrklipse auf. Er lauschte intensiv, da er wußte, daß die Geräuschquelle etliche Lichtminuten entfernt war. Als die Durchsage die Wiederholung begann, drückte er auf einen Knopf. »Jerry«, sagte er, »such mal Eros und gib folgendes weiter. Aufnahme. Danke sehr, Eros, eure Botschaft klar erhalten. Lars, wir werden uns sofort damit befassen. Und jetzt habe ich Nachrichten.« Die farblose Stimme des Mannes wurde eifrig. »Von Tanya. Der Doc sagt, in sieben Monaten wirst du der Vater von gesunden Zwillingsmädchen sein. Ich wiederhole: von gesunden Zwillingsmädchen . . .«

Lit Shaeffer brachte mit sorgfältigem, unablässigem Fingerspiel das Schiff ins Dock und an einen Liegemast. Dreißig Meilen unter ihm lag Ceres, ein Felsbrocken mit vielen Vertiefungen und glasig aussehenden Blasen flexibler Transparentplastik. Er machte eine kleine Pause, denn das Andocken war immer eine mühsame Sache; dann kletterte er durch die Schleuse und sprang ab. Er landete im Netz über einer der zehn Personal-

Schleusen. Wie eine Spinne kletterte er zum Stahltor hinab und kroch hinein. Zehn Minuten später hatte er weitere zwölf Türen hinter sich gebracht und befand sich im Schrankraum.

Dort mietete er einen Schrank, in dem er seinen Anzug verstaute. Jetzt erst sah man, daß er ein magerer Riese mit dunklem Lockenhaar und mahagonifarbenem Gesicht war. Auch die Hände waren dunkel. Aus einem Automaten zog er einen Papiercoverall. Lit und Marda gehörten zu den siebenhundert Beltbewohnern, die in einer Umgebung der kurzen Ärmel keine Nudisten wurden. Man nannte sie ›Kooks‹, aber im Belt war das kein Schimpfwort.

Durch das letzte Tor gelangte er, noch immer im freien Fall, hinter den Hitzeschild. Ein Lift brachte ihn vier Meilen hinab, wo er einen Dreirad-Motorscooter bekommen konnte, denn mit einem Zweirad und aufrecht konnte auch ein alter Belter nicht gegen die ständig wechselnde Coriolis-Kraft aufkommen. Er fuhr ein steiles Gefälle hinab, das zu gepflügten Feldern, Gewächshäusern und Geräteschuppen, sogar zu Wäldchen, Wasserläufen und verstreuten Landhäusern führte. Zehn Minuten später war er zu Hause.

Nein, nicht zu Hause, denn des Belters Zuhause ist sein Anzug, doch Marda wartete in dem von der Regierung gemieteten Haus. Sie war groß und grobknochig, und ihre Schwangerschaft wurde gerade erkennbar. Natürlich fühlte man sich da zu Hause.

Und dann standen sie einander gegenüber. »Lit, für dich ist ein Anruf da«, sagte sie gleich, und er nahm ihn an. Die Telefonkabine war schalldicht und transparent. Lit musterte Marda rasch, ehe er den Anruf entgegennahm. Sie sah besorgt, aber auch entschlossen drein.

»Hallo, Cutter, was gibt es Neues?« rief er.

»Hallo, Lit.« Cutters Stimme war farblos, ebenso wie seine Erscheinung. »Lars Stiller hat eben angerufen. Eines dieser Flitterwochenspezialschiffe für Titan hob eben ab, ohne uns zu verständigen. Was sagst du dazu?«

»Was ich dazu sage? Diese blöden, blasenköpfigen . . .« Das Verkehrsproblem im Raum war nicht nur das Problem zweier möglicherweise kollidierender Schiffe, denn zusammengestoßen war noch nichts, aber Menschen waren gestorben, wenn ihre Schiffe durch die Abgase eines Fusionsmotors gingen. Teleskopische Verkehrsüberwachung, Radioübertragung, Rettungsmission, Stern und Asteroidenbeobachtung – das alles konnte ein besonders vorwitziger Pilot illusorisch machen.

»Genau das hab' ich auch gesagt, Lit. Holen wir sie jetzt zurück?«

»Cutter, warum gehst du nicht zur Erde und startest deine eigene Regierung?« Lit rieb sich die Schläfen mit beiden Fäusten, um die Spannungen zu vertreiben. »Entschuldige, das hätte ich nicht sagen sollen. Marda hat Schwierigkeiten, und das belastet mich. Wie sollen wir aber dreißig Flitterwöchner aus den Ebenen, von denen jeder Multimilionär ist, zurückholen? Willst du vielleicht den allerletzten Krieg verursachen?«

»Nein, das nicht. Tut mir leid wegen Marda. Was ist los?«

»Sie kam nicht rechtzeitig ins Confinement. Das Baby wächst zu schnell. Verdammt noch mal.«

»Ja, stimmt. Und was machen wir mit den Flitterwöchnern?«

»Stell einen ab, der das Schiff beobachtet und den Kurs über Radio durchgibt. Dann schreibst du eine fette Rechnung und schickst sie an Titan Enterprises, Erde. Wenn sie nicht innerhalb von zwei Wochen bezahlt ist, schicken wir eine Kopie an die UN. Die sollen sich damit befassen.«

»In Ordnung, Lit. Wiedersehen.«

Im freien Fall empfangen und dort auch drei Monate schon getragen, wuchs das Kind viel zu schnell. Sollte der Arzt die Schwangerschaft jetzt unterbrechen? Oder sollte man die Entwicklung mit entsprechenden Hormonen bremsen und hoffen, daß es nicht als Monster zur Welt kam? Solche Fragen konnten eine Ehe gefährden.

Es gab keine Hoffnung. Lit war, als ertrinke er. »Es wird noch andere Kinder geben, Marda«, sagte er so sanft wie möglich.

»Wirklich? Es ist so riskant, rechtzeitig zum Confinement zu kommen. Lit, wir wollen doch lieber warten, bis wir's sicher wissen.«

Sie hatte ja zwischen den ärztlichen Untersuchungen drei Monate gewartet! Aber das erwähnte er nicht, sondern sagte: »Marda, der Autodoc und Dr. Siropopolou sind sicher. Wir könnten hier im geschlossenen Teil ein Haus mieten, bis du wieder schwanger bist. Das haben schon viele getan. Natürlich ist es kostspielig . . .«

Das Telefon läutete. »Was ist jetzt los, Cutter?«

»Zweierlei. Setz dich erst. Das Flitterwochenschiff fliegt gar nicht nach Titan, sondern zum Neptun. Und von Topeka hat eben ein Militärschiff abgehoben, das den Flitterwöchner jagt, aber die haben uns auch nicht verständigt!«

»Außerordentlich merkwürdig. Wie lange ist der Flitterwöchner schon unterwegs?«

»Eineinhalb Stunden. Natürlich kann er zu irgendeinem Asteroiden fliegen.«

»Großartig! Das klingt ja ganz, als sei mit dem Flitterwöchner etwas nicht recht in Ordnung, und das andere Schiff scheint ihn retten zu wollen. Könnte etwa im Lebenserhaltungssystem etwas defekt sein?«

»Nein! Doch nicht in der *Golden Circle*! Die ist doch mehr als sicherungsgesichert. Das Militärschiff ist mit dem Fusionsantrieb abgezischt.«

»Dann . . .« Die Antwort war eindeutig, und Lit mußte lachen. »Dann hat es jemand geklaut!«

Cutter lächelte mühsam. »Genau. Sollen wir eins oder beide Schiffe zurückholen?«

»Nein, auf keinen Fall. Wenn wir zu schießen drohen, müssen wir's auch tun, und die Erde ist recht empfindlich, wenn es um ihre Rechte im Raum geht. Und ihre Schiffe sind ihr Problem. Viertens, ich will sehen, was passiert. Begriffen, Cutter?«

»Ich nehme an, beide Schiffe wurden gestohlen«, antwortete Cutter lächelnd.

»Nein, nein, nicht möglich. Das Militärschiff wurde gestohlen, aber der Flitterwöchner wurde sabotiert. Der erste Fall von Raumpiraterie!«

»Oh! Fünfzehn Paare plus Juwelen, plus Lösegeld – du kannst recht haben.«

Und Lit Shaeffer war der erste Mann seit Jahren, der Cutter in aller Öffentlichkeit lachen hörte.

## XII

Im August war Kansas ein Dampfbad mit Heizlampen. Unter dem Temperaturschirm der Stadt herrschte ein kühler, etwas windiger Herbst, doch als Luke Garners Stuhl durch die unsichtbare Barriere zwischen Kalt und Warm schoß, überfiel ihn der Atem der Hölle. Von hier aus jagte er mit Höchstgeschwindigkeit zum nächsten klimatisierten Hospital.

Am Raumhafen kam er sofort durch. Das Hospital stand wie ein Würfel Schweizerkäse am Rand des riesigen Landefeldes. Eiligst schoß er hinein.

Die Schlange vor dem Lift war lang, sein Rollstuhl ziemlich wuchtig. Er brauchte eine Liftkabine für sich allein, und die Leute waren nicht mehr recht höflich zu den Älteren, denn es gab zu viele davon. Garner fuhr also rückwärts hinaus.

Draußen fummelte er im Aschenbecher der Armstütze herum. Das Surren des Motors wurde zum Heulen, und plötzlich war es kein Bodenfahrzeug mehr. Vor sechs Jahren hatte Masney ihm nahegelegt, er solle endlich diesen Treibstofffresser aufgeben und sich ein manuell gelenktes fliegendes Vehikel zulegen. Wenn Masney ihn jetzt sähe! Deshalb hatte er auch die Instrumente im Ascher versteckt einbauen lassen.

Der Boden blieb unter ihm zurück, und alle sechzig Stockwerke schrumpften. Jetzt sah er die von Greenberg und Masney hinterlassenen Narben, denn die Fusionsflamme hatte den Beton zum Schmelzen gebracht und nach allen Seiten versprüht, so daß große Krater und gewundene Wurmgänge zurückgeblieben waren. Männer und Maschinen versuchten den Schaden auszubessern.

Luke setzte seinen Reisestuhl auf das Dach und fuhr an erschreckten Sonnenanbetern vorbei zum Lift. Er war leer. Im zweiundfünfzigsten Stock stieg er aus und zeigte einer Schwester seinen Ausweis.

Alle waren auf einer Station, Miday, Sandler, Buzin, Katz – achtundzwanzig alles in allem, die Männer also, die Kzanol am nächsten gestanden hatten, als er seinen Wutanfall hatte. Sieben waren in Plastikkokons eingesponnen. Der Fremdling hatte vergessen, ihnen zu sagen, sie sollten sich bedecken, und sie standen genau im Weg, als die *Golden Circle* abhob.

»Ich bin Jim Skarwold«, sagte ein blonder, stämmiger Assistenzarzt. »Ich habe schon von Ihnen gehört, Mr. Garner. Kann ich etwas für Sie tun?«

»Besser schon.« Garner schaute die Behandlungstanks entlang. »Kann einer von denen hier eine Dosis Scopolamin vertragen? Es könnte da Informationen geben, die ich dringend brauche.«

»Scop? Glaube ich nicht. Mr. Garner, was ist mit denen eigentlich passiert? Ich habe im College Kurse in Psychiatrie gemacht, aber so was wie das hier habe ich noch nicht gehört. Es ist kein Zurückziehen aus der Wirklichkeit, es ist ganz elende, verdammte Angst . . . Sie sind verzweifelt. Man hat mir erzählt, sie hätten mit einem Fremdling Kontakt gehabt. Wenn Sie mir mehr sagen würden, könnte ich sie gezielter behandeln.«

»Richtig. Und hier ist das, was ich weiß.« Garner berichtete dem Doktor alles, was geschehen war, seit die Statue aus dem Ozean geholt worden war. Schweigend hörte ihm der Arzt zu.

»Dann ist das nicht nur ein Telepath«, meinte er, als Garner geendet hatte. »Er kann nämlich Geister kontrollieren. Aber was könnte er befohlen haben, um solche Wirkungen hervorzubringen?« Er deutete auf die Reihe schlafender Patienten.

»Nichts. Ich denke eher, er hat Zeitbefehle gegeben. Er erlebte einen höllischen Schock und schrie ihn laut heraus.« Luke ließ eine riesige Hand auf die Schulter des Doktors fallen, der unter dem Gewicht zusammenzuckte. »Wir müßten in erster Linie herausfinden, für wen sie sich halten. Für sich selbst? Oder für Fremde! Dieser Fremdling könnte sein eigenes emotionelles Muster auf das ihre geprägt haben, vielleicht sogar seine Erinnerungen.

Und weil ich *Ich* bin und von der Army bin, will ich wissen, weshalb Greenberg und der Fremdling unabhängig voneinander Raumschiffe klauten und davonbrausten. Sie mußten doch wissen, daß es interplanetare Schiffe sind und keine interstellaren Kolonietransporter. Ist denn irgendwo im Sonnensystem ein fremder Stützpunkt? Was haben sie vor? Vielleicht können wir beide Probleme in einem Aufwaschen lösen, Dr. Skarwold.«

»Ja«, antwortete der Arzt langsam. »Sie könnten recht haben. Lassen Sie mir eine Stunde Zeit, um den Mann mit dem stärksten Herzen herauszufinden.«

Aus diesem Grund hatte Luke immer Taschenbücher im Handschuhfach seines Stuhles. Sein Beruf schloß oft lange Wartezeiten mit ein.

Arthur T. Katz, ein erstklassiger Rammjet-Raketenpilot (Typen C, D und H-1), schlug um sich. »Es wird noch ein paar Minuten dauern«, sagte der Arzt, »er ist nicht mehr an das Schlafgerät angeschlossen, aber er muß natürlich aufwachen.«

Garner nickte. Aus zusammengekniffenen Augen musterte er

aufmerksam den Mann. Endlich öffnete Katz die Augen. Sie wurden groß, dann schlossen sie sich. Vorsichtig machte Katz sie wieder auf, dann schrie er und hob drohend die Arme. Schließlich hustete er, als wolle er ersticken, es sah schrecklich aus. Dann kämpfte er um Atem und hustete erneut. Er hatte Angst und zwar nicht nur vor dem Ersticken.

Skarwold drückte einen Knopf, und der Autodoc sprühte Sedativ in die Lungen des Kranken. Katz legte sich zurück und begann tief zu atmen. Das Schlafgerät wurde wieder eingeschaltet.

»Sind diese Leute vielleicht nicht doch alle ein bißchen verwirrt?« fragte Garner.

Arnold Diller, Inspektor für Fusionsantrieb (alle bekannten Typen) holte tief Atem und warf seinen Kopf so herum, als wolle er sich den Hals brechen.

»Hätten wir doch einen mit telepathischen Eigenschaften gefunden«, murmelte Garner und rollte zwischen den Händen eine ausgetrocknete Zigarette. »Er hätte bessere Chancen gehabt. Schauen Sie sich doch den armen Kerl an!«

»Aber er hat eine gute Chance«, meinte der Arzt.

Garner schüttelte den Kopf. »Wäre er wirklich gut gewesen, dann wäre er gerannt, statt sich zu verstecken, als der Fremdling abhob. Wie hätte er sich vor Telepathie . . .«

Skarwold stieß ihn an, er solle schweigen. »Diller!« sagte der Arzt eindringlich, und Diller beruhigte sich und schaute auf. »Können Sie mich verstehen, Diller?«

Diller öffnete den Mund, keuchte, nickte dann und atmete durch die Nase.

»Ich heiße Skarwold und bin Ihr Arzt. Und Sie sind doch Arnold Diller, nicht wahr?«

»Ja.« Die Stimme klang rostig und zögernd, doch in Garner entspannte sich etwas. Er ließ seine zerbröckelte Zigarette fallen.

»Wie fühlen Sie sich?«

»Grauenhaft. Ich will falsch atmen und reden. Könnte ich eine Zigarette haben?« Garner reichte ihm eine schon brennende. Jetzt klang Dillers Stimme kräftiger. »Das war aber merkwürdig. Als Sie nur so dasaßen, wollte ich verrückt werden. Und jetzt wollte ich, daß Sie mir eine Zigarette geben. Sagen Sie, wie soll ich einen menschlichen Doktor einschätzen?«

»Was mit Ihnen passiert ist, wurde nicht in die Ärzte programmiert«, erklärte Skarwold leichthin. »Gut, daß Sie sich versteckt haben. Die anderen waren näher, und die sind schlechter dran. Arbeitet Ihr Sinn für Vorauswissen?«

»Der sagt mir gar nichts, und ich kann nicht auf ihn zählen. Warum?«

»Deshalb habe ich ja Sie herausgesucht. Ich dachte, Sie könnten über den Eindruck wegkommen, Sie seien ein bestimmter Fremdling.«

»Ein was?« Diller hörte im Moment zu atmen auf, dann begann er langsam wieder. »Ah, ich erinnere mich. Ich sah dieses Ding über das Feld kommen, eine Gruppe Leute hinter ihm her, und ich hab mich gewundert, was das war. Dann ging etwas in meinem Kopf durcheinander. Da rannte ich los, bis ich hinter ein Gebäude kam. Etwas in meinem Kopf störte mich, ich wollte näher herangehen, aber ich wußte, das war falsch, und da dachte ich, jetzt werde ich verrückt . . .«

Diller schluckte heftig, in seinen Augen hockte entsetzliche Angst, bis er wieder frei atmen konnte.

»Ist schon gut, Diller«, redete ihm der Arzt zu, doch Diller mochte noch nicht weitersprechen. »Ich möchte Sie mit Mr. Garner von der Technologischen Polizei der Vereinten Nationen bekanntmachen.«

Diller nickte, und seine Neugier war offensichtlich. Garner sagte: »Wir möchten diesen Fremdling fangen, ehe er weiteren Schaden anrichten kann. Wenn es Ihnen nichts ausmacht, dann glaube ich, Sie müßten Informationen haben, die uns fehlen.« Dazu nickte Diller. »Fünf Minuten nachdem der telepathische Ausbruch Sie traf, verschwand der Fremdling, um in den Außenraum zu gelangen. Eine Stunde später folgte ihm ein Mann, der in dem Glauben ist, er sei der Fremdling. Er hat falsche Erinnerungen. Beide schlugen die gleiche Richtung ein. Sie verfolgen etwas. Wissen Sie, was es ist?«

»Nein«, antwortete Diller.

»Bitte, versuchen Sie sich zu erinnern, Diller.«

»Ich kann mich an nichts erinnern, Garner. Und glauben Sie etwa, ich möchte ersticken oder mich zu Tode husten? Immer wenn ich zu denken anfange, was geschehen ist, scheine ich zu ersticken. Und ich denke seltsam, alles sieht auch so seltsam aus. Ich fühle mich von Feinden umgeben. Und ich habe unbeschreibliche Depressionen. Nein, ich weiß nichts. Gehen Sie.«

Garner seufzte und legte seine Hände auf die Instrumente des Stuhles. »Falls Sie je anders darüber denken sollten . . .«

»Nein. Sie brauchen nicht zurückzukommen.«

»Das werde ich auch nicht tun können. Ich folge ihnen. Ich muß. Ich habe ja keine Ahnung, was sie wollen, aber es müßte sich für sie lohnen. Sie machen sich zuviel Mühe, es zu bekommen. Es könnte eine Waffe sein oder ein Signalgerät, um ihren Planeten zu rufen.« Der Stuhl begann zu surren.

»Eine halbe Minute«, sagte Diller.

Garner schaltete den Motor aus und wartete, Diller schaute zum Plafond hinauf. Seine Miene veränderte sich; sie war nicht mehr Ausdruck seiner Persönlichkeit, sondern eine Darstellung von Muskelspannungen. Er atmete schwer.

Endlich schaute er auf, konnte jedoch nicht sprechen. Er räusperte sich und setzte erneut an. »Ein Verstärker. Der Bastard hat auf dem achten Planeten einen Verstärker installiert.«

»Und was verstärkt er?« Diller begann wieder zu keuchen.

»Ach, egal. Ich glaube, ich weiß es jetzt.« Garners Stuhl verließ fast zu schnell den Raum.

## XIII

»Sie haben verdammte Angst«, sagte Luke. »Mit einem g zum Neptun, und Ihr Mann liegt eineinhalb Stunden hinter ihm.«

»Können Sie denn keinen hinter ihm herschicken?« bat Judy. »Er weiß doch gar nicht, was er tut. Er ist nicht dafür verantwortlich.«

»Klar. Wir schicken mich. Wissen Sie, er ist mein Partner . . . Sie sind in einem Schiff«, fügte er schnell hinzu. »Wir können Lloyd nicht ohne Ihren Mann beschützen.«

Sie saßen bei einem Drink in Judys Hotelzimmer. Es war elf Uhr an einem glühendheißen Augustmorgen.

»Wissen Sie denn, wie er wegkam?« fragte Judy.

»Ja. Dieser Fremdling schlug bei dem Aufruhr am Raumhafen alles k.o., alle, nur Greenberg nicht. Ihr Mann suchte sich nur einfach ein startbereites Schiff aus, und Lloyd mußte ihn nach oben bringen. Pech, daß Lloyd ein Navyschiff zu fliegen versteht.«

»Warum nimmt Mr. Masney von Larry einen Befehl an?«

»Weil Larry ihn hypnotisiert hat. Ich erinnere mich gut an die Szene.«

Judy schaute auf ihre Hände, und ihre Lippen zuckten; erst kicherte, dann lachte sie. Ehe das Lachen zum Schluchzen wurde, biß sie die Zähne zusammen und ließ sich dann in ihren Stuhl zurücksinken.

»Ah, jetzt geht es wieder«, sagte sie und sah erschöpft drein. »Warum fliegen sie eigentlich zum Neptun?«

»Das weiß ich auch nicht. Wir wissen noch nicht einmal, ob sie wirklich dorthin unterwegs sind. Sind Sie denn nicht telepathisch mit Ihrem Mann verbunden?«

»Nicht mehr. Seit er in Dr. Janskys Zeitfeld ging, fühle ich nichts mehr.«

»Können Sie sich noch daran erinnern, wie Sie sich vorgestern gegen zwanzig Uhr fühlten?«

»Moment . . .« Sie schloß die Augen. »Schlief ich da nicht? Oh. Etwas weckte mich auf, und ich konnte nicht wieder einschlafen. Ich hatte das Gefühl, etwas sei ganz und gar nicht in Ordnung. Ungeheuer in den Schatten. Und ich hatte doch recht, nicht wahr?«

»Ja. Besonders dann, wenn es nicht Larrys Geist war, den Sie fühlten . . . und seither?«

»Nichts.« Ihre kleine Hand tappte rhythmisch auf die Armstütze ihres Stuhles. »Nichts. Nur daß ich ihn finden will. Das ist alles, was ich mir wünsche, seit er das Schiff stahl. Ihn finden, bevor er . . .«

Zum hundertsten Male sagte er sich, daß es praktisch ausgeschlossen war, ihn zu finden. Doch er mußte ihn finden, ehe ihn der echte Kzanol fand.

Die Erde war seit Stunden nicht mehr zu sehen. Kzanol/Greenberg und Masney saßen sprach- und bewegungslos in der Kontrollblase. Sie nahm drei Viertel des nutzbaren Schiffsraumes ein. Nur in der Luftschleuse konnte man aufrecht stehen. Eine Ablenkung für Kzanol/Greenberg gab es praktisch nicht.

Natürlich mußte er Masney beobachten. Mehr noch: er mußte wissen, wann sich Masney unbehaglich fühlte, ehe dieser es selbst wußte. Falls Masney je aus seiner Hypnose herauskäme, wäre es schwierig, ihn wieder willenlos zu machen. Also mußte Kzanol/Greenberg Masney in den Waschraum schicken, ihm zu trinken geben, ehe er durstig wurde, ihn bewegen, ehe seine

Muskeln sich vom langen Sitzen verkrampfen konnten. Masney war keiner der üblichen Sklaven, die sich selbst versorgten, wenn sie nicht gebraucht wurden.

Ansonsten war der Ptavv mit eigenem Stil totes Gewicht.

Stundenlang saß er da und dachte nach. Zu planen brauchte er nichts. Endweder er erreichte zuerst den achten Planeten – oder gar nicht. Entweder er setzte den Verstärkerhelm auf – oder der wirkliche Kzanol tat es, und dann gab es überhaupt kein Planen mehr. Kein Geistschild konnte einem Verstärkerhelm standhalten. Andererseits würde ihn der Helm zu Kzanols Herrn machen. Ein Verstärker, angewandt auf einen Thrint, war zwar ungesetzlich, aber das Gesetz von Thrintun bedeutete keine Gefahr. – Würde ein Verstärker auch die Macht eines Sklavengehirnes aufblasen? Nein, daran mochte er nicht denken.

Die weitere Zukunft sah nicht rosig aus. Er war der letzte Thrint, und auch der richtige Kzanol konnte weitere züchten. Ja, er würde der Herr des Asteroidengürtels sein und der einer dichtbevölkerten Sklavenwelt, und er wäre viel reicher als sein Großvater Racarliw. Aber Großvater hatte Hunderte von Frauen und Tausende von Kindern gehabt!

Kzanol/Greenbergs Hunderte von Frauen würden ebenso menschliche Sklaven sein wie die Tausende von Kindern. Weniger als Ptavvs, alle miteinander.

Würde er ›Frauen‹ schön finden? Konnte er sich mit ihnen paaren? Möglich. Versuchen mußte er es, doch seine Drüsen waren ganz gewiß nicht die Kzanols. Er mußte sich eine Frau nach Larry Greenbergs Schönheitsbegriff suchen, egal wie er sich fühlte, denn er mußte seinen Reichtum zeigen, und das konnte er nur vor Sklaven tun.

Scheußliche Aussichten!

Er hätte sich gerne in Erinnerungen verloren, doch etwas hielt ihn zurück. Vor allem wußte er, daß er Thrintun, seine Heimatwelt, nie mehr wiedersehen würde, auch Kzathit nicht, auch Racarliwun nicht, die von ihm gefundene und mit einem Namen versehene Welt. Wenn überhaupt, so sah er sich selbst von außen her.

Dies war sein eigener Körper, sein fleischliches Grab.

Noch eine Barriere gab es, und Kzanol/Greenberg schloß die Augen, um sich eine glücklichere Vergangenheit vorzustellen. Aber immer fielen ihm nur die Weißfüße ein.

Er glaubte Garner, denn die Filme waren nicht gefälscht.

Diese alte Tnuctip-Inschrift war zweifellos echt. Woher sollte Garner diese Schrift kennen?

Und die Bandersnatschi waren intelligent und nicht zu leugnende Weißfüße. Weißfüße waren aber von jeher intelligent gewesen.

Irgendein grundlegender Glaube war zerschmettert. Überall in seinen Erinnerungen geisterten Weißfüße herum. Weißfüße, wie Wolken von sechzig Tonnen, trieben über den Besitz Kzathit und über die grün-silbernen Felder eines anderen Besitzes, den Kzanol besuchte. Weißfuß-Fleisch auf dem Familientisch, überall in Restaurants, auf jeder Speisekarte. Skelette, schön sauber poliertes weißes Gebein, über dem Gästetor von Landbesitzern. Jeder Thrint hatte von eigenen Weißfußherden geträumt . . .

Kzanol/Greenberg legte den Kopf schief, er spitzte die Lippen, und die Haut zwischen den Augenbrauen zuckte. Judy hätte diese Miene erkannt. Plötzlich wußte er, was den intelligenten Weißfuß so gefährlich machte.

Ein Thrint war Herr über jedes intelligente Tier, und das war die erste Gabe des Machtgebers, noch ehe er die Sterne schuf. So sagte die Thrintun-Religion, obwohl die verschiedenen Sekten wegen Kleinigkeiten einen Kampf auf Leben und Tod führten. Wenn der Weißfuß intelligent war, dann war er auch immun gegen *die Macht*. Die Tnuctipun hatten getan, was der Machtgeber verboten hatte!

Also waren die Tnuctipun stärker als der Machtgeber, die Thrintun stärker als die Tnuctipun, der Machtgeber stärker als die Thrintun . . . Alle Priester waren Scharlatane, der Machtgeber war ein Märchen.

Und ein fühlender Weißfuß war eine Blasphemie. Verdammt seltsam! Ein intelligentes Tier, das zur Nahrung diente?

Die Thrintun waren niemals empfindsam, auch die Tnuctipun nicht. Die reizende Einfachheit ihrer Mutierung war typisch für die Art ihrer Arbeit. Die Tnuctipun konnten nicht viel zur Umwandlung des Tieres tun. Sie hatten den Kopf verschmälert, die Nase zugespitzt, die Haut fast mikroskopisch glatt gemacht, aber zufrieden waren sie noch immer nicht gewesen; also hatten sie etwas Übergewicht weggenommen und dafür Muskeln und weiteres Lungengewebe dazugefügt. Das Übergewicht stammte aus den Verdauungsorganen. Ein mutiertes Renn-Viprin hatte ein stromlinienförmiges Maul, das sich direkt in den Blutstrom öffnete.

Die Tnuctipun waren immer tüchtig, niemals grausam.

Warum machten sie den Weißfuß intelligent? Um das Gehirn zu vergrößern? Warum immunisierten sie es dann gegen *die Kraft*?

Und er hatte Weißfuß-Fleisch gegessen.

Kzanol/Greenberg schüttelte heftig den Kopf. Auf Masney mußte man aufpassen. Hatte er es geplant? Oder sorgte er sich nur? Würde der Verstärker auf ein menschliches Gehirn wirken? Und konnte er rechtzeitig den Anzug finden?

»Ihn finden«, sagte Garner. »Das könnte passen. Er sucht etwas, das er dringend zu brauchen glaubt.«

»Das wußten Sie doch schon, aber es nützt auch nichts.«

»Mrs. Greenberg, ich wollte hören, was Sie mir über Ihren Mann erzählen können.«

»Da reden Sie besser mit Dale Snyder. Er kam diesen Morgen. Wollen Sie seine Nummer?«

»Danke, die habe ich. Er hat mich auch angerufen. Sie kennen ihn gut? Sehr gut? Ja. Ich möchte auch mit Charley sprechen, dem Delphin-Anthropologen. Aber fangen wir bei Ihnen an. Irgendwo.«

»Okay. Er hat drei Hoden.«

»Das ist aber verdammt selten, was?«

»Und medizinisch gesehen störend, aber Larry hatte da nie Probleme. Wollten sie solche Dinge wissen?«

»Natürlich.« Aber Luke wußte es nicht. Er meinte, je genauer er den Mann kannte, den er jagte, desto eher würde er ihn finden. Als Cop, vor Jahrzehnten, hatte er so gearbeitet, und das müßte jetzt auch noch funktionieren. Er ließ sie also reden und unterbrach sie nur selten.

»Erst nachdem er angefangen hatte, mit den Delphinen zu arbeiten, erfuhr ich, wie gern er anderen harmlose Streiche spielt. Aus dem College hat er mir dann einiges erzählt. Ein großer Sportler war er dort nicht, aber Tennis spielte er ganz gut.« Jetzt sprudelte sie alles heraus, was ihr Leben mit Larry Greenberg gewesen war.

»Er muß vor mir eine Menge Mädchen gekannt haben. Ich kannte ja auch viele Männer. Keiner von uns hat je versucht, den anderen zu betrügen. Wir haben vereinbart, daß wir das könnten, aber wir taten es nie. Da bin ich auch für ihn absolut sicher.

Es erschütterte ihn, wenn ich etwas vorauswußte. Er glaubte

nicht daran, und deshalb erschrak er immer. Er hält das für eine Art Zauber. Wir waren noch kein Jahr verheiratet, als ich einmal auf einen Einkaufsbummel ging. Er sah mich mit einer Menge Päckchen ankommen, die ich fallen ließ. Dann ging ich hinaus und holte die nächste Ladung. ›Ehrlich, meine Süße, du gibst ja die blauen Scheine aus, als käme morgen wieder ein Krieg‹, sagte er, aber ich lächelte ihn nur an, und da wurde er bleich.«

Ob das nun wichtig war oder nicht, sie redete immer schneller weiter, und das fand er verwirrend.

»Die meisten Paare, die wir kennen, heirateten erst, wenn sie schwanger wurden. Wenn man schon durch die Fruchtbarkeitsuntersuchung kam, will man doch nicht mit einem sterilen Partner verheiratet sein, nicht wahr? Es ist doch eine zu wichtige Sache. Aber wir nahmen das Risiko auf uns. Wir haben auch Elternerlaubnis, aber da kam dann Jinx dazwischen. Wir wollten sicher sein, daß keiner von uns zurückgelassen werden mußte.«

»Das war sehr gut gedacht, Mrs. Greenberg. Jetzt gehe ich, solange Sie noch nicht heiser sind. Vielen Dank für Ihre Hilfe.«

Sie hatte ihm eine Menge erzählt. Luke fuhr mit dem Lift nach ganz oben. Jetzt ahnte er, weshalb sie Larry Greenbergs Porträt so genau gezeichnet hatte. Ob sie es wußte oder nicht – sie rechnete nicht damit, ihn wiederzusehen. Irgendwie hatte sie versucht, ihn unsterblich zu machen.

## XIV

Das Jayhawk Hotel war das drittgrößte Gebäude in Topeka, und vom Dach aus hatte man eine unvergleichlich schöne Aussicht. Als Luke den Lift verließ, wartete er zehn Sekunden, bis seine Ohren es ›gelernt‹ hatten, das ständige Röhren zu überhören. Schon ganz kleine Kinder mußten diesen Verteidigungsmechanismus erlernen. Die Hosteß war eine große Rothaarige, nackt bis auf hochhackige Schuhe, das Haar auf dem Kopf aufgetürmt, so daß sie noch größer wirkte. Sie führte ihn zu einem winzigen Tisch an einem Fenster.

Der Mann stand auf. »Nett, daß Sie das für mich tun, Dr. Snyder«, sagte Garner.

»Sagen Sie doch Dale zu mir.«

Der Mann war untersetzt; er hatte einen schmalen blondlokkigen Haarstreifen am Scheitel. Seine Stirn war ebenso wie Wangen und Kinn mit Hautersatz bedeckt, und nur um Augen, Nase und Mundwinkel hatte er noch Reste echter Haut. Seine Hände waren bandagiert.

»Gut. Dann bin ich Luke. Wie sind Ihre letzten Nachrichten über die See-Statue?«

»Gestern weckte man mich und sagte, Larry sei umgekippt. Wie geht es ihm?«

Luke erzählte dem Psychologen das, was in den letzten vierundzwanzig Stunden geschehen war, doch Einzelheiten ließ er aus. »Und jetzt tu ich, was ich kann, bis man mir ein Schiff zur Verfügung stellt, mit dem ich Greenberg und dem Fremden auf Neptun zuvorkomme.«

»He, ein schöner Schlamassel. Die Statue habe ich nie gesehen, und ich glaube auch nicht, daß ich den Knopf bemerkt hätte. Was trinken Sie?«

»Ein Milch-Shake, ich hatte kein Mittagessen. Dale, warum wollten Sie, daß die Statue hergebracht wird?«

»Ich dachte, es würde Larry nützen, wenn er sie sähe. Es gab lange vor meiner Geburt einen Fall, wo zwei Patientinnen, die sich beide für die Muttergottes hielten, in der gleichen Anstalt landeten. Die Ärzte steckten sie in den gleichen Raum. Es gab einen fürchterlichen Streit, bis die eine aufgab und damit zufrieden war, daß sie Marias Mutter sei. Die wurde geheilt.«

»Sie dachten also, Greenberg würde nun denken, daß er Greenberg ist, wenn Sie ihm die See-Statue zeigten.«

»Richtig. Leider hat es nichts genützt. Brauchen sie mich bei Menninger?«

»Möglich. Erst brauche ich aber Sie. Ich sagte Ihnen ja schon, daß ich zu wissen glaube, was Greenberg und die Statue wollen. Ich muß sie also jagen, bevor sie's finden. Erzählen Sie mir alles, was Sie über Larry Greenberg wissen. Der Mann, der auf dem Weg zum Neptun ist, hat extraterrestrische Erinnerungen, aber seine Reflexe sind die Greenbergs. Das bewies er, als er einen Schweber flog. Ich will wissen, womit ich von der Seite Greenbergs rechnen kann und muß.«

»Mit wenig, würde ich sagen. Erwarten Sie zuviel, dann können Sie nackt auf dem Mond landen. Ich verstehe aber, wie Sie's meinen, Luke. Nehmen wir einmal an, die Zivilisation der See-Statue hat ein Gesetz gegen Taschendiebstahl. Die meisten Länder hatten solche Gesetze, solange die Cops nicht so überlastet waren, daß sie diese nicht mehr erzwingen konnten.«

»Daran erinnere ich mich.«

»Wirklich? Ja, natürlich. Nun, nehmen wir an, der jetzige Larry hat jemanden erwischt, der seine Taschen ausleerte. Impulsiv würde er versuchen, ihn daran zu hindern, aber nach einem Cop würde er nicht schreien. Dafür ist eine bewußte Entscheidung notwendig. Die ist aber erst nach Ende des Kampfes wahrscheinlich, wenn er Zeit zum Nachdenken hatte.«

»Würde ich ihn überraschen, könnte ich auf seine menschlichen Reflexe zählen.«

»Ja, verwechseln Sie aber Reflexe nicht mit Motivationen. Sie wissen nicht, wie die jetzt aussehen.« Snyder lehnte sich zurück, denn ein Robotkellner brachte Drinks in seinem Torso. Garner bezahlte und scheuchte ihn weg.

Nun begann Snyder zu reden. »Sie wissen doch, wie er aussieht – mittelgroß, dunkel und recht angenehm. Seine Eltern waren orthodoxe Juden, aber sie waren für eine ganz koschere Ernährung nicht reich genug. Er hatte sich gut angepaßt, und da er unverwüstlich war, konnte er Kontakttelepathie aufnehmen. Wegen seiner Größe hat er einen kleinen Minderwertigkeitskomplex, doch der ist unwichtig. Aber er hat ›ein kleines Extra‹, das den Komplex ausgleicht.«

»Mrs. Greenberg hat mir davon erzählt.«

»Er meint damit aber eher seine Telepathie, während Judy wohl die medizinische Anomalie meinte. Er meint es ernst, wenn er sich für etwas Besonderes hält. Sie wissen ja, daß er seit Jahren menschliche und Delphingeister liest. Damit sammelte er eine Menge nützlicher Daten. Ich halte die Delphine ja nicht für wichtig, aber unter den Freiwilligen, die Larry zur Kontakttelepathie zur Verfügung standen, gab es viele Professoren, Studenten und Psychologen. Er konnte als überdurchschnittlich gebildet bezeichnet werden.

Vergessen Sie das nicht, wenn Sie ihn suchen. Die Intelligenz der See-Statue kenne ich nicht, aber Larry hat seine persönliche Intelligenz. Er ist gescheit, anpassungsfähig und selbstsicher. Mißtrauisch ist er gegen Aberglauben, nicht gegen Religionen. Seine Reflexe sind ausgezeichnet, und das weiß ich vom Tennisspiel her.«

»Dann muß ich also aufpassen.«

»Ja, das wird sehr nützlich sein.«

»Wie würde er reagieren, wenn seine Religion bedroht wäre? Ich meine damit jede oder irgendeine Religion, der er anhängt. Das heißt, wie würde er reagieren, wenn etwas bedroht wäre, das er sein Leben lang geglaubt hat?«

»Er würde natürlich wütend werden. Aber ein Fanatiker ist er nicht. Sie können ihn zu harten Diskussionen herausfordern, doch wenn Sie versuchen wollten, etwas Grundsätzliches an seinen Überzeugungen zu ändern, müßten Sie ausgezeichnete Argumente haben. Zweifel würden nicht genügen. Ich denke, Sie verstehen, was ich meine.«

Im Raumfahrt-Kontrollzentrum hingen zwei bewegungslose dunkle Punkte auf dem großen weißen Schirm. Halley Johnson schwang seine Phonokamera herum, so daß Garner besser hinsehen konnte.

»Das Militärschiff ist eine Spur schneller als das Flitterwöchnerschiff. Fliegen sie wirklich zum Neptun, dann überholt das eine das andere.«

»Wohin könnten sie sonst fliegen?«

»Zu einigen Asteroiden. Ich habe eine Liste.« Johnson las die Namen von vierzehn kleineren griechischen Gottheiten ab. »Die meisten wurden aber gestrichen. Wenn das Schiff den Umkehrpunkt erreicht, aber weiterhin beschleunigt, streichen wir alle.«

»Okay. Sie unterrichten mich also. Was ist mit meinem Schiff?«

»Wenn Sie um zwanzig Uhr hier sind, werden Sie um einundzwanzig Uhr im Orbit sein.«

Der Struldbrugs' Club nimmt auch, am Senat gemessen, jüngere Mitglieder auf, und jedes zweite Jahr verschiebt sich die Altersgrenze um eines. Im Jahre 2106 war jedes Mitglied mindestens hundertneunundvierzig Jahre alt, so daß also die Autodocs des Clubs die besten der Welt waren. Aber die Behandlungstanks sahen noch immer wie überdimensionale Särge aus.

Luke stemmte sich aus dem Tank heraus und las die Rechnung. Sie war lang. Sein Muskeltonus war entscheidend verbessert worden, und die winzige Batterie im Herzen hatten sie aufgeladen. Hormone und andere geheimnisvolle Substanzen waren in seinen Blutkreislauf gepumpt worden, und auch sonst ließ man ihm jede nur erdenkliche Behandlung zuteil werden. Jetzt tat ihm das ganze Rückgrat vom Nacken bis zum Steißbein weh. Maniküre und Pediküre hatten die Behandlung abgerundet.

Wenn Luke auf einen bestimmten Knopf an der Armlehne seines Stuhles drückte, bekam er für sechs Monate Hormone, Antiallergene, Pestkiller und Verjüngungsdrogen, die ihn jung und gesund erhielten. Was aus dem Schlitz kam, war eine Injektionsspritze vor Bierkrugausmaßen mit genauen kleingedruckten Instruktionen. Wenn er die Nadel sah, mußte er die Lippen zusammenkneifen. Ein Sprayhypo konnte man nicht einsetzen, wenn man eine Ader brauchte. Dem Arzt sagte er, daß er ihm die Rechnung schicken solle. Noch eine Sache, dann konnte er ein Nickerchen machen.

Da einige Clubmitglieder schon ziemlich hinfällig waren, hatte man die Telefonkabinen für Rollstühle eingerichtet. »Wie redet man mit Delphinen?« fragte Luke, der die Kabine schon ordentlich verräuchert hatte.

Fred Torrance sagte: »Genauso, als würden Sie mit Larry reden, nur daß Charley auf delphinisch antwortet, aber das werde ich übersetzen. Sein Englisch kann ich am Telefon nicht verstehen.«

»Okay. Charley, ich bin Lucas Garner und bei der Truppe. Weißt du, was mit Larry passiert ist?«

Es folgten Grunzer, Quieker, Pfeiftöne und Krächzer. Nur einmal hatte Luke etwas Ähnliches gehört. Vor achtzehn Jahren war er Zeuge in einem Mordprozeß gewesen, und drei Zeugen – und das Opfer, das natürlich nicht da war – waren Delphine gewesen.

Torrance übersetzte: »Er weiß, daß Larry sein Identitätsgefühl verloren hat. Dr. Jansky hat uns alles darüber erzählt.«

»Nun, gestern ist Larry in einem geklauten Schiff auf und davon. Ich will ihn verfolgen, und deshalb muß ich alles wissen, was Charley über ihn erzählen kann.«

»Charley möchte aber auch eine Gefälligkeit erbitten.«

»Wirklich? Was denn?« Luke wußte, daß die Delphine sehr fähige Handelpartner waren. Zum Glück – oder nicht – hatten die Delphine sehr genau umrissene moralische Auffassungen, die sie leicht und schnell den Zweibeinerhandelssitten angepaßt hatten.

»Er möchte mit Ihnen über die Möglichkeit sprechen, daß Delphine an der Besiedlung der Sterne teilnehmen.«

Von den drei Anwesenden wußte Torrance, der Seedoc, am

genauesten, was gesprochen wurde. Charley redete langsam und klar unterhalb der ultrasonischen Schallgrenze, aber sogar Torrance hatte manchmal Schwierigkeiten, ihn zu verstehen.

»Charly«, sagte Garner, »ist das eine neue Idee? Ich habe noch nie davon gehört, daß Delphine Sternreisen machen wollen.«

»Ist doch nicht so brandneu. Diese Frage wurde schon auf abstraktem Niveau diskutiert, und viele sind dafür. Ich selbst fühle erst seit drei Tagen so.«

»Greenberg war doch ziemlich raumbesessen, nicht wahr?«

»Bitte, bedienen Sie sich der Gegenwartsform. Ja, er ist raumbesessen. Ich brauchte ein paar Tage, bis ich mich an Larry gewöhnte. Ich verstehe ja nicht ganz, weshalb es ihn so nach Jinx zieht, doch ich kann etwas davon erklären.

Auf Jinx kann er so viele Kinder haben, wie er will, vier oder fünf, und niemand würde etwas dagegen einwenden. Solche Gefühle habe ich manchmal auch im Tank. Da ist kein Platz zum Schwimmen. Larry will eine Straße entlanggehen, ohne Angst haben zu müssen, daß er einem anderen auf die Zehen tritt, oder daß ihm die Taschen ausgeleert werden, oder daß er von der Menge in eine falsche Richtung geschoben wird. Larry ist sich nicht besonders klar darüber. Ich gab mir mehr Mühe, ihn zu analysieren.«

»Und wie stehst du dazu? Du bist ein Delphin. Du hast vielleicht niemals die Sterne gesehen.«

»Misterr Arrnerr, ich versichere Ihnen, wir Schwimmer wissen, wie die Sterne aussehen. In den illustrierten Texten, die uns Ihre Agenten verkauft haben, sind viele astronomische und astrophysikalische Bänder. Und manchmal kommen wir auch zum Luftschnappen nach oben.«

»Entschuldigung. Aber eines stimmt doch. Ihr habt genug Bewegungsfreiheit, euch tritt keiner auf die Zehen, und nur ein Mörderwal könnte an euren Jackentaschen interessiert sein. Also, was wollt ihr?«

»Vielleicht Abenteuer. Vielleicht eine neue Zivilisation. In vielen tausend Jahren hat es nur eine einzige Schwimmer-Zivilisation gegeben. Die Meere sind nicht so isoliert wie die Kontinente. Wenn es mehrere Möglichkeiten gibt, etwas zu tun, dann müssen wir herausfinden, wie wir auf anderen Welten Gemeinschaften bilden können. Ist das logisch?«

»Ja«, gab Garner freimütig zu. »Aber es könnte schwieriger

sein, als ihr denkt. Wir müssen ein ganz neues Schiff bauen, denn ihr braucht viel Wasser. Und das ist, verdammt noch mal, schwer. Einen Delphin zu anderen Welten zu bringen, kostet sicher zehnmal soviel als die Reise eines Menschen.«

»Ihr benützt doch Wasser als Reaktionsmasse für die Landemotoren. Könnt ihr Licht in die Wassertanks installieren?«

»Ja, und wir können sie auch nur zu zwei Dritteln füllen und Filter einbauen, damit das Wasser für die Motoren nicht von Algen verunreinigt wird. Und natürlich Reservetanks für euch, weil die Tanks während der Landung geleert werden. Charley, hast du eine Ahnung, was das alles kostet?«

»Eine kleine wenigstens.«

»Siehst du. Mit dem, was ihr Delphine produziert, könnt ihr die Reise nicht bezahlen. Und wie könnten zwei Delphine allein leben, ohne verrückt zu werden? Und wovon? Es ist ja nicht so, daß man für euch nur ein Weizenfeld anzulegen braucht. Einen Ozean für euch herrichten – das muß sofort getan werden. Und Delphine bezahlen auch keine UN-Steuern . . . hm . . . Charley, hast du eine Ahnung, wie viele Delphine bereit sind, ihre Heimat für immer zu verlassen?«

»So viele wie wir brauchen. Sie werden ausgesucht, wenn nötig. Das Gesetz erlaubt das im Notfall. Alle, die frühe Experimente zum Beweis unserer Intelligenz mitmachten und dabei starben, wurden ausgesucht.«

»Wirklich? Das hat ja niemand geahnt.« Garner schien entsetzt zu sein. Nun, das war doch lange her. Warum, wunderte sich Torrance, war er so erschüttert? Garner sagte: »Ach, lassen wir's. Wie viele richtige Freiwillige waren es?«

»Alle waren Freiwillige. Wollt ihr wissen, wie viele Freiwillige es ohne Los wären? Fünfzig bis hundert. Mehr nicht, aus allen Ozeanen.«

»Na, schön. Dann müssen wir mit einem massiven Werbefeldzug anfangen. Die Delphine müssen zu den Kosten eines Delphin-Raumschiffes beitragen, wenigstens nominell, wenn es auch für euch kostspielig aussieht. Man muß ja auch schließlich die meisten der Zweibeinerwelten davon überzeugen, daß eine Welt ohne Delphine nicht wert ist, darauf zu leben. Ich glaube es allerdings jetzt schon, wie ich bemerken möchte.«

»Vielen Dank. Und der Dank gilt für alle von uns. Werden die Schwimmer an dieser Reklame beteiligt sein?«

»Nicht direkt. Wir brauchen aber Aussagen von prominenten

Schwimmern, wie etwa von dem, den die Zeitungen den Anwalt nennen. Kennst du ihn?«

»Natürlich kenne ich ihn. Könnten wir vielleicht die Kosten damit senken, daß wir Schwimmer in Doktor Janskys Zeitverzögerungsfeld transportieren?«

Dr. Torrance lachte, und Garner sah verwundert drein. »Ja«, antwortete Garner schließlich. »Wir bräuchten nicht einmal Tanks. Die Menschen könnten euch in einem Gefrierschlaf halten, bis sie ein kleines Meer, etwa so groß wie das Mittelmeer, besäen können . . .«

Und so ging es noch eine Weile weiter, bis Garner feststellte: »Also, das wäre abgemacht. Du besprichst das mit den einflußreichen Delphinen, aber es wird so lange nichts ausgemacht, bis ich zurück bin. Ich möchte einen ordentlichen Reklamefachmann zuziehen.«

»Ich sage das ja nicht gerne, aber besteht nicht vielleicht doch die Möglichkeit, daß Sie nicht zurückkommen?«

»O heiliger Raumdonner! Das habe ich doch glatt vergessen . . . Und mit meinem Nickerchen wird es jetzt auch nichts mehr. Schnell, Charley, was ist mit Greenberg? Wie ist deine Meinung?«

»Ich fürchte, da bin ich voreingenommen. Vor allem beneide ich ihn um seine Hände. Ich mag ihn. Er ist mir sehr fremd und doch wieder nicht.« Charley ließ sich auf den Boden des Tanks sinken, dann stieg er wieder auf und blies Wasser. »Nein, fremd ist er nicht. Er denkt ähnlich wie ich, denn er hat manchmal meinen Kontakt aufgenommen, statt umgekehrt. Und er spielt gerne lustige Streiche, jawohl. Larry ist lustig wie wir Delphine. Vor Jahren habe ich eine Witzesammlung von unseren Klassikern so übersetzt, daß er sie den Zweibeinern erzählen konnte, aber er machte keinen Gebrauch davon, weil er fürchtete, er müsse dafür ins Gefängnis gehen. Später wird er sich der Sammlung vielleicht doch noch bedienen. Und dann noch etwas: Mit einem Schwimmer habe ich das noch nicht ausprobiert, aber ich muß das Fremdwort benützen: Hypnose.«

»Ah! Larry hat das sehr genau studiert und ausprobiert. Bei ihm wirkt das auch. Bei einem Schwimmer ist es vielleicht nicht anwendbar«, sagte Torrance.

»Er hat es aber schon probiert«, bemerkte Garner. »Sonst noch etwas?«

»Garrnerrr, Sie müssen wissen, daß das delphinische Quieken

gar kein Witz ist, sondern so sehen wir eben die Dinge an. Manchmal muß man irgendwie Sand ins Getriebe streuen, damit die Maschine überholt wird. Beißt man einem anderen Schwimmer rechtzeitig eine Finne ab, so kann das seine Haltung dem Leben gegenüber total verändern, oft zum Besseren. Larry versteht das.«

»Ich wollte, ich verstünde es auch. Danke für die Mühe, Charley.«

Garner saß in Struldbrugs Lesezimmer und dachte über Greenberg nach. Warum war er zum Fremdling geworden? Mit zwei Erinnerungssätzen, zwischen denen er wählen konnte, würde er natürlich den wählen, der ihn am meisten von anderen Persönlichkeiten unterschied. Warum aber klammerte er sich daran? Jetzt mußte er doch allmählich begriffen haben, daß er nicht die See-Statue war. Und als Larry Greenberg war es ihm doch, weiß Gott, nicht schlecht gegangen.

Um seine Frau konnte man ihn beneiden, und sie liebte ihn. Dr. Snyder behauptete, er sei sehr gefestigt und gut angepaßt. Er liebte seine Arbeit. Und er hielt sich selbst für etwas Besonderes.

Aber die See-Statue war einmalig im Universum, die letzte ihrer Rasse, mitten unter feindliche Wesen hineingestellt. Die Greenberg-See-Statue hatte auch noch die Fähigkeit der . . . telepathischen Hypnose eingebüßt.

Garner überlegte: ich muß wohl annehmen, daß Greenberg als Greenberg buchstäblich nicht mit den Erinnerungen der See-Statue denken kann. Er muß also die See-Statue bleiben, um überhaupt zu funktionieren. Sonst hätte er wenigstens versucht, wieder er selbst zu werden.

Aber als man ihn befragte, war er sehr arrogant gewesen. Nein, ein Sklave war er nicht. Aber auch nicht menschlich.

Der Roboter gongte leise neben seinem Ohr, und Garner wandte sich zu ihm um; er las auf dessen Brust: »Sie werden gebeten, Mr. Charles Watson sofort anzurufen.«

# XV

Chick Watson war fett, hatte dicke Lippen und eine Knollennase. Das Haar war wie abgemäht und stand nur millimeterhoch und schwarz von seinem Kopf ab. An Wangen und Kinn hatte er einen Siebzehnuhrschatten, doch im übrigen sah er harmlos aus. Auf seinem Schreibtisch hatte er einen großen Schirm, auf dem ein Film außerordentlich schnell ablief. So schnell konnte kaum jemand lesen.

Der Summer ertönte, und Chick schaltete das Lesegerät aus. Für seinen Leibesumfang bewegte er sich sehr schnell und genau. »Hier«, meldete er sich am Telefon.

»Lucas Garner am Apparat, Sir. Wollen Sie ihn sehen?«

»Außerordentlich dringend sogar.« Er hatte einen tiefen Baß, der zu kommandieren gewohnt war.

Luke sah müde aus. »Chick, brauchen Sie mich?«

»Ja, Garner. Ich dachte, Sie könnten mir bei einigen Fragen helfen.«

»Ja, aber ich habe es schrecklich eilig.«

»Ich fasse mich kurz. Erstens diese Mitteilung von Ceres an Titan Enterprises. Die *Golden Circle* hob gestern unter Einhaltung von Funkstille von Topeka ab, und der Belt will uns eine Rechnung für das Auffinden der Spur ausstellen. Titan hat uns das wissen lassen. Sie sagten, ihr Schiff muß gestohlen worden sein.«

»Das stimmt. Kansas City hat die Einzelheiten. Eine komplizierte Sache.«

»Eine Stunde später das Navy-Schiff *Iwo Jima* . . .«

»Auch geklaut.«

»Irgendeine Verbindung mit dem Vorfall See-Statue bei *Ucla*?«

»Jede Verbindung. Schauen Sie mal, Chick . . .«

»Ich weiß. Also von Kansas City. Und schließlich . . . Ihre Nachricht, daß Sie Topeka auf einem Sonder-Navy-Schiff, der *Heinlein*, um einundzwanzig Uhr verlassen, Ziel unbestimmt, vielleicht Neptun; offizielle Geschäfte. Garner, ich sagte immer, so etwas würde mal passieren, aber geglaubt habe ich es niemals.«

»Chick, ich bin nicht plötzlich senil geworden. Das ist sehr dringend.«

»Gründlichster Anfall von Senilität, von dem ich je hörte. Was könnte so dringend sein in Ihrem Alter, daß Sie in den Raum gehen müssen? Können Sie mir das erklären?«

»Keine Zeit.«

»Und wenn ich Ihnen befehle, nicht zu gehen?«

»Das würde etliche Leben kosten. Viele. Jede Menge. Und es könnte das Ende der menschlichen Zivilisation sein. Das ist buchstäblich wahr.«

»Garner, Sie stellen mich als Dummkopf hin, der Sie gewähren läßt, weil Sie der einzige Fachmann auf diesem Gebiet sind. Stimmt doch?«

»Vielleicht haben Sie recht«, antwortete Garner zögernd.

»Na, schön. Ich treffe nicht gerne Entscheidungen, deshalb hat man mich ja auch an einen Schreibtisch gesetzt. Garner, Sie müssen aber Dinge wissen, von denen Kansas City nichts ahnt. Rufen Sie mich doch nach dem Abheben an.«

»Gute Idee. Sie meinen, ich könnte . . . abkippen?«

»Will ich absolut nicht sagen. Aber nehmen Sie Ihre Vitamine, Garner.«

Wie ein Pfeil flog die *Golden Circle* von der Sonne weg. Die riesigen dreieckigen Schwingen befanden sich ganz hinten am Schiffsrumpf, und der schlanke Schaft des Rumpfes setzte sich in eine noch schlankere Nase fort. Die kleinen vorderen Schwingen hatten sich kurz nach dem Abheben seitlich in den Rumpf geschoben. Die große Finne war ein Irrgarten aus Leitungen. Dampf, der vom Antrieb geheizt worden war, lief durch einen Generator und die Kühlschlangen, ehe er die Reise wieder begann. Der größte Teil der Energie wurde dem Fusionsschild des Antriebs zugeleitet, der Rest war für das Lebenserhaltungssystem. Nur in einer Beziehung war der Pfeilvergleich nicht genau, denn der Pfeil flog seitlich, so daß die Sonnenfackel den Pfeilbauch verbrannte.

Kzanol röhrte vor Wut. Schon wieder hatten die Karten versagt! Langsam stand er auf. Der Antrieb entwickelte ein terranisches g, und an dieses Gewicht hatte er sich noch nicht gewöhnen können. Er setzte sich an den Kasinotisch, entnahm dem Schrank darunter einen neuen Kartensatz und begann ihn auszulegen. Der Boden um ihn herum war wenig später übersät mit kleinen Stücken magnetisierter Plastikkarten. Vielleicht konnte er sich eine passende Strafe für den Piloten ausdenken, der ihm dieses Spiel beigebracht hatte.

Pilot und Copilot saßen bewegungslos im Kontrollraum. Von Zeit zu Zeit änderte der Pilot den Kurs eine Spur. Etwa alle vierzehn Stunden brachte der Copilot Kzanol eine Schüssel Wasser und kehrte dann wieder zu seinem Sitz zurück. Aktinisches Gas entströmte dem Schiffsbauch und trieb das Schiff zu immer höheren Geschwindigkeiten.

Es war eine zauberhafte Nacht. Seit Jahren hatte Garner die Sterne nicht mehr gesehen, denn in den Städten waren sie durch Smog und Neonlicht verhüllt; der amerikanische Kontinent bestand ja zum überwiegenden Teil aus Städten. Aber die Luft war wie der Atem Satans. Garner schwitzte, und Anderson und Neumuth ging es nicht besser.

»Wir könnten das aber auch allein tun«, meinte Anderson.

»Sie wissen nicht, wonach Sie suchen müssen«, entgegnete Garner. »Ich bin darauf trainiert, denn ich lese seit Jahrzehnten Science-fiction. Seit Jahrhunderten! Neumuth, wohin gehen Sie?« Neumuth, der kleine Dunkle, entfernte sich. »Zeit zum Anschnallen!« rief er. »Gute Reise!«

»Er geht zum Cockpit«, sagte Anderson. »Wir nehmen den Eskalator zum Schiff selbst.«

»Oh. Wenn ich das nur besser sähe. Für mich ist es nur ein großer Schatten.«

Der Schatten sah aus wie ein Papierpfeil mit einer großen Eidechse auf seinem Rücken. Es war aber ein Rammjet-Raketenflugzeug mit Hydrogen in den Rammjets, denn das kalte, flüssige Hydrogen erzeugte sein eigenes flüssiges Oxygen während des Fluges. An der oberen Oberfläche hing als schlanker Zylinder ein Fusionsantrieb-Kreuzer mit einiger Zusatzausstattung für Rettungsaktionen. Darin befanden sich zwei Männer.

Es wäre Unsinn gewesen, in der Erdatmosphäre den Fusionsmotor zu benützen. Als sie achtzehn Stunden früher abhoben, hatten Masney und Kzanol/Greenberg etwa ein Dutzend örtlicher Gesetze gebrochen, dazu fünf supernationale Vorschriften verletzt und auch noch einen Vertrag mit dem Belt. Ein anderes Schiff hob röhrend ab. Garner blinzelte in das grelle Licht. »Das war unser Rendezvous-Schiff«, sagte Anderson ganz nebenbei.

Luke hatte es satt, dumme Fragen zu stellen, und Anderson mochte er nicht. Wenn der Kleine ihm verraten wollte, weshalb sie ein Rendezvous-Schiff brauchten, würde er es schon sagen.

Am Fuß des Eskalators sagte Garner: »Ich sehe Sie oben wieder.« Er griff in seinen Aschenbecher, und Anderson tat einen erschreckten Satz, als der Reisestuhl des Invaliden zur fliegenden Untertasse wurde. Pfeifend ging der junge Mann die Treppe hoch. Vielleicht wurde die Reise doch ein Spaß.

»Lassen Sie den Stuhl nur oben an der Eskalator-Plattform«, sagte er dann. »Wir liefern ihn zum lokalen Struldbrugs' Club. Ich trage Sie hinein, Sir.«

»Sie nehmen mein Medikit. Ich gehe«, antwortete Garner, und das tat er auch, wenn er auch heftig mit den Armen um sein Gleichgewicht kämpfte. Anderson folgte ihm mit dem Medikit. Er überprüfte Garners Akzelerationsgurte, ehe er seine anlegte.

»Fertig, Neumuth?« fragte Anderson. »Die andere Rammjet-Rakete hatte ein ganzes Bündel Raketen mit Festtreibstoff, die so groß waren wie dieses Schiff. Wir haben auch nicht mehr Antrieb als die *Golden Circle* und liegen eineinhalb Tage hinter ihr. Deshalb müssen wir die Zusatzraketen verwenden, um ausreichenden Startantrieb zu haben. Nicht besonders gut, aber wenn es geht . . .«

» . . . dann ist es gut«, beendete Garner den Satz. Der Schub des linearen Akzelerators machte ihm Schwierigkeiten beim Sprechen. Fünf Sekunden dauerte dieser Druck von 2 g, dann zündeten die Rammen, und sie hoben ab.

Zwei Tage mit unbequemen 2 gs dauert es, um zuerst dorthin zu kommen, überlegte Garner. Seine alten Knochen ächzten unter der Belastung. Ihm fehlte sein eigener Stuhl. Ein Spaß würde die Reise für ihn nicht werden.

Lars aß ein Sandwich mit Ei und Sardine, als der Summer ertönte. Vorsichtig und mit beiden Händen legte er es weg, so daß es nicht unversehens in eine nicht existente Schwerkraft fallen konnte. Die bekleckerten Hände wischte er am Coverall ab, den er oft wusch. Dann erst ging er zum Transempfänger.

Der Maserstrahl hatte die ungeheure Weite überquert. Das Radio übersetzte den Strahl in einen Ton, und was herauskam, war die farblose Stimme Cutters, der auf Ceres Dienst machte.

»Danke, Eros, Mitteilung klar erhalten. Diesmal keine weiteren Notfälle, Lars. Topeka rief uns vor acht Stunden an und gab uns Startzeit und voraussichtlichen Kurs durch. Der Start kam mit vier Minuten Verspätung, aber das ist doch typisch. Haltet uns auf dem laufenden. Danke, Eros, euer . . .«

Lars schaltete aus und kehrte zu seinem Sandwich zurück.

Hatte Cutter bemerkt, daß er das nachfolgende Schiff der Navy vor achtzehn Stunden aufgespürt hatte? Zweifellos.

»Sie nehmen es viel zu schwer«, sagte Dale Snyder, doch Judy zuckte nur die Achseln. Ihre Augen waren verschwollen, und in ihrem hübschen achtundzwanzigjährigen Gesicht zeigten sich neue Linien. Viel zu verkrampft hielt sie ihr Kaffeeglas und saß sie in dem angeblich behaglichen Sessel.

»Schauen Sie«, sagte er, »es stürmen zu viele Dinge auf Sie ein. Haben Sie schon je daran gedacht, sich auf Ihr Seitensprung-Abkommen mit Larry zu berufen? Das würde wenigstens eine Ihrer Spannungen lindern. Sie nützen ihm nämlich gar nichts, wenn Sie sich so viele Sorgen machen.«

»Ich weiß es und habe selbst darüber nachgedacht. Aber nicht mit einem Freund, Dale«, fügte sie lächelnd hinzu.

»Oh, das meinte ich doch nicht«, versicherte ihr Dale Snyder hastig. Sogar rot wurde er. Zum Glück bedeckten die Bandagen das meiste davon. »Wie wäre es mit Las Vegas? Die Stadt läuft über mit Geschiedenen, und die meisten haben Angst, wieder zu heiraten. Ganz großartig für kurze Affären. Sie könnten die Sache abbrechen, wenn Larry zurückkommt.«

Vielleicht hatte er zviel Nachdruck in diesen Rat gelegt, denn Judy erklärte rundheraus: »Das glaube ich nicht.«

Zwei Schwerpunkte! Vor zwölf Stunden hätte er darüber nur gelächelt. Zweimal Schwerkraft auf seinem Rücken? Zweimal doppeltes Gewicht, Metall, Lärm und keinen Schlaf. Die Fissions/Fusionsmotore röhrten paarweise außen am Rumpf. Zwei waren bereits abgeworfen, zehn blieben noch. Zwei brannten jeweils, und es würde einen Tag und noch einen halben dauern, ehe das Schiffsgewicht wieder normal war.

Die Sterne waren harte, eindringliche Punkte. Noch nie war der Himmel so schwarz, waren die Sterne so hell gewesen. Luke glaubte, hätte er seine Augen auf einen Punkt konzentrieren können, wären schon längst winzige Löcher in seine Retina gebrannt worden; winzige, vielfarbene Blindheiten, die zu seiner reichhaltigen Narbensammlung hinzugekommen wären. Die Milchstraße war ein nebeliger Lichtstrom mit scharfen, aktinischen Laserpunkten.

Er war zweiundsiebzig, da hatte man das erste Passagierschiff gestartet, ein plumpes und nach heutigen Begriffen übergroßes

Orbitalvehikel, nicht viel mehr als ein Hüpfgleiter. Man hatte ihm erklärt, er sei zu alt, um ein Ticket kaufen zu können. Und was war er jetzt? Wäre der Druck auf seiner Brust nicht gewesen, hätte er lauthals gelacht.

Es war nicht einfach, den Kopf zu drehen. Anderson studierte eingehend ein plastikbedecktes Blatt auf seinem Instrumentenbrett. In der spiegelnden Fläche sah er, daß Luke zu ihm schaute. »Von jetzt an gibt's nichts zu tun, als nach Felstrümmern Ausschau zu halten«, sagte er. »Ich habe das Schiff über die Belt-Ebene gesetzt.«

»Können wir uns den Zeitverlust leisten?«

»Klar, wenn sie zum Neptun fliegen.« Andersons fröhliche und energische Stimme klang wegen des zusätzlichen Gewichtes auf seinen Wangen etwas nuschelig. »Sonst kommen sie sowieso lange vor uns an, egal, wohin sie auch gehen. Und das erfahren wir erst dann, wenn sie in ihren Umkehrkurs einschwenken.«

»Das müssen wir riskieren.«

Anderson machte das Extragewicht nichts aus.

Ein g ist der Standard für bemannte Raumfahrt. Einige Rettungs- und etliche Expreßschiffe im Belt haben Vorrichtungen für am Rumpf befestigte zusätzliche Fusions/Fissionsmaschinen, um die Transitzeit zu verkürzen. Das ist sehr sinnvoll, jedoch nicht immer. Mit einer ständigen Akzeleration variiert die Verkürzung der Reisezeit so, wie sich die Quadratwurzel der Energiezunahme erhöht. Greenberg und der Fremdling müßten wissen, daß etwaige Verfolger einen Tag und einen halben auf dem Weg zum Neptun hinter ihnen bleiben müßten.

Ein solcher Außenmotor kann nur einmal verwendet werden. Der glatte zylindrische Körper enthält nur Wasserstoffgas unter Druck mit einem Zusatz einer Uranmischung. Der Fusions-Schildgenerator ist äußerlich und bleibt am Schiff, wenn die Hülle des Zusatzmotors abfällt. Im Moment, da der Schild sich an der Rumpfinnenseite bildet, streben Neutronen vom Urankern zurück in die Uranmasse, und alles löst sich in einer Kettenreaktion auf. Mit der Zeit nimmt der Druck ab, die winzige Auspufföffnung erhält eine gleichmäßige Beschleunigung aufrecht.

Diesmal waren die Zusatzmotoren lebenswichtig. Die *Heinlein* mußte sechs Stunden vor den anderen am Neptun sein.

Das heißt, falls die anderen zum Neptun reisten! Wenn Diller nicht recht oder sogar gelogen hatte, und wenn Diller, genau wie

Greenberg, sich für einen Fremdling hielt, wenn die fliehenden Schiffe einen Asteroiden ansteuerten, dann würde die *Heinlein* darüber hinausschießen. Und wenn die anderen umdrehten, war es zu spät, denn die *Heinlein* war viel zu schnell. Und der Belt wehrte sich gegen alles, was auch nur nach Angriff aussah.

Aber da war Lloyd Masney.

Mit einer Minute Übertragungsverzögerung war das Gespräch mit Chick Watson ermüdend und unproduktiv gewesen. Jetzt wußte Chick alles, was er selbst wußte, nur nicht die intimsten Einzelheiten aus Greenbergs Leben. Sie schienen auch zu einem Entschluß gekommen zu sein; weitere Hilfsschiffe würde die Erde nicht absenden, denn die kämen sowieso zu spät. Die Erde würde auf Sicht schießen, wenn eines der Zielschiffe zum Rückflug ansetzte. Chick brauchte nur den Funkverkehr für Garner offenzuhalten, um alle benötigten Informationen zu erhalten.

»Nein, wir können den Belt nicht um Hilfe angehen«, hatte Chick etwas verächtlich gemeint. »So gut sind die Beziehungen zum Belt jetzt bestimmt nicht. Sie wissen, was sie uns mit einem Uranembargo antun könnten, und wir wissen, was ist, wenn wir ihre Vitamine zurückhalten; beide Seiten würden nur neugierig warten, wer zuerst zusammenbricht. Glauben Sie, die würden uns unsere Geschichte abnehmen? Wir haben doch nur Beweise aus zweiter Hand. Sie glauben, wir wollen neue Minenoperationen einleiten oder einen Mond besetzen. Sie würden alles glauben, weil sie nur wissen, daß drei Erdenschiffe gleichzeitig zum Neptun unterwegs sind.

Und noch schlimmer: sie würden annehmen, daß dieser Telepathie-Verstärker nicht über die Erde hinausreichen würde. In dem Fall könnten sie selbst einen besseren Handel mit Greenberg, dem König der Welt, machen als mit uns.«

»Ich würde das keinem abkaufen«, hatte Garner geantwortet. »Aber Sie haben recht, es hat keinen Sinn, um Hilfe zu rufen. Es muß eine bessere Antwort geben.«

So warteten sie also. Hatten sie recht, und die gestohlenen Schiffe flogen zum Neptun, mußten sie in sechs Tagen die große Kehre machen.

Luke schlief dann ein. Auch Anderson schlief. Die Arbeit tat der Autopilot.

Um 21 Uhr des nächsten Tages brannten die beiden letzten Zusatzmotore aus und wurden abgeworfen. Nun folgten sechs torkelnde Paare dickwandiger Zylinder der *Heinlein* in einer Reihe, die Millionen Meilen lang war. In einem Jahrhundert würden sie alle den interstellaren Raum erreichen; einige mochten sogar zu anderen Galaxien weiterfliegen.

Das Schiff flog mit einem behaglichen g weiter. Luke übte seine Gesichtsmuskeln, und Anderson machte in der Luftschleuse isometrische Übungen.

Die Felstrümmer des Belt schlüpften mit jeder Sekunde schneller unter ihnen weg.

Er war ein klerikal aussehender Mann mit dröhnender Stimme und nannte sich selbst Ceres Base. Seiner Erscheinung nach hätte ihm ein eigener Name nie zugestanden. Er wollte wissen, was ein irdisches Navy-Schiff im Belt zu tun hatte.

»Geben Sie mir das Mikrophon«, flüsterte Garner.

Anderson reichte es ihm. »Nur reden. Ich höre alles mit.«

»Ceres, hier spricht Lucas Garner von der UN. Warum so viel Lärm?«

»Mr. Garner, Ihre Autorität gibt es hier nicht im . . .«

»Danach habe ich doch nicht gefragt.«

»Wie bitte?«

»Sie sind sich doch klar, daß wir der *Golden Circle* folgen? Oder nicht?«

»Zu welchem Zweck folgen Sie ihr?«

»Geht Sie nichts an. Aber ich bin vielleicht bereit, es einem Ihrer Vorgesetzten zu sagen, falls ich den richtigen erwische. Aber schnell, bitte!«

»Der Belt erlaubt Ihnen die Passage nicht, wenn Sie nicht vorher deren Zweck erklären.«

»Der Belt interessiert uns nicht. Leben Sie wohl.«

Als sie die Glocke hörte, rollte sich Marda von der Couch ab und ging zur Telefonkabine. Schon hier spürte sie einen leichten Zug im Leib vom chirurgischen Zement, obwohl die Operation erst zwölf Stunden zurücklag. Der Zug erinnerte sie an das, was sie verloren hatte. »Lit!« rief sie. »Es ist Ceres. Für dich.«

Lit trottete vom Garten herein. Er schien etwas zu ahnen. »Erinnerst du dich der beiden Banditenschiffe von Topeka? Jemand ist zu der Prozession gestoßen.«

»Hat lange genug gedauert. Wir haben sie schon vor Tagen gewarnt. Wann hat es abgehoben?«

»Vor zwei Tagen. Lit, die *Heinlein* hat uns ausreichend gewarnt und sogar den voraussichtlichen Kurs angegeben. Sie hat sogar Zusatzmotoren verwendet. Die Zeit/Positionskurve sieht ganz anders aus als die Kurve der Banditen. Ich habe bis jetzt gebraucht, um zu sehen, daß alle in die gleiche Richtung gehen.«

»Verdammt noch mal, Cutter . . . Ach . . . Sonst noch was?«

»Die *Heinlein* passiert jetzt eben Ceres. Willst du mit Lucas Garner von der UN sprechen?«

»Nein. Was hat der hier zu suchen?«

»Das will er nicht verraten. Aber vielleicht sagt er's dir.«

»Weshalb sind Sie so sicher, daß der Belt uns nicht aufhält?«

»Sie können uns ja gar nicht einfangen, sondern uns höchstens beschießen.«

»Fein. Das macht mich direkt glücklich.«

»Die vom Belt sind nicht dumm, Anderson. Oh . . .«

Ein gebräunter Kaukasier mit schwarzem Haar und vielen Fältchen um die Augen schaute sie vom Schirm her an und sagte: »Habe ich die Ehre, mit Lucas Garner an Bord der *Heinlein* zu sprechen?«

»Ja. Und wer sind Sie?«

»Charles Martin Shaeffer, Politische Abteilung des Belt und Erster Sprecher. Darf ich fragen . . .«

»›Little‹ Shaeffer?«

Das Mahagonigesicht gefror für einen Moment, dann lächelte es andeutungsweise. »Man nennt mich Lit. Garner, was haben Sie vor?«

»Ihnen sag ich's, Shaeffer, aber unterbrechen Sie mich nicht, denn es ist eine lange Geschichte.«

Es dauerte fünfzehn Minuten. Shaeffer hörte zu und gab keinen Kommentar. Doch dann wollte er Einzelheiten und Erklärungen. Einige Fragen wurden wiederholt. Die erst verschleierten Anschuldigungen wurden verdeutlicht. Anderson ließ vernünftigerweise Luke reden und hielt die Verbindung aufrecht. Nach einer Frage-und-Antwort-Stunde schaltete Luke ab.

»Mehr an Kreuzverhör kann ich heute nicht mehr ertragen«, erklärte er.

»Was dachten Sie? Soll ich Ihre Geschichte einfach schlukken? Ihre Meinung vom Belt bedarf der Berichtigung.«

»Nein, Shaeffer. Ich rechnete gar nicht damit, daß man mir glaubt, und Sie können sich das schon gar nicht leisten. Wenn Ihnen die Erde eine solche Geschichte aufzubinden versuchte, wäre der Propagandawert ungeheuer.«

»Natürlich. Aber Sie erzählten mir ja, daß ein fremdes Monster die menschliche Zivilisation bedrohe. Da erscheint es, mir schon seltsam, daß Sie sich weigern, mir ein paar Fragen zu beantworten.«

»Quatsch, Shaeffer. Schicken Sie ein paar bewaffnete . . .«

»Ich nehme keine Befehle an.«

»Unterbrechen Sie mich nicht ständig, Shaeffer. Schicken Sie ein paar bewaffnete Schiffe hinter mir her zum Neptun. Ich bin überzeugt, daß sie dorthin gehen, denn sie haben den Umkehrpunkt für die meisten Asteroiden schon passiert. Ihre Schiffe brauchen natürlich einige Zeit, uns einzuholen. Vielleicht kommen sie aber rechtzeitig, uns herauszuhelfen, vielleicht auch nicht. Wenn Sie glauben, ich lüge, schicken Sie Ihre Schiffe nur als Aufpasser mit, damit sie sich überzeugen, daß ich nicht schmuggle. Egal, was Sie tun, Sie brauchen bewaffnete Schiffe, um mich aufzuhalten. Aber bewaffnen Sie sie gut, Shaeffer.

Wenn Sie mir nicht glauben, müssen Sie wohl einen Krieg anfangen, oder? Gut. Aber wenn Sie eine Bestätigung für meine Geschichte wollen, dann rufen Sie das Büro der UN-Truppe in Los Angeles an, dann die Ausstellung für Vergleichende Kulturen in Brasilia Ciudad und fragen Sie, ob man dort die See-Statue noch hat. Mehr können Sie nicht tun. Dann rufen Sie wieder mich an und sagen mir, wie viele Schiffe Sie schicken.« Luke bedeutete Anderson, er solle abschalten.

»Dummkopf«, erklärte Anderson voll Überzeugung.

»Absolut nicht. Er hat es schon richtig gemacht. Erst wird er uns Schiffe nachschicken, davon eines mit Antiradar, und das kommt später als die anderen wegen des Extragewichtes. Dann ruft er die Erde und bekommt meine Geschichte bestätigt. Er kann mich höchstens für einen Pedanten halten. Dann ruft er wieder mich an und erzählt mir, daß er ein Schiff weniger schickt als er's tatsächlich tat, weil er das Antiradar verschweigt. Dieses Schiff gibt dem Belt jede Möglichkeit, mich auf frischer Tat zu ertappen, falls überhaupt. Ich habe nur keine Ahnung, wie der

Belt auf Antiradar kam. Wenn sie mich bei nichts Unrechtem erwischen, werden sie mit mir zusammenarbeiten.«

»Können sie das auch?«

»Sicher. Sie sind bewaffnet, und Waffe bleibt Waffe. Einige von den Beltern werden mir schon glauben, denn sie warten ja immer auf den ersten Kontakt mit Außenweltlern.« Garner rieb sich über den Schädel. »Ich möchte nur wissen, wofür die See-Statue bewaffnet ist . . .«

## XVI

Marda fühlte bei jeder Bewegung den leichten Zug in ihrem Leib. Viele Frauen vom Belt hatten keine Kinder. Einige waren frigid, andere von Solarstürmen unfruchtbar; die Frigiden ertrugen die Einsamkeit relativ leichter als andere. Wieder andere hatten rezessive Gene, und darüber hinaus gab es Fruchtbarkeitsgesetze im Belt. Etliche Frauen konnten im freien oder nahezu freien Fall nicht empfangen. Das war eine Sonderklasse.

Was hatte Lit so lange in der Telefonkabine getan? Es hatte mehr als eine Stunde gedauert, und daß er wütend war, ließ sich nicht verkennen. Als der Schirm schon längst dunkel war, funkelte er ihn noch immer zornig an.

Marda stand auf und öffnete die schalldichte Tür. Lit schaute sich um. »Dieser Flachländer. Dieser Säbelrassler. Marda, kannst du dir vorstellen, daß sich so einer mir gegenüber aufspielt?«

»Hat er alle deine Knöpfe gedrückt, Lit? Was ist eigentlich los?«

»Oh . . . Du erinnerst dich doch an die beiden Schiffe, die von Topeka ohne . . .«

»Davon hab' ich nie gehört.«

»Richtig.« Sie war da kaum zum Zuhören aufgelegt gewesen. »Nun, vor zwei Tagen . . .« Als er ihr die Geschichte erzählt hatte, hatte er sich fast wieder beruhigt.

»Aber Lit«, wagte Marda zu sagen, »du hast ihn eine volle Stunde lang einem Kreuzverhör unterzogen. Was sollte er tun als dir ins Wort fallen – oder zugeben, daß er lügt?«

»Stimmt. Mich ärgert nur seine Geschichte. Sie ist viel zu fantastisch.«

»Dann vergiß sie doch einfach.«

»Darum geht es nicht. Was will er auf dem Neptun? Und warum drei Schiffe? Und warum kommandiert er die *Golden Circle* von Titan Enterprises?«

»Um seine Geschichte zu stützen?«

»Nein, eher anders herum. Seine Geschichte paßt zu den Tatsachen. Haargenau.« Er drehte sich wieder zum Schirm um. »Ich muß das tun, was er mir gesagt hat. Das ärgert mich. Eines Tages erzähle ich dir auch, warum ich die Truppe nicht mag.«

»Okay, dann eben später.«

»Braves Mädchen.« Aber er hatte sie schon vergessen. Er mochte Ceres keine Befehle erteilen, ehe er alles völlig durchdacht hatte. »Ich schicke die Schiffe von Troja aus, die fliegen dann direkt über ihn weg«, murmelte er vor sich hin. »Dann sind wir schneller hinter ihm, als er denkt. Und einen Antiradar schicke ich mit. Vermittlung? Bitte einen Maser an Achilles. Schnell.«

Natürlich, überlegte er, könnte das alles nur eine Finte sein, ein Ablenkungsmanöver für etwas, das hier im Belt vorging. Damit würden sie aber nicht durchkommen. Jedes Schiff, das Erde oder Mond verläßt, wird gefilzt . . . Bei einigen gehen wir an Bord und folgen den anderen, die es nicht erlauben. Unsere Gegenspionage wird glauben, das Ende der Welt sei gekommen . . .

Viereinhalb Tage später hatten weder Kzanol, noch Kzanol/Greenberg die Wende vollzogen. Sie schienen also wirklich zum Neptun unterwegs zu sein. Wenn, dann kam die Wende in achtzehn Stunden.

Für Anderson war es bereits Zeit, und er drehte um. »Wir sind ihnen sechs Stunden voraus«, erklärte er Garner. »Natürlich könnten sie auch in den Außenraum fliegen, und dann ist es ein reiner Zufall, daß sie diese Richtung eingeschlagen haben. Dann verlieren wir sie aber.«

»In diesen Schiffen? Ich habe noch nie daran gezweifelt, daß sie zum Neptun fliegen. Ich wollte nur nichts versäumen.«

»Ah, es war ja nur eine Überlegung. Wie wär's mit einem Imbiß?«

»Gut.« Es war Mittag. Zum Herumlaufen war es zu eng, aber das Lebenserhaltungssystem hatte eine mechanische Küche. Und die Eroberer des Raumes hatten herausgefunden, daß Kaviar billiger war als Cornflakes, denn Kaviar hatte sehr viel mehr

Nährwert pro Gewichtseinheit. Deshalb aßen Garner und Anderson aufgetaute Crepes Veronique und überlegten, wann sie ihr zusätzliches Gewicht wieder loswerden konnten.

Als sie die Teller in den Abfallschlitz schoben, fragte Garner: »Können wir eigentlich unser Teleskop schwenken?«

»Ja, warum?«

»Um den anderen Schiffen zu folgen. Sie sind noch vor uns, und wir bewegen uns ja mit dem Heck voraus.«

»Wir können sie jetzt wegen unserer Abgasflamme nicht sehen. Wir fliegen aber in sechs Stunden an ihnen vorbei, dann können wir sie laufend beobachten.«

»Die holen wir nie ein«, sagte der Mann im Führungsschiff. Es war ein großer, spindeldürrer Neger mit weißem Haar und Pokergesicht. »Die sind drei Tage voraus. Ha, Schmuggler!«

»Es wären sogar vier, wären wir nicht von Achilles aus gestartet«, sagte ein anderer.

Es waren fünf Schiffe, alle eiligst umgerüstet vom Minen- zum Kriegsschiff, denn sonst arbeiteten sie in den trojanischen Minen der Jupiter-Asteroiden.

»Die sind fast so schnell wie das Kriegsschiff, das ein Stück voraus liegt.«

»Sollen wir Ceres rufen?«

»Ja, direkt.«

»Tartov, ruf mal Phoebe an und sag ihnen, da sind drei Schiffe am Uranus vorbeigeflogen, alle unterwegs zum Neptun, alle mit etwa gleicher Geschwindigkeit. Ich möchte wissen, was mit denen los ist.«

Die Flotte von fünf Schiffen sah wie ein kleiner Glühwürmchenschwarm aus. Sie lagen nur ein paar tausend Meilen auseinander, denn auf die Art vermieden sie die Verzögerung im Nachrichtenverkehr. Hätten sie chemische Treibstoffe oder Ionenjets benützt, wären sie füreinander unsichtbar gewesen, aber sie hatten Fusionsantriebe, die viel heller erschienen als die nächsten Sterne.

»Lew? Das eine Schiff ist ein Flitterwöchnerschiff. Es hat im Spektrum eine sehr kräftige Oxygenlinie.«

»Ja? Die Armee macht's gründlich, das muß man ihr lassen.«

»Sie müssen hinter einem dicken Fisch her sein«, meinte Tartov, »hinter einem riesigen.«

Keiner sprach mehr. Sie dachten nach. Hinter dem Schwarm

und mit jeder Sekunde mehr zurückfallend, hinkte ein einzelnes Glühwürmchen her.

Etwas wie ein fallender Komet schoß vorbei. »Das ist Greenberg«, sagte Anderson und lachte breit. Langsam verblaßte das blau-weiße Licht im Hintergrund der Sterne. »Und die *Golden Circle* müßte in ein paar Minuten folgen. Greenbergs Schiff ist eine Spur schneller.«

Garner antwortete nicht, und Anderson drehte sich zu ihm um. »Etwas beschäftigt Sie, nicht wahr?«

Garner nickte. »Seit Tagen denke ich drüber nach. Eben wurde ich mir aber klar, daß es keine gute Antwort gibt. Es ist fast so, als halte man einen Teleporter im Kittchen.«

»Was ist das?«

»Ein Versuch, die beiden komischen Vögel daran zu hindern, den Verstärker zu holen.«

Geistesabwesend trommelte er auf dem Zigarettenspender seines Stuhles. »Schauen Sie. Wir können doch nicht zuerst dort sein. Wir wissen ja nicht einmal, wie und wo sie das Ding finden wollen. Vielleicht erinnern sie sich, wo es versteckt wurde. Wir wissen auch nicht, wie groß es ist. Wir können die beiden verhaften. Das heißt, den Fremden nicht, weil er nur Roboter aus uns macht, und mit Greenberg können wir uns auch nicht gut anlegen, weil er ein bewaffnetes Schiff hat und Masney die Kanonen benützen kann. Mein Sohn, er könnte da besser sein als Sie.« Garners Gesicht wirkte wie eine schreckliche tragische Maske der alten Griechen, und seine Stimme war die eines sorgenbeladenen Mannes. »Mir scheint, wir können nur eines tun – nach Sicht schießen.«

»Nein, das können Sie nicht!« protestierte Anderson. »Sie könnten ja Greenberg und Masney töten.«

»Ich will keinen töten. Dann zeigen Sie mir doch einen Ausweg!«

»Geben Sie mir eine Chance. Ich hab' noch gar nicht drüber nachgedacht.« Seine angestrengte Miene glich fast Garners Maske. »He, ich hab' etwas!« rief er plötzlich. »Sie brauchen ja gar nicht nach Sicht zu schießen. Sie können warten und herausfinden, was sie wirklich auf dem Neptun suchen.«

»Und was wird das nützen?«

»Sie könnten auf einem der Monde oder im Orbit etwas zurückgelassen haben. Ist es aber auf dem Neptun, dann können sie gar nicht drankommen! Keines der Schiffe entwickelt mehr als ein g, und Neptuns Schwerkraft ist höher. Sie können gar nicht landen.«

»Schlecht. Der Außenweltler hat ein Flügelschiff. Aber gut gedacht, Sohn.«

»Natürlich«, erwiderte Anderson zornig. »Und wie will der Kerl wieder starten?«

Luke Garner schien eine Vision gesehen zu haben. »Sohn, haben Sie je daran gedacht, zur Truppe zu gehen?« fragte er.

»Wieso . . .«, begann Anderson bescheiden.

*Wer seid Ihr?* Die beiden starrten einander an.

»Ich bin Lucas Launcelot Garner. UN-Truppe.«

»Leroy. George Andersons Junge. Der Astronaut.«

*Ich will nicht, daß ihr mir folgt.* Der Geist wütete. Selbst wenn er nur ›laut dachte‹, hielt er Garner und Anderson physisch und psychisch gelähmt. Dann kam es zu einer Entscheidung. Anderson griff nach den Instrumenten. Seine Fingernägel kratzten über Plastik. Er fummelte an den Verschlüssen der Deckplatte. Garner stieß ihn mit einer Hand zurück.

Da schlug der Geist zu. Garner fühlte, wie sein Herz aussetzte, und er holte keuchend Atem. Jetzt? wunderte er sich, und dann war er weg.

Als er wieder zu sich kam, sang es in seinem Kopf. Anderson wirkte ungeheuer hager. Er hatte ein Spray-Hypo in der Hand. »Gott sei Dank«, platzte er heraus. »Ich dachte schon, Sie seien hinüber.«

»Herz hat ausgesetzt«, keuchte Garner. »Zum erstenmal. Was haben Sie benützt?«

»Adrenalin direkt ins Herz. Wieder alles in Ordnung?«

»Klar. Relativ wenigstens.«

Der junge Pilot war noch immer sehr blaß. »Wissen Sie, was er mir befohlen hat? Ich sollte den Fusionsschild abschalten! Das hätten sie auf der Erde gesehen.« Er schüttelte sich vor Entsetzen. »Sogar bei Tageslicht hätten sie's gesehen. Ein Glück, daß Sie mich daran gehindert haben. Woher wußten Sie das?«

»Ich wußte es eben. Aber wieso wußten Sie, daß es mein Herz war?«

»Ich hab' gefühlt, wie er's getan hat. Na, wir brauchen uns seinetwegen keine Sorgen zu machen, bevor wir zum Neptun kommen. Direkt nachdem er Ihr Herz anhielt, kam er außer Sicht.«

»Dann müssen wir wohl auf den komischen Vogel schießen.«

»Es wird mir ein Vergnügen sein«, versicherte ihm Anderson voll Nachdruck.

Kzanol bemühte sich, an den Geistern seiner Feinde zu kleben, doch es nützte nichts. Schon die Entfernung war gegen ihn, und der Geschwindigkeitsunterschied war eine noch größere Barriere. Selbst zwischen zwei Thrints wurde eine Verständigung bei nur leicht relativistischen Unterschieden in den Zeitraten unmöglich.

Er wandte sich wieder den Karten zu. Der Pilot, ein Engländer, nannte das Spiel Patience, ein guter Name. Kzanol lernte auf harte Art Geduld. Der Boden des Aufenthaltsraumes war mit Kartenfetzen übersät, aber ein Spiel hatte schon zehn Verlustspiele überdauert. Es war der letzte Kartensatz an Bord.

Er knurrte tief in der Kehle wie ein Fleischfresser, der er ja war. Kzanol stieß die Karten zusammen und mischte sie. Auch Koordination lernte er, dazu etwas über sich selbst: einen Sklaven durfte er nicht sehen lassen, wenn er mit den Karten fuschte. Einmal hatte er es getan, und der Pilot mußte es bemerkt haben. Er würde es nie wieder tun.

Kzanol erschrak. Noch einer! Aber dieser war zu weit seitlich, als daß er ihn hätte unter Kontrolle bekommen können. Zu fühlen war er jedoch. Trotzdem . . . Der Eindruck war verwischt, doch das hatte mit der Entfernung nichts zu tun. So etwa, als schliefe der Sklave . . . Es war aber anders.

Eine halbe Stunde lang blieb er in Reichweite, doch Kzanol stellte zufrieden fest, daß kein weiterer Sklave an Bord war. An einen anderen Thrint dachte er nicht. Den Geschmack eines Thrint-Befehles hätte er gekannt.

Um sechs Uhr am nächsten Morgen drehte Greenbergs Schiff um. Drei Minuten später folgte die *Golden Circle*. Anderson fand die Mitteilungen in der Kamera, als er aufwachte: zwei Lichter, die sich langsam zu strahlenden Linien streckten und sich dann wieder in etwas lichtere Punkte zusammenzogen.

# XVII

Langsam verging die Zeit. Garner und Anderson waren tief in ein Turnier versunken, das sie auf dem Sichtschirm spielten: eine rechteckige Anordnung von Punkten, die mit Linien verbunden werden mußten. Der Spieler mit den meisten Vierecken war der Sieger. Fast täglich erhöhten sie die Einsätze.

Am Morgen des letzten Tages glich Garner aus. Einmal hatte er elftausend Dollar Spielschulden gehabt. »Sehen Sie?« sagte er, »man gibt nicht alle Vergnügen auf, wenn man älter wird.«

»Nur eines«, bemerkte Anderson ohne nachzudenken.

»Mehr«, gab Garner zu. »Meine Geschmacksknospen haben schon vor Jahren den Dienst aufgegeben, aber eines Tages wird man sie wohl auch ersetzen können. Genau wie mein Rückgrat. Das war auch verbraucht.«

»Sie meinen . . . das war kein Unfall? Die Nerven . . . starben nur so?«

»Sie gingen ins Koma. Das wäre wohl richtiger ausgedrückt.«

Nun mußte aber schnell das Thema gewechselt werden. »Haben Sie inzwischen eine bessere Idee, was wir auf Neptun tun können? Verstecken wir uns auf einem der Monde, um zu beobachten?«

»Richtig«, antwortete Garner, doch eine halbe Stunde später wollte er wissen, ob er die Erde erreichen könne.

»Nur mit dem Maser«, meinte Anderson zweifelnd. »Und alle auf der Erde werden mithören können, so weit streut der Strahl. Haben Sie Geheimnisse?«

»Sorgen Sie sich nicht darum. Richten Sie einen Maser auf die Erde.«

Es dauerte eine halbe Stunde, bis Anderson den Strahl zentriert und losgeschickt hatte. »Wenn es nur heißt: ›viele Grüße an Mama‹, dann sind Sie tot«, drohte er.

»Meine Mutter ist schon lange gestorben, ungefähr vor einem Jahrhundert. Und sie hielt sich für eine alte Frau. Hallo, UN-Hauptquartier! Hier spricht Lucas Garner und ruft die Technologische Polizei der Vereinten Nationen.«

Anderson stieß ihn an. »Warten Sie auf eine Antwort?«

»Natürlich nicht.« Gewohnheiten streift man nicht so leicht ab. »Hier spricht Garner. Bitte, das UN-Truppenhauptquartier, Erde. Bitte, richten Sie Ihren Antwortstrahl auf den Neptun. Wir benötigen dringend folgende Informationen von Dorcas Jansky. Hält sein Verzögerungsfeld Radar völlig zurück? Ich wiederhole: völlig. Würde der ET-Anzug das auch tun?« Er legte das Mikrophon zurück. »Und jetzt, mein Sohn, wiederholen Sie das einigemale.«

»Gut. Ist auf Wiederholung. Was soll das alles?«

»Ich weiß nicht, warum ich so lange dazu gebraucht habe«, antwortete Garner glatt. »Der Außenweltler war doch, laut Greenberg, etwa zwei Milliarden Jahre lang gefroren. Ich denke, er sagt da die Wahrheit. Er konnte ja nicht wissen, daß es auf Neptun etwas gibt, wenn es nicht vor zwei Milliarden Jahren dort versteckt wurde. Und wie konnte er annehmen, daß es nicht verrostet und zerfallen ist nach all dieser Zeit?«

»Es ist in einem Zeitverzögerungsfeld.«

»Richtig.«

Anderson schaute auf den Chronometer. »Sie werden Ihre Antwort in etwas mehr als acht Stunden haben, die Zeit natürlich nicht gerechnet, bis man den Mr. Sowieso gefunden hat. Rechnen Sie dafür eine Stunde. Also rufen sie dann gegen 19.30 Uhr an. Inzwischen können wir schlafen.«

»Okay. Schlaftabletten?«

Anderson schüttelte den Kopf und drückte einen Knopf am Medizinkasten. »Luke, ich fürchte, Sie warten immer noch auf eine sofortige Antwort der Erde.«

»Mein Sohn, das können Sie nicht beweisen.«

21.45 Uhr. Garner zog eine kurze Linie zwischen zwei Lichtpunkten. Der Skanner, darauf eingestellt, daß er den Bewegungen seines Leuchtstiftes folgte, zeichnete die Linie auf.

Das Radio meldete sich.

»Hier ist das UN-Hauptquartier. Wir rufen das Raumschiff *Heinlein*. Garner, hier ist Chick. Ich habe am Morgen Jansky erwischt, und er hat drei Stunden lang in unserem Labor Experimente gemacht. Er sagt, ein Verzögerungsfeld reflektiert, ich wiederhole: reflektiert hundert Prozent an Energie jeder Frequenz, einschließlich Radar und einschließlich allem, das er sich vorstellen kann. Sichtbare, ultraviolette, infrarote, Radio- und Röntgenstrahlen. Wenn Sie interessiert sind, glaubt er, daß es eine mathematische Beziehung zwischen einem Verzögerungsfeld und einem Fusionsschild gibt. Findet er eine, wollen Sie das dann wissen? Können wir Ihnen sonst irgendwie helfen?«

»Bei diesem Spiel können Sie mir helfen«, mumelte Luke, doch Anderson hatte es längst mit einer spannenlangen Kurve gelöscht, die Luke gezogen hatte, als er beim Ton des Radios den Arm hob.

Der Mann im Führungsschiff strich sich verstört durch das Haar. In der winzigen Kontrollkabine war kaum Platz genug für ihn. »Alle Schiffe«, sagte er. »Was, zum Teufel, meint er nun damit?«

»Eine Kodemitteilung«, sagte einer, und die anderen pflichteten ihm bei. »Lew«, fragte Tartov dann, »hat die Erde so etwas wie ein Verzögerungsfeld?«

»Weiß ich nicht. Und ich kann keinen Maserstrahl aussenden, ohne daß die ganze Erde mithört.« Er seufzte, denn ein Maser war immer eine umständliche Sache. »Jemand müßte die Politische Abteilung wegen Verzögerungsfeldern fragen . . .«

»Verzögerungsfelder. Und sie haben uns den vollen Text der Antwort an Garner geschickt.«

Lit lächelte schief. »Verzögerungsfelder gehörten zu Garners Geschichte. Das ist doch lächerlich.« Er dachte an die Tausende von Belt-Schiffen, die alle alarmbereit waren, falls Garners Flotte die Aufmerksamkeit von Dingen ablenken sollte, die sich in Heimatnähe abspielten. Und er dachte auch an die fünf umgebauten Minenschiffe und ein unbezahlbares radarsicheres Schiff, die vielleicht alle in den Außenraum unterwegs waren. Garner war schon eine Landplage. »Na schön«, sagte er, »ich werde dieses irre Spiel mitspielen. Fragt mal beim Truppenhauptquartier nach, was an diesen Verzögerungsfeldern wahr ist.«

Cutter war erschüttert. »Die Truppe fragen?« Aber dann begriff er den Witz an der Sache und lächelte. Bei Cutter wirkte ein Lächeln immer unecht.

Das Hauptquartier leugnete ab, je etwas von Verzögerungsfeldern gehört zu haben; da erst begann Lit Shaeffer zu zweifeln.

Beim ersten Ton des Alarms war Garner hellwach. Anderson stöhnte und öffnete die Augen, doch er sah nichts. »Meteortreffer!« rief er.

Anderson kniff die Augen zusammen. »Das ist nicht lustig«,

sagte er. »Nein. Gehören Sie vielleicht zu denen, die auf einem überfüllten Gleitweg ›Alarm, Alarm‹ kreischen? Wie spät ist es?«

»3.04 Uhr.« Garner schaute zu den Sternen hinaus. »Kein Neptun. Warum?«

»Moment«. Anderson beschäftigte sich mit den Jeteinstellungen. Das Schiff schwang herum. Der Neptun war eine blaugrüne Kugel, die schwach im fernen Sonnenlicht glühte. Gewöhnlich ist eine so nahe Welt ehrfurchtgebietend, wenn nicht blendend. Diese Welt sah nur unglaublich kalt aus. »Da ist er doch. Was soll ich damit tun?«

»Bringen Sie uns in einen Suchorbit und stellen Sie den Radarskanner ein. Ist es möglich, nach etwas zu suchen, daß in eine dichte Masse eingebettet ist?«

»Also eine Suche unter der Kruste? Ist möglich, Captain.«

»Anderson, werden Sie nicht vergessen, daß wir ein Zeitlimit haben?«

Anderson lachte ihn an. »Ich kann das Schiff in einen erzwungenen Orbit setzen und die Suche in fünf Stunden bewältigen. In Ordnung?«

»Großartig.« Luke drückte den Frühstücksknopf des Essensautomaten.

»Noch etwas. Wir sind einige Zeit im freien Fall. Halten Sie's auch aus?«

»Natürlich.«

Anderson ging auf Orbitkurs. Tausend Meilen über der Planetenoberfläche kam das Schiff mit der Nase nach unten wieder ins Gleichgewicht; mit einer Kraft von etwa einem g strebte es in direkter Linie dem Planeten entgegen, und Anderson machte ständig kleinere Antriebskorrekturen.

»Keine Sorge«, sagte er, »ich versuche uns aus der Atmosphäre herauszuhalten, aber sollten wir doch in der Suppe landen, brauche ich nur den Motor abzustellen. Er allein hält uns in dieser engen Umlaufbahn. Sonst würden wir nämlich in den Außenraum hinausfallen.«

»Ah, das ist also ein erzwungener Orbit! Und wie wollen Sie die Suche durchführen?«

»Auf einer Landkarte würde es aussehen, als folgte ich den Längengraden. Wenn wir über einem Pol wegfliegen, drehe ich das Schiff immer für ein paar Minuten seitlich, so daß wir jedesmal einen anderen Längengrad absuchen. Wir können nicht einfach den Planeten unter uns weiterdrehen lassen. Dazu bräuchten wir sechzehn Stunden.«

Etwa tausend Meilen tiefer drehte sich also diese Welt. Die Atmosphäre war bläulich-weiß, gelegentlich mit leicht gefärbten Gasstreifen. Anderson ließ das Radar ständig über den vorderen Horizont spielen, der auf dem Radarschirm wie dünne Luft aussah. Es war aber solider Fels.

»Ich will nur damit herausfinden, ob es da ist«, erklärte Anderson eine Stunde später. »Sehen wir einen Klumpen, fixiereà wir ihn in einem Umkreis von fünfhundert Meilen. Mehr ist nicht drin.«

»Mehr brauchen wir auch nicht.«

Um neun Uhr drehte Anderson das Schiff herum, so daß die Nase nach außen zeigte. Die Arme schmerzten ihn von den Schultern bis in die Fingerspitzen. »Es ist nicht da«, stellte er müde fest. »Was nun?«

»Wir müssen uns zum Kampf bereitmachen. Fliegen Sie Richtung Nereide, und stellen Sie den Antrieb ab.«

Die hellen Sterne waren zwei Raumschiffe mit Fusionsantrieb, die vor der winzigen Sonne nicht leicht zu sehen waren. Anderson konnte nicht einmal die *Golden Circle* ausmachen. Aber Greenbergs Schiff kam bläulich strahlend am Rand der goldenen Sonnenkorona gut voran. Garner und Anderson waren auf dem Weg zu Nereide, Neptuns fernstem Mond. Sie sahen zu, als Greenbergs Licht immer heller wurde.

Gegen zehn Uhr begann Greenberg offensichtlich mit seinen Manövern. »Wollen wir schießen?« fragte Anderson.

»Ich glaube nicht. Mal sehen, wohin er geht.«

Sie waren jetzt auf der Nachtseite des Planeten. Greenberg tauchte dem Neptun entgegen, fast genau an der Zwielichtsgrenze, so daß er gut zu sehen war. »Er kommt nicht nach Nereide«, stellte Anderson flüsternd fest.

Auch Garner flüsterte. »Richtig. Entweder er ließ es auf Triton, oder es ist im Orbit. Kann man so lange im Orbit bleiben?«

Greenberg war an Triton vorbei, bevor er mit der Dezeleration begann. »Im Orbit?« wunderte sich Garner. »Er muß ja verrückt sein.«

Zwanzig Minuten später war Greenbergs Schiff ein flackernder Lichtpunkt zwischen den Hörnern von Neptuns kalt-blauer Sichel. Langsam kroch es einem der Hörner entgegen. Er befand sich in einem erzwungenen Orbit und folgte einem Suchmuster auf der Oberfläche. »Und was jetzt?« fragte Anderson.

»Warten wir mal. Ich gebe auf, Anderson. Ich verstehe das nicht.«

»Und ich schwöre, das Ding ist nicht auf dem Neptun.«

»Ah!« Garner deutete. »Heil und Alleluja! Die Bande ist hier!« Ein winziger Lichtspeer schoß über den Planetenrand.

Der blaugrüne Planet war größer als er gedacht hatte. Nun bedauerte Kzanol seine Sorglosigkeit, denn er hatte versäumt, mehr über den achten Planeten herauszufinden, als er noch vor zwei Milliarden Jahren die Möglichkeit dazu gehabt hätte. Er fragte den Piloten und Copiloten, wer sich an 1.23 gs auf der Neptun-Oberfläche erinnern könne, denn für Kzanol hätten es etwa zweieinhalb sein müssen.

Kzanol stand an einem der kleinen Fenster. Sein Kopf ragte gerade noch über den unteren Rand. Seine lederartigen Lippen waren vor Besorgnis gefletscht. Aber nun mußte sich etwas entscheiden, denn der Pilot lenkte das Schiff in einen Suchorbit.

Es war schon jemand da . . .

Das mußte der verschlafene freie Sklave sein, an dem er auf halbem Weg vorübergeflogen war. Er ließ den Piloten der *Golden Circle* den Motor abstellen. Sollte doch der Sklave suchen!

Das Schiff ging unter ihm durch und spuckte Feuer. Tatsächlich folgte der Sklave einem Suchmuster. Aber Kzanol überlegte. Wie sollte er mit einem viel zu schwachen Motor nach unten kommen?

Doch das Nachdenken überließ er dem Piloten, und der sagte es ihm. Raketen, Schwingen und Rammjets – alles auf einmal wurde eingesetzt; aber selbst dem Piloten fiel keine Möglichkeit für einen Wiederaufstieg ein.

Kzanol/Greenberg war natürlich nicht gewarnt. Sein Radar hätte ihm jetzt Kzanols Schiff durchsichtiger als Luft gezeigt. Selbst der Planet war durchscheinend. Kzanol/Greenberg beobachtete den Radarschirm, denn er wollte nichts versäumen, falls Masney etwas übersähe.

»Warum sucht das andere Schiff nicht auch?« fragte Anderson. »Es läßt sich nur treiben.«

»Ich würde meinen«, dachte Garner laut, »sie stecken unter

einer Decke. Dann bräuchten sie nicht beide zu suchen . . . Aber wie? Ah, ich hab's! Der Außenweltler hat die Kontrolle über Masney und Greenberg. Oder er läßt sie den Job tun, ohne daß sie's bemerken.«

»Ginge es nicht schneller, wenn sie beide suchten?«

»Ich überlege mir, ob dieser Fremdling nicht der Aristokrat aller Aristokraten ist. Vielleicht meint er, einer der arbeitet, ist ein Sklave, er der Meister. Aber was suchen sie? Und wo könnte es sein? Mein Sohn, warum heizen Sie nicht das Radio an und richten Sie nicht den Maser auf unsere Belter-Flotte? Ich könnte ja mal mit ihnen reden . . .«

Der Mann im dritten Schiff war der einzige in der Flotte, der rauchte. Man nannte ihn daher Old Smoky. Früher einmal war er ein Flachländer gewesen. Seit dreißig Jahren hatte er Touristen um den Mond kutschiert. Seine Nächte hatte er in einem winzigen, billigen Appartment ein paar Stockwerke über dem Bodenverkehr in Los Angeles verbracht. An Feiertagen ging er an den Strand und war froh, wenn er so viel Sand fand, daß er sich darauf setzen konnte. Die Ferien verbrachte er in fremden, neuartigen und faszinierenden Städten, die jedoch ebenso überfüllt waren wie Los Angeles. Einmal war er zwei Wochen lang in den traurigen Überresten des Amazonas-Dschungels. Er schmuggelte etliche Zigaretten mit ein, riskierte zwei Jahre Gefängnis und hatte fünf Tage später nichts mehr. Als er entdeckte, daß er jedem Fremden erzählte, wie sehr er sich nach einer Zigarette sehne, kehrte er in die Städte zurück.

Lucas Garner hatte er einmal in Ahtien kennengelernt. Es gab ein ausgedehntes Sit-in, da man Korruption im Fruchtbarkeits-Vorstand vermutete, und da begegnete ihm Garner in der Uniform eines Polizeichefs. Irgendwie wurden sie damals Freunde. Ihre Ansichten unterschieden sich nur wenig voneinander, so daß ihre Diskussionen heftig, freundschaftlich und oft sogar spaßig waren. Politik war eines ihrer Lieblingsthemen. Dann ging Luke zur UN-Truppe; das verzieh ihm Smoky nie.

Eines Tages umrundete Smoky mit einer Ladung Touristen den Mond, als er plötzlich den unwiderstehlichen Drang fühlte, die Nase seines Schiffes nach außen zu richten und so lange weiterzufliegen, bis die Sterne hinter ihm lagen. Er kämpfte dagegen an und landete so, wie siebenhundertmal vorher, mit seinen Touristen im Death Valley. Aber in der Nacht wurde ihm klar, daß er jede Stadt der ganzen Welt gründlichst haßte.

Er hatte genug gespart, um sein eigenes Minenschiff kaufen zu können. Der Belt war froh, ihn zu bekommen. Damit der Belt ihn nicht umbrachte, mußte er Vorsicht lernen, und er verdiente so viel, daß er sein Schiff in Ordnung halten und für sich genug Essen und Tabak kaufen konnte.

Jetzt war er der einzige Mann in der Flotte, der Luke Garners Stimme erkannte. Also lauschte er aufmerksam der Mitteilung, um dann Lew davon zu verständigen, daß es tatsächlich Garner war.

Smoky zweifelte nun überhaupt nicht mehr; es war Garner. Dem alten Mann konnte man notfalls einen saftigen Schwindel wohl zutrauen, aber sein Leben würde er nie riskieren. Wenn er also in einem terranischen Navy-Schiff um den Neptun kreiste, dann hatte er dafür einen recht triftigen Grund.

Old Smoky überprüfte sein Arsenal, das aus zwei Radar-Geschossen, einem Hitzesucher und einer Laserkanone mit kurzer Reichweite bestand. Endlich gab es – hier – wieder mal einen Weltkrieg!

## XVIII

Kzanol war bestürzt. Nach sechs Stunden Suche hatte Masney den ganzen Planeten abgegrast, und der Anzug war nicht hier!

Er ließ den Sklaven die zweite Suchrunde beginnen und flog mit seinem eigenen Schiff zum Triton. Das Gehirn konnte den Kurs der Monde nicht errechnen; einer mußte in den Weg des Schiffes geraten sein, als es zum Neptun flog, und das war wohl Triton gewesen. Dieser Mond war näher als Nereide und viel größer: 2.500 Meilen Durchmesser gegen 200.

Eine nervenzerrüttende Stunde später, denn sie mußten kopfunter über Triton fliegen, damit die Jets nach außen feuerten; dann erst gab Kzanol den Mißerfolg zu. Kein weißer Blitz hatte sich auf dem Radarschirm gezeigt, obwohl der Neptun selbst durch das transparente Bild des größeren Mondes geschienen hatte. Also widmete er seine Aufmerksamkeit nun dem kleineren.

»So ist es also«, sagte Anderson. Sein Gesicht glühte. »Sie dachten, es sei auf der Oberfläche, aber es war nicht da. Und jetzt haben sie keine Ahnung, wo es sein könnte . . . Sollten wir nicht von hier verschwinden? Die Flitterwöchner fliegen zur Nereide. Wir sind zu nahe dran, als daß es noch gemütlich wäre.«

»Richtig«, pflichtete ihm Garner bei. »Aber erst lassen wir mal das eine auf den Fremden gerichtete Geschoß los. Über Greenberg können wir uns später Gedanken machen.«

»Ich tu's nicht gern. Da sind noch zwei Leute in der *Golden Circle* . . . Ich kann mich nicht bewegen. Es ist der dritte Knopf unter dem blauen Licht.«

Aber Luke konnte sich auch nicht bewegen.

»Wer hätte gedacht, daß er so weit ausgreifen kann?« beklagte er sich bitter, und Anderson gab ihm recht. Das Schiff fiel stetig der Nereide entgegen. Für *die Kraft* war die Entfernung kein Problem. Was zählte, waren Mengen.

Nereide taugte nichts. Das Tiefenradar ging durch wie durch eine unebene Fensterscheibe und zeigte gar nichts. Kzanol gab auf und beobachtete eine Weile den halbschlafenden Sklaven. Seine winzige Flamme brannte tapfer in der neptunischen Nacht.

Kzanol war schlechtester Laune. Er schien nicht nur den Neptun, sondern auch die beiden Monde verfehlt zu haben. Was konnte mit dem Gehirn schiefgegangen sein? Vielleicht war es auch nicht dazu bestimmt gewesen, dreihundert Jahre lang zu funktionieren. Aber ganz tief in seinem Kopf wußte er es besser. Das Gehirn hatte absichtlich versagt. Kzanol hatte ihm befohlen, Selbstmord zu begehen und war sich über die Tragweite dieses Befehls nicht im klaren gewesen. Das Gehirn war eine Maschine, kein Sklave, unterlag also nicht *der Kraft* und hatte daher nicht gehorcht. Sein Schiff mußte deshalb mit .97 Licht das Sonnensystem verlassen haben und in den Raum hinausgeschossen sein. Jetzt hatte es sicher schon die Kurve zum Universum genommen.

«Er fühlte, wie sich seine Eßfäden schützend an seine Wangen legten; er riß den Mund weit auf, und die Zähne schienen sich spalten zu wollen. Das war eine Reaktion der Angst und Wut, die den Thrint für einen Kampf bis zum Tod bereit machte. Es gab hier jedoch nichts zu kämpfen. Dann schlossen sich Kzanols Kiefer wieder, und sein Kopf sank zwischen die massiven Schultern.

Sein einziges Vergnügen war, das letzte Schiff zu beobachten, als es den Neptun zum drittenmal absuchte. Die helle Flamme verlängerte und verkürzte sich. Der verschlafene Sklave hatte also aufgegeben.

Dann erst wußte Kzanol, daß auch er zum Triton fliegen mußte. Edles Mitleid erfaßte ihn bei dem Gedanken, daß die Familie Racarliw niemals einen Sklaven mißhandelt hatte. Kzanol wollte also den Schläfer auf Triton treffen.

»Eins . . . zwei . . . Ich kann Garners Schiff nicht finden. Er scheint irgendwo gelandet oder seinen Antrieb abgeschaltet zu haben. Die anderen fliegen nur so herum.«

»Komisch, daß er uns nicht angerufen hat. Hoffentlich ist ihm nichts passiert.«

»Smoky, die Explosion hätten wir doch gesehen. Er war aber zur Nereide unterwegs, als sein Antrieb aussetzte. War es eine Panne, finden wir ihn schon noch.«

Als Kzanol nahe genug war, befahl er dem Schläfer, sein Schiff zu drehen und ihm zu folgen. Eine Stunde später lagen das Schiff der Navy und die *Golden Circle* längsseits.

Kzanols Pilot und Copilot machten sich Sorgen um den Treibstoff. Als das Schiff des Schläfers nahe genug war, befahl ihnen Kzanol, ihren Treibstoff zur *Golden Circle* zu leiten. Er wartete, während viel Geklirr durch das Schiff dröhnte. Zum Glück waren die Karten magnetisiert, und ihn hielt ein Netz im Sitz. Nur beiläufig verfolgte er die Bewegungen seiner drei persönlichen Sklaven: der Schläfer befand sich in Hecknähe, Pilot und Copilot hockten bewegungslos im Cockpit. Er wollte deren Leben nicht riskieren und befahl ihnen daher nicht, dem Schläfer zu helfen.

Aber er sprang wie eine verstörte Gazelle auf, als die Tür der Luftschleuse aufschwang und ein Sklave – mit einem Geistschild! – hereinkam.

»Hi«, sagte er, »ich glaube, wir brauchen einen Translator.« Damit ging der Sklave einfach zum Kontrollraum. An der Tür blieb er stehen und machte eine Geste – mit Kzanols Desintegrator.

Ein Mann von Leemans Talenten und Bildung sollte nie einen so langweiligen Job angenommen haben. Leeman wußte, das hätte im Belt nie passieren können. Eines Tages würde er zum Belt auswandern, wo man ihn sicher schätzte.

Jetzt arbeitete Geoffrey Leeman als Vormann der Notmannschaft der *Lazy Eight III*. Leeman beneidete die Crew der Antriebs-Abteilung in Hamburg. Wichtigtuer mit den besten Absichten befahlen ständig kleine Änderungen im Antrieb des Schiffes, während sie auf den Startbefehl warteten. Seit zwei Jahren hatte sich im Lebenserhaltungssystem des Schiffes nichts geändert. Bis heute.

Jetzt beobachteten Leeman und seine drei Untergebenen eine Horde von Technikern, die merkwürdige Dinge in der Privatkabine 3 taten. Ein kompletter Ballon aus feinstem Maschendraht wurde über Wände, Decke und Fußboden gelegt, und schwere Maschinen wurden an den Schiffsboden geschweißt. In die Energiezuleitung wurden Abzweigungen eingebaut. Leeman und seine Männer rannten mit Kaffee, belegten Broten und Diagrammen, mit Zigaretten, Werkzeugen und Testgeräten durch den ringförmigen Korridor. Sie hatten keine Ahnung, was vorging. Die Neuankömmlinge beantworteten zwar Fragen, aber die Antworten begriff keiner. Etwa so:

»Wir sind in der Lage, die Passagierzahlen zu verdreifachen«, sagte der Mann, der einen Kopf wie ein braungeflecktes Ei hatte. »Verdreifachen! Wie? Die stellen wir hier so auf wie die Passagiere in einem Expreßlift bei Geschäftsschluß.« Als Leeman ihm vorhielt, das sei doch Unsinn, war er beleidigt und sagte kein Wort mehr. Am Ende des Tages fand Leeman jedoch einen Hinweis in dem vierdimensionalen Irrgarten.

Irgendwie gelang es ihm, alle gleichzeitig an den Dinnertisch zu bringen, und da klärte sich auch manches. Leeman spitzte die Ohren, als er den Ausdruck ›Verzögerungsfeld‹ hörte.

Das Dinner wurde zur Party. Es war fast zwei Uhr, ehe Leeman einen Telefonanruf tätigen konnte. Der andere hätte beinahe eingehängt, doch Leeman kannte die richtigen Worte, die ihn daran hinderten.

Die Lings hatten ihre ersten Flitterwochen vor dreißig Jahren in Reno, Nevada, verbracht. Seitdem war Ling Wu im Großhandel mit Medikamenten reich geworden. Kürzlich hatte die Fruchtbarkeitsbehörde dem Paar das seltene Privileg zugestanden, mehr als zwei Kinder zu haben; deshalb waren sie hier.

Vor der Glaswand der großen Tanzhalle standen sie und

schauten auf eine beringte und bebänderte Welt hinaus. Die Musik hörten sie gar nicht. Es war magische Musik, die erst lebendig wurde durch die wilde, verlassene Lieblichkeit, die sie vor sich hatten. Sanft geschwungene Eishügel wellten sich bis zum Horizont einer nahen Klippe, und über der Klippe hing eine Dekoration, ein Wunder der Schönheit, das noch keine bewohnbare Welt je gesehen hatte.

Man frage einmal einen Amateur-Astronomen nach dem Saturn. Sofort wird er sein Teleskop aufstellen und ihn zeigen. Er macht sich dabei ungeheure Mühe.

Dorothy Lind, in der vierten Generation in San Franzisko zu Hause, legte ihre Hände an die Glaswand, als wolle sie sich durchschieben. »Oh, ich hoffe, die *Golden Circle* holt uns nie mehr ab«, flüsterte sie.

»Sie hat schon fünf Tage Verspätung. Mir gefällt es hier auch, aber der Gedanke behagt mir nicht, es könnten Leute gestorben sein, nur damit wir etwas länger hier bleiben können.«

»Hast du nicht, gehört, Wu, daß Mrs. Willing eben erzählte, jemand habe die *Golden Circle* direkt vom Raumhafen weg gestohlen?«

»Mrs. Willing ist eine Romantikerin.«

»Gib mir, gib mir«, spöttelte Charley. »Erst Larry, dann Garrnerr. Und wir kriegen nur Zeit, sonst nichts. Wollen sie etwa alle Sterne für sich allein?«

»Du wirst sie wohl unterschätzen«, sagte der ältere Delphin.

»Auf jeder Welt ist Raum genug für uns beide; bis vor kurzem wußten sie gar nicht, daß wir da sind. Ich weiß, wir könnten ihnen nützen.«

»Warum haben sie keine Zeit? Weißt du, wieviel Zeit sie selbst brauchen?«

»Was meinst du damit?«

»Die erste Zweibeinergeschichte über eine Reise zum Mond ist schon ein paar tausend Jahre alt, aber erst vor hundertfünfzig Jahren kamen sie dort an. Hab ein bißchen Geduld«, mahnte der eine mit den abgenützten Zähnen.

»Ich habe aber keine paar tausend Jahre Zeit. Muß ich denn mein ganzes Leben lang zum Himmel hinaufschauen, bis meine Augen austrocknen?«

»Da wärst du nicht der erste, schon gar nicht der erste Schwimmer.«

Dale Snyder ging wie ein Eroberer, der neue Eroberungen plant, die Halle entlang. Kam er an Patienten vorbei, nickte er lächelnd, aber sein entschlossener Gang ermutigte zu keiner Unterhaltung. Er betrat den Aufenthaltsraum der Pflegerinnen.

Nach fünfzehn Sekunden hatte er die Kaffeetheke erreicht. In dieser Zeit alterte Dale Snyder um vierzig Jahre. Sein Körper sackte zusammen, die Schultern hingen herab, die Wangen wurden zu Taschen, und seine geschwollenen Augen ließen Entmutigung ahnen. Er schenkte sich eine Schaumplastiktasse mit schwarzem Kaffee voll, musterte sie und goß sie in einem Zug hinab. Dann füllte er die Tasse neu aus einer anderen Maschine mit Yerba-Mate. Der würde wenigstens anders schmecken.

Er ließ sich in einen Sessel fallen und starrte zum Fenster hinaus. Dort gab es Bäume, Gras und so etwas wie Ziegelmauern. Menninger war ein Labyrinth von Baulichkeiten, durchwegs vierstöckig. Ein einziges Hochhaus hätte viel Boden gespart, aber die weiblichen Patienten hätten dann vermutlich Platzangst bekommen. Dale trank seinen Tee und vergaß die Patienten.

Ja, die Patienten mit dem ›Außenweltler-Schock‹. Erst hatten sie ihn und andere genarrt, weil sie alle die gleichen Verhaltensweisen zeigten. Jetzt erst stellte sich heraus, daß die Probleme doch ganz anders lagen. Sie unterschieden sich voneinander wie Fingerabdrücke. Alle hatten unter einem Schock gelitten, als der Fremdling frei wurde. Dale und seine Kollegen hatten versucht, sie als Gruppe zu behandeln, doch das war grundfalsch gewesen.

Jeder hatte sich gerade das, was er brauchte, aus der Wut, der Angst und dem Schock des Fremdlings herausgepickt, und jeder hatte das gefunden, was er brauchte oder fürchtete: Einsamkeit, Kastrationssyndrome, Angst vor Gewalt, Xenophobie, Klaustrophobie – es war eine ganze Liste.

Und die Ärzte reichten nicht. Dale war erschöpft, alle übrigen waren es auch. Sie durften es nur nicht zeigen.

Seine Tasse war leer.

»Los, Soldat«, sagte Dale laut. An der Tür blieb er stehen, um eine Harriet Sowieso, eine fröhliche, übergewichtige Frau, die wie Jedermanns Mutter aussah, hereinzulassen. Ihr Lächeln blieb in seinem Geist hängen. Wie macht sie das nur? wunderte er sich, denn er sah nicht, wie hinter seinem Rücken ihr Lächeln verblaßte.

»Die Details sind es«, sagte Lit. »Diese verdammten, elenden Details. Wie kann es nur so unendlich viele Details geben?«

»Aber ich denke, er hat die Wahrheit gesagt«, meinte Marda.

Lit sah seine Frau erstaunt an. Marda war sonst die Unentschlossenheit in Person. »Versteh mich nicht falsch«, sagte er. »Die Truppe hätte das alles auch tun können, sind ja Kleinigkeiten. Aber das muß unendlich viel Mühe gemacht haben – Greenberg verstecken; seine Frau beruhigen; das ganze Lebenserhaltungssystem eines Sternenschiffes auseinanderreißen. Natürlich können sie's später wieder in Ordnung bringen, aber diese Arbeit! Und der Rummel bei Menninger! Meine Güte, diese ganzen Patienten im Training! Nein, geborgt haben sie sich die *Golden Circle* nicht. Neunzig Millionäre im Hotel Titan, und jeder von ihnen schreit Zeter und Mordio, weil sie nicht rechtzeitig nach Hause kommen. Und dreißig auf der Erde können ihre Flitterwochen nicht antreten. Titan hätte das nie geschehen lassen. Die Army muß also das Schiff gestohlen haben.«

»Aber Lit, wenn Garner nicht lügt, dann ist doch das ganze Sonnensystem in Gefahr. Und lügt er, was könnte dann sein Motiv sein?«

»Du bist also wirklich überzeugt?«

Marda nickte nachdrücklich.

»Nun, du kannst recht haben. Wir können kein Risiko eingehen.« Als er aus der Telefonkabine zurückkam, sagte er: »Ich habe eben der Flotte die Aufnahme meiner Gespräche mit Garner überspielt. Eine verdammte Stunde lang. Ich würde ja gerne mehr tun, aber Garner erfährt sowieso alles, was ich zu sagen habe. Bei dieser Entfernung ist er ja auch mitten im Maser-Strahl.«

»Auf die Art sind sie auch bereit.«

»Hoffentlich. Hätte ich sie nur wegen des Helmes warnen können. Am schlimmsten wäre ja, wenn Garner seine Hände auf dieses verdammte Ding legen könnte. Aber Lew ist ein heller Bursche, er wird selbst daran denken.«

Später rief er noch einmal Ceres an, um zu hören, wie die Sache weiterlief. Seit mehr als zwei Wochen hatten die Schiffe des Belt eine ganze Anzahl von Erdenschiffen angehalten und durchsucht. Wenn Garners angebliche Jagd eine Tarnung war, würde er damit nicht durchkommen. Aber Ceres hatte in dieser Richtung nichts zu melden.

Ceres irrte aber. Ein Ergebnis lag vor: die Spannungen zwischen der Erde und dem Belt hatten noch nie ein solches Ausmaß erreicht.

Der Copilot lauschte regungslos der Unterhaltung Kzanol/Greenberg, und Kzanol belauschte den abgeschirmten Sklaven durch den Geist des Copiloten.

»Eigentlich sollte ich dich sofort abschieben«, überlegte Kzanol. »Ein Sklave, den man nicht kontrollieren kann, verdient auch kein Vertrauen.«

»Darin liegt mehr Wahrheit als du ahnst«, erwiderte voll Bitterkeit die Stimme von Kzanol/Greenberg. »Aber du kannst mich jetzt noch nicht töten. Ich habe einige Informationen, die du dringend brauchst.«

»So? Welche Informationen?«

»Ich weiß, wo der zweite Anzug ist. Und ich weiß, warum man uns nicht gefaßt hat. Und ich habe mir überlegt, wo die . . . wo deine Rasse jetzt ist.«

»Ich denke, ich weiß auch, wo der zweite Anzug ist«, antwortete Kzanol. »Ich werde dich also nicht töten, weil du etwas weißt.«

»Großartig von dir.« Kzanol/Greenberg winkte nachlässig mit dem Desintegrator. »Ich sage dir etwas, das du noch nicht verwenden kannst, um zu beweisen, daß ich mein Geschäft kenne. Wußtest du, daß Weißfüße intelligent sind?«

»Das ist Weißfuß-Mist.«

»Die Menschen haben sie auf Sirius A-III-1 gefunden. Es sind einwandfrei Weißfüße und ebenso einwandfrei vernunftbegabt. Kannst du dir sonst denken, wie sie Intelligenz entwickelt haben?«

»Nein.«

»Natürlich nicht. Wenn je eine Lebensform mutationsbeständig war, dann sind es die Weißfüße. Und was tut ein Pflanzenfresser ohne natürliche Verteidigungsmöglichkeiten außer vernünftigen Hirten, die natürliche Feinde töten, mit Intelligenz? Nein, die Tnuctipun müssen sie von vorneherein intelligent angelegt haben. Daß sie die Gehirne zur Delikatesse machten, war nur eine Entschuldigung für deren Größe.«

Kzanols Eßfäden standen starr ab, als rieche er mit ihnen. »Warum sollten sie das tun?« Damit war er an die Angel gegangen.

»Ich will dir alles in einem Stück servieren«, sagte Kzanol/

Greenberg. Er nahm seinen Helm ab, fand eine angezündete Zigarette und ließ sich damit Zeit, bis Kzanol immer wütender wurde. Warum sollte der Thrint auch nicht zornig werden? überlegte Kzanol/Greenberg. Wichtig war nur, daß er nicht allzu wütend wurde.

»Na, schön. Erstens, Weißfüße haben Vernunft. Zweitens, als Plorns Tnuctipun mit der Antigravitation kamen, gab es eine Depression.«

»Ja, Machtverlust«, entgegnete Kzanol heftig. »Sie hätten sofort ermordet werden müssen.«

»Nein. Doch nicht die seinen! Verstehst du denn nicht? Schon damals fochten sie einen unerklärten Krieg aus. Die ganze Zeit über waren die freien Tnuctipun dahinter: deren Flotte war in den Raum entkommen, als die Thrintun das Tnuctip-System gründeten. Aber sie versuchten nicht, Andromeda zu erreichen. Sie müssen zwischen den Sternen geblieben sein, wohin niemals jemand kam. Ein paar zivilisierte Tnuctip mußten Befehle entgegengenommen haben. Die Weißfüße waren ihre Spione. Jeder Edle in der Galaxis, der es sich leisten konnte, hielt auf seinem Land Weißfüße.«

»Du bist ein Ptavv-Narr. Es ist doch idiotisch, daß Weißfüße intelligent sein sollen. Unsinn! Wir hätten das doch gespürt.«

»Nein. Frag doch Masney, wenn du mir nicht glaubst. Irgendwie müssen die Tnuctipun ein Weißfußgehirn entwickelt haben, das immun gegen *die Kraft* war. Die ganze Geschichte war abgekartet. Die Weißfuß-Spione; die Antischwerkraft, die eine Depression auslöste. Vielleicht gab es noch andere Ideen. Ein paar Jahre vor der Antischwerkraft gab es die mutierten Renn-Viprine, die alle normalen Viprin-Züchter aus dem Geschäft warfen. Da begann die Depression, die Antischwerkraft verstärkte sie. Jeder Landbesitzer hatte einen Sonnenblumenzaun als einzige Verteidigung seines Besitzes. Sie gewöhnten sich damit an Isolierung und Unabhängigkeit, so daß sie auch im Krieg zu keiner Zusammenarbeit bereit waren. Ich bin überzeugt, die Tnuctipun hatten etwas, das die Sonnenblumen tötete. Sie schlugen zu, als die Depression ihren Höhepunkt erreicht hatte.«

Kzanol sagte nichts, aber seine Miene war undurchdringlich.

»Das sind Tatsachen! Erstens, die Bandersnatschi, für uns die Weißfüße, sind vernunftbegabt. Die Menschen sind doch nicht blöde! Zweitens, du wurdest nicht eingefangen, als du auf F 124 trafst. Warum?«

»Das ist eine interessante Frage. Warum?«

Das war der Startpunkt und der Schmerz, der Kzanol/Greenberg seit sechzehn Tagen ungeheuer zusetzte. Zeit genug hatte er ja, über sein Mißgeschick nachzudenken. Sein Geist hatte mit dem Nachdenken über die Bandersnatschi begonnen. Der Denkprozeß endete bei einem Krieg, der vor Äonen ausgefochten worden war. Er hätte sich die ganze Qual und Gefahr ersparen können, wenn dieser Narr von Verwalter den Blitz gesehen hätte. Daß er ihn nicht sah, konnte nur einen Grund haben.

»Es war ja keiner auf dem Mond. Entweder war der Verwalter bei der Revolte umgekommen, oder er kämpfte irgendwo. Vielleicht war er tot. Die Tnuctipun hätten uns sofort unsere Lebensmittelzufuhr abgeschnitten.«

»Weshalb?« Kzanol war ratlos. Thrintun hatten niemals etwas anderes als Thrintun bekämpft, und der letzte Krieg hatte vor der Raumfahrt stattgefunden. Kzanol wußte von einem Krieg nichts. »Aber du sagtest mir doch, du wüßtest, wo die Thrintun jetzt sind?« fragte Kzanol.

»Bei den Tnuctipun. Sie sind tot. Ausgestorben. Sonst hätten sie ja jetzt schon die Erde erreicht. Das gilt nämlich auch für die Tnuctipun und nahezu jede andere Spezies, die uns gedient hat. Sie müssen alle im Krieg umgekommen sein.«

»Das ist doch verrückt. Jemand hat schließlich einen Krieg zu gewinnen!«

Das klang so ernst, daß Kzanol/Greenberg lachte. »Frag doch irgendeinen Menschen, einen Russen oder Chinesen. Sie halten dich der Frage wegen für einen Narren, aber sie werden dir von einem Pyrrhussieg erzählen. Willst du wissen, was geschehen sein könnte?«

Er wartete nicht auf die Antwort. »Ich hatte zwei Wochen Zeit, um darüber nachzudenken. Den Krieg müssen wir verloren haben. Einige Mitglieder unserer Rasse müssen beschlossen haben, alle Sklaven mitzunehmen. Es war wie Großvaters Begräbniszeremonie, nur viel größeren Ausmaßes. Sie machten einen Verstärkerhelm, der so stark war, daß er die gesamte Galaxis umfassen konnte. Dann befahl er allen innerhalb der Reichweite den Selbstmord.«

»Aber das ist doch furchtbar!« Kzanol hatte einen moralischen Wutanfall. »Weshalb sollte ein Thrint so etwas tun?«

»Frag doch irgendeinen Menschen. Er weiß, was vernunftbegabte Wesen alles tun können, wenn ihnen jemand den Tod androht. Erst sagen sie, die ganze Sache sei schrecklich unmoralisch, und es sei undenkbar, daß eine solche Drohung je in die Tat umgesetzt werden könnte. Dann geben sie zu, ähnliche Pläne zu haben, die aber in jeder Beziehung besser wären, denn sie seien in Dekaden und Jahrhunderten gereift. Du gibst doch zu, daß der große Verstärker technisch machbar gewesen wäre?«

»Natürlich.«

»Zweifelst du daran, daß eine Sklavenrasse, die revoltiert, weniger als unsere vollständige Ausrottung vorhat?«

An den Winkeln von Kzanols Mund sträubten sich die Eßfäden. »Nein, daran zweifle ich nicht«, gab er zu. »Aber sicher hätten wir sie mit in die Ausrottung genommen! Sie sind unehrenhaft und niedriger als Weißfüße, wenn sie unsere Auffassung von Freiheit dazu mißbrauchen, uns zu vernichten! Ich wünsche mir nur, daß wir sie alle bekommen haben.«

Kzanol/Greenberg lächelte. »Das muß wohl so sein. Wie ließe es sich sonst erklären, daß keiner unserer Sklaven mehr da ist – mit Ausnahme der Weißfüße? Vergiß nicht, Weißfüße sind gegen *die Kraft* immun. Und nun die andere Information. Hast du nach deinem zweiten Anzug gesucht?«

Kzanol kehrte in die Gegenwart zurück. »Ja, auf den Monden. Und du hast den Neptun abgesucht. Ich hätte es erfahren, wenn Masney ihn gefunden hätte. Aber es gibt noch einen Ort, den ich absuchen möchte.«

»Gut. Laß mich's wissen, wenn du damit fertig bist.«

Die Gyros summten, als die *Golden Circle* herumschwang. Kzanol sah geradeaus, denn seine Aufmerksamkeit galt dem Kontrollraum. Kzanlol/Greenberg zündete sich eine Zigarette an und wartete.

Kzanols Imitation hatte ebenso Geduld gelernt wie Kzanol selbst. Sonst hätte er nämlich etwas Irres getan, als der Thrint einfach Masney, seinen eigenen, persönlichen Sklaven, übernahm. Er könnte den Thrint deshalb töten, weil er seinen eigenen Körper benützte – Kzanol/Greenbergs gestohlenen Körper, wenn die Erinnerung nicht trog. Und mit Kzanol persönlich, von Angesicht zu Angesicht zu verhandeln . . . Was blieb ihm sonst übrig?

Bemerkenswert war der Erfolg. Er stand einem ausgewachsenen Thrint auf des Thrints eigenem Territorium gegenüber. Kzanol hatte lange gebraucht, bis er den anderen Thrint-Geist, mindestens einen Ptavv, akzeptierte. Kzanol konnte ihn noch immer töten. Er wünschte, der Thrint möge dem Desintegrator größere Beachtung schenken. Bis jetzt hatte er seine Sache jedoch ganz gut gemacht. Darauf war er stolz. Kzanol/Greenbergs Selbstachtung war auf einem Tiefpunkt angelangt gewesen.

Jetzt konnte nichts weiter getan werden. Es war besser, Kzanol für eine Weile aus dem Weg zu gehen.

Erst überprüfte Kzanol mit Radar Kzanol/Greenbergs Schiff. Als der Anzug noch immer nicht auftauchte, übernahm Kzanol erneut Masney, der ihn suchen mußte. Er ging dabei von der Annahme aus, daß der abgeschirmte Sklave irgendwie den Anzug an Bord geschmuggelt hatte und gleichzeitig das Stasisfeld abdrehte. Er fand nichts.

Aber der andere schien seiner Sache völlig sicher zu sein. Und wenn er wirklich den Anzug nicht hatte?

Wieder suchten sie den Mond Triton ab. Kzanol/Greenberg sah Kzanols Unsicherheit wachsen, je länger die Suche dauerte. Der Anzug war nicht auf dem Neptun, nicht auf den beiden Monden, wahrscheinlich auch nicht auf dem anderen Schiff, konnte aber auch nicht so lange im Orbit gehalten werden. Wo war also der Anzug?

Kzanol wandte sich zu seinem Peiniger um, der plötzlich das Gefühl hatte, sein Gehirn werde plattgedrückt. Kzanol gab alles, was er hatte: Schreien und Geplapper, Befehle, Wut, glühenden Haß und unzählige Fragen. Der Pilot stöhnte und bedeckte seinen Kopf. Der Copilot ächzte, stand auf, drehte sich halb um und starb mit Schaum auf den Lippen. Da stand er tot neben dem Spieltisch und hatte nur die Sandalen mit den Magneten, die ihn am Wegtreiben hinderten. Kzanol/Greenberg stand dem Thrint wie einem Tornado gegenüber.

»Wo ist er?« fragte Kzanol, als der mentale Tornado geendet hatte.

»Wir wollen handeln.« Kzanol/Greenberg erhob die Stimme so, daß der Pilot sie hören mußte. Aus dem Augenwinkel heraus sah er, daß der Pilot aus dem Kontrollraum kam, um den Platz des Copiloten als Übersetzer einzunehmen.

Kzanol nahm sein Verwandlungsmesser heraus und bearbeitete damit den Desintegrator. Vielleicht hielt er ihn nicht für eine

Waffe. Auf jeden Fall benützt nur ein Thrint eine Waffe gegen einen Thrint. Er öffnete das Verwandlungsmesser so weit es ging und stand bereit, mit der unsichtbar dünnen Klinge den Rebellen aufzuschlitzen.

Aber Kzanol/Greenberg hob nicht einmal den Desintegrator an.

*Verschwinde,* befahl Kzanol dem Piloten. Kzanol/Greenberg hätte schreien können. Er hatte gewonnen! Sklaven haben bei einem Kampf nichts zu suchen, erst recht nicht bei einem Streit zwischen Thrint und Thrint.

Langsam zog sich der Pilot zur Luftschleuse zurück, viel zu langsam. Entweder war während des Geistkampfes ein Motor ausgebrannt, oder der Sklave wollte nicht verschwinden. Kzanol tastete sich vor.

*Gut! Aber beeil dich.*

Nun kletterte der Pilot sehr rasch in seinen Raumanzug, ehe er ging. Die Familie Racarliw hatte niemals einen Sklaven mißhandelt . . .

Die Luftschleuse schwang zu. »Welche Art Handel?« fragte Kzanol erst jetzt.

Die Antwort konnte er nicht verstehen. »Wir müssen das Radio anstellen«, fuhr er angewidert fort. »Ah, da ist es ja.« Er duckte sein Gesicht zur Wand, so daß seine Eßfäden in die Nische greifen und einen Schalter betätigen konnten. Nun hörte der Pilot Kzanol/Greenberg über sein Anzugradio sprechen.

»Ich wiederhole«, sagte Kzanol. »Welche Art Handel?«

»Ich möchte einen Partnerschaftsanteil bei der Kontrolle der Erde. Unser Übereinkommen wird nicht ungültig, wenn wir andere . . . Wesen finden, die dir ähnlich sind, oder eine ganze Regierung davon. Die Hälfte für dich, die andere für mich, und deine ganze Hilfe beim Bau eines Verstärkers für mich. Du solltest den ersten Helm haben, denn er könnte nicht für mein Gehirn passen. Ich will aber deinen Eid, daß . . . Moment mal, das kann ich nicht aussprechen.« Er nahm ein Blatt von der Brükkenkonsole und schrieb das Wort ›Prtuuvl‹. »Ich will, daß du schwörst, daß du meine Beteiligungshälfte nach besten Kräften beschützen willst und daß du niemals wissentlich mein Leben oder meine Gesundheit in Gefahr bringst, unter der Voraussetzung, daß ich dich dorthin bringe, wo du den zweiten Anzug finden kannst. Schwöre weiter, daß du Mensch dazu bringst, mir einen anderen Verstärker zu bauen, sobald wir zurück sind.«

Kzanol dachte eine volle Minute darüber nach. Sein mentaler Schild war so stark wie das Tor eines Forts auf Luna, aber Kzanol/Greenberg konnte seine Gedanken leicht genug erraten. Er versuchte aus Gründen der Wirkung die Sache hinauszuschieben. Gewiß hatte er beschlossen, den Eid zu leisten, denn der Prtuuvl-Eid war nur zwischen Thrint und Thrint bindend. Kzanol brauchte ihn lediglich als Sklaven zu betrachten . . .

»Na, schön«, sagte Kzanol und leistete den Prtuuvl-Eid, ohne auch nur eine einzige Silbe auszulassen.

»Gut. Und jetzt schwöre auch noch diesen Eid«, forderte Kzanol/Greenberg. Er entnahm einer Tasche ein Blatt Papier und reichte es hinüber. Kzanol las es. »Dann soll ich also auch noch einen Kpitlithtulm-Eid schwören?«

»Ja.« Kzanol wußte Bescheid. Dieser Eid war bestimmt für den Gebrauch zwischen Thrint und Sklaven. Mit beiden Eiden war er endgültig gebunden – außer er beschloß, Kzanol/Greenberg als Pflanze oder dummes Tier zu betrachten, doch das wäre unehrenhaft gewesen.

Kzanol legte das Blatt weg. Sein Geistschild flackerte schon. Dann öffnete er den Mund und zog die Lippen von seinen nadelspitzen Fangzähnen zurück. Niemand hätte daran zweifeln können, daß Kzanol ein Fleischfresser war; ein vor Hunger gieriger Fleischfresser, der auf sein Futter wartete. Man könnte vergessen, daß Kzanol nur die Hälfte des durchschnittlichen menschlichen Gewichtes hatte und daß er größer war als hundert Skorpione, drei Wildkatzen oder eine Horde marschierender Soldatenameisen, oder auch als ein Schwarm Piranhas.

Aber Kzanol/Greenberg erkannte das Lächeln verlegener Bewunderung, ein Lachen, das sich dem überlegenen Vorgesetzten ausliefert, das Lachen des guten Verlierers. Und er sah mit seinen Thrint-Erinnerungen sogar noch weiter. Kzanols Lächeln war so falsch wie ein Transistor aus Messing.

Kzanol leistete den Eid viermal und machte dabei vier erhebliche technische Fehler. Beim fünftenmal gab er auf und schwor protokollgemäß.

»Schön«, sagte Kzanol/Greenberg. »Der Pilot soll uns zum Pluto bringen.«

»Na, schön. Alle Schiffe wenden und fliegen nach drei-achtzig-vier,-zwanzig-eins.« Der Mann im Führungsschiff sprach voll geduldiger Müdigkeit. »Ich weiß nicht, was da gespielt wird, aber wir können ebensogut mitspielen wie andere auch.«

»Pluto, er geht zum Pluto«, sagte ein anderer, der dies für eine persönliche Beleidigung hielt.

Old Smoky Petropoulos drückte den Transmitterknopf. »Lew, sollte nicht einer von uns herauszufinden versuchen, was mit den beiden anderen Schiffen ist?«

»Hm. Okay, Smoky, das übernimmst du. Findest du uns dann mit dem Maser?«

»Klar, Chef. Keine Geheimnisse?«

»Zum Teufel, sie wissen doch, daß wir ihnen folgen. Sag uns alles, was wir wissen müssen. Und Garner mußt du vor allem finden! Ist er nicht im Flitterwöchnerschiff, so muß ich das erfahren. Verständige auch Woody in Nummer Sechs und sag ihm, er soll Garner überallhin folgen.«

»Natürlich, Pluto. Hast du's nicht verstanden?« Nicht zum erstenmal zweifelte Kzanol/Greenberg an der Intelligenz seines früheren *ich*. Übersehen ließen sich diese Zweifel auch nicht. Er fürchtete, Kzanol könne sie spüren.

»Nein«, antwortete Kzanol düster.

»Das Schiff flog zu einem von Neptuns Monden«, erklärte Kzanol/Greenberg geduldig, »und es traf so hart auf, daß der Mond aus dem Orbit geschleudert wurde. Es bewegte sich fast mit Lichtgeschwindigkeit. Der Mond nahm ausreichend Energie auf, um zum Planeten zu werden, aber die Umlaufbahn ist so irr, daß sie manchmal noch die des Neptun kreuzt. Dadurch ist er natürlich leichter zu sehen.«

»Und ich habe gehört, der Pluto sei aus einem anderen Sonnensystem gekommen.«

»Das hörte ich auch, aber vernünftig ist das nicht. Wenn diese Masse von einem System außerhalb kam, warum kehrte sie nicht dorthin zurück, um die Flug-Hyperbel zu vollenden? Was könnte sie daran hindern?«

»Mich stört nur eines. Der Pluto ist nicht sehr groß. Glaubst du, daß mein Anzug vielleicht durch die Explosion beim Aufschlag hätte in den Raum zurückgeschleudert werden können?«

»Wenn, dann bringe ich dich um«, sagte Kzanol.

»Nichts sagen! Lassen Sie mich raten«, bat Garner. »Aha, jetzt hab ich's. Smoky Petropoulos. Wie geht es Ihnen?«

»Nicht so gut wie Ihrem Gedächtnis. Sind schon gute zweiundzwanzig Jahre.« Smoky stand hinter den zwei Sitzen in der Luftschleuse und lachte die Windschildspiegelung der beiden Männer an. Für anderes war es zu eng. »Wie geht es Ihnen, Garner? Warum drehen Sie sich nicht um und schütteln einem alten Kumpel die Hand?«

»Ich kann nicht, Smoky. Ein Verrückter hat uns jede Bewegung verboten, und ein ›Nein‹ nimmt der nicht an. Vielleicht kann uns ein guter Hypnosetherapeut aus dieser Fixierung herausholen, aber bis dahin müssen wir eben warten. Übrigens, das hier ist Leroy Anderson.«

»Hallo.«

»Wenn Sie uns ein paar angezündete Zigaretten in den Mund stecken, Smoky, können wir uns unterhalten. Jagen Ihre Jungens Greenberg und den Außenweltler?«

»Ja.« Smoky zündete Zigaretten an. »Was wird hier eigentlich gespielt?« Smoky steckte den beiden die Zigarette in den Mund. »Dieser Flitterwöchner ist zum Pluto unterwegs. Warum?«

»Zum Pluto?!«

»Jetzt sind Sie aber überrascht, was?«

»Ja«, gab Garner zu. »Wir wissen, was sie suchen und wissen auch, daß sie's hier nicht gefunden haben. Aber ich kann mir nicht vorstellen, warum sie's jetzt auf dem Pluto vermuten. He, Moment!« Garner zog heftig an seiner Zigarette. Das war noch alter, ehrlicher Tabak mit Teeren und Nikotin. Sein Gesicht schien voll beweglich geblieben zu sein. »Pluto könnte früher einmal ein Neptun-Mond gewesen sein, und damit könnte die Sache zusammenhängen. Und Greenbergs Schiff? Fliegt es in die gleiche Richtung?«

»Wir haben es vor vier Stunden aus den Augen verloren. Wo immer es auch sein mag, der Antrieb scheint abgeschaltet worden zu sein.«

»Wenn Ihr Freund noch an Bord ist, könnte er Schwierigkeiten haben«, warf Anderson ein.

»Stimmt«, sagte Garner. »Smoky, das Schiff könnte mit Lloyd Masney an Bord direkt auf den Neptun fallen. Erinnern Sie sich an ihn? Ein großer, stämmiger Bursche mit Schnurrbart.«

»Ah, ja. Ist er auch gelähmt?«

»Hypnotisiert nach Methode Küchengarten. Und wenn man

ihm nicht sagt, daß er sich selbst retten soll, tut er's nicht. Sagen Sie's ihm?«

»Klar. Ich bringe ihn wieder zurück.« Smoky wandte sich wieder zur Luftschleuse um.

»He!« rief Garner. »Nehmen Sie uns doch die Kippen aus dem Mund, bevor unsere Gesichter Feuer fangen!«

Von seinem eigenen Schiff aus rief Smoky Woody Atwood in Nummer Sechs an, dem Antiradarschiff, und berichtete seine Geschichte. »Hört sich wahr an, Woody«, endete er. »Wir dürfen kein Risiko eingehen. Du mußt aufschließen und dich an Garners Schiff hängen. Rührt er sich, ist er ein Lügner, also die Augen offenhalten. Er ist ja ein schlauer Fuchs. Ich sehe inzwischen nach, ob Masney wirklich Schwierigkeiten hat. Er müßte zu finden sein.«

»Der Pluto ist bei g eins eineinhalb Wochen entfernt«, sagte Anderson, der im Kopfrechnen einigermaßen gut war. »Aber wir könnten der Bande nicht mal folgen, wenn wir uns bewegen könnten. Wir haben nicht genug Treibstoff.«

»Auf Titan könnten wir doch tanken? Und wo ist Smoky, zum Teufel noch mal!«

»Heute ist er wohl nicht mehr zu erwarten.«

Garner knurrte vor sich hin. Raum, freier Fall, Lähmung und Mißerfolg – das zerrte an seinen Nerven und seiner Haltung.

»He«, flüsterte er plötzlich. »Ich kann meinen Zeigefinger wieder rühren. Vielleicht läßt der faule Zauber nach. Und vergessen Sie nicht, daß Sie sich zu benehmen haben!«

Spät am folgenden Tag war Smoky zurück. Er hatte die spitze Nase seines eigenen Schiffes in Masneys Antrieb gesteckt, um dessen Schiff anzuschieben. Als er seinen eigenen Antrieb abschaltete, taumelten beide Schiffe. Mit einem kleinen umgeschnallten Jetpack bewegte sich Smoky zwischen den Schiffen. Dann stieß Atwood zur kleinen Gruppe und half Smoky, denn es wäre unvernünftig gewesen, einen faulen Trick zu vermuten, nachdem sie Masney gefunden hatten.

Nicht deshalb, weil Masney noch unter Hypnose stand, denn das war nicht mehr der Fall. Kzanol hatte ihn daraus entlassen, als er ihn übernahm und ihn – nett oder nachlässig – ohne Befehl zurückgelassen, als er zum Pluto weiterflog. Aber Masney war halb verhungert. Sein Gesicht sah ungeheuer faltig und hager aus, und auch am Körper hatte er mehr Falten als Fleisch. Kzanol/Greenberg hatte ganz einfach vergessen, ihm zu essen zu geben, und sich nur an ihn erinnert, wenn die Hypnose vom Hunger aufgebrochen wurde. So hätte Kzanol niemals einen Sklaven behandelt, nicht der richtige Kzanol jedenfalls, denn er war Telepath und als solcher nicht falsch. Und Kzanol/Greenberg hatte nicht gelernt, an Nahrungsaufnahme als Notwendigkeit zu denken. Zuviel Essen war verrückter Luxus.

Als die *Golden Circle* verschwunden war, hatte Masney ein Gelage begonnen, doch es mochte noch einige Zeit dauern, bis er wieder ›stämmig‹ war. Sein Treibstoff war weg, und er trieb in einem äußerst exzentrischen Orbit über Triton, der sich zudem immer mehr verengte.

»Kann nicht gefälscht sein«, berichtete Smoky, als er die Beltflotte anrief. »Noch ein bißchen mehr, dann ist er tot. Jetzt ist er nur sehr krank.«

Die vier Schiffe waren nun in der Nähe der Nereide.

»Jetzt müssen wir all diese Schiffe auch noch auftanken«, sagte Garner. Er erklärte ihnen, wie sie das machen müßten.

Smoky erklärte lautstark, er werde sein Schiff nicht verlassen.

»Tut mir leid, Smoky. Wir haben doch drei Piloten, Sie, Woody und Masney. Anderson und ich können uns nicht bewegen, aber wir haben vier Schiffe zu lenken. Eines müssen wir verlassen.«

»Warum ausgerechnet das meine?«

»Fünf Mann für drei Schiffe. Das heißt, wir behalten beide Zweimannschiffe. Richtig?«

»In Ordnung.«

»Wir geben Ihr Schiff auf – oder das Antiradarschiff. Welches?«

»Kommen wir nicht rechtzeitig für einen Krieg zum Pluto?«

»Versuchen können wir's Wollen Sie nach Hause?«

»Na, schön . . .«

Die Flotte flog also zum Triton ohne Nummer Vier, dessen Treibstoff zur Hälfte zu Masneys *Iwo Jima* geleitet worden war. Garner war Masneys Passagier, und Smoky war in die *Heinlein* zu Anderson umgestiegen. Die drei Schiffe hingen über der eisigen Oberfläche des großen Mondes, während ihre Antriebe eine Eislage nach der anderen durchschmolzen – Stickstoff, Sauerstoff und Kohlendioxid – bis sie die dicke Lage aus Eiswasser erreichten. Sie landeten auf wäßrigem Eise. Dann holten Woody und Smoky Nummer Vier.

Smoky brachte das Schiff mit nahezu leerem Tank herunter. Den Rest füllten sie in die *Iwo Jima* und fügten noch etwas vom Vorrat der *Heinlein* hinzu. Woody schaltete die Kühlanlage im Wasserstofftank des Schiffes aus, baute den Kabinenheizer ab und versenkte ihn im Tank. Dazu mußte er ein Loch in die Tankwand schneiden.

In den nächsten paar Stunden schnitten sie Blöcke aus dem Wassereis, und da Masney noch immer recht schwach war, mußten die Belter die ganze Arbeit tun – bis zur Erschöpfung, und auch die Laserwerkzeuge waren nahezu verbraucht, doch der Treibstofftank von Nummer Vier enthielt warmes, wenn auch nicht allzu sauberes Wasser.

Mit der Batterie von Nummer Sechs reinigten sie das geschmolzene Eis. Sie setzten den Thermostaten über den Kondensationspunkt von Wasserstoff, aber der Sauerstoff fiel als Schnee aus, so daß Smoky und Woody den Schnee hinausschaufeln mußten. Einmal mußten sie Nummer Sechs nach oben nehmen, um die Batterien wieder aufzuladen. Immer waren sie in Eile, und mit jeder Minute entfernten sie sich weiter vom ›Krieg‹.

Nach zwei Tagen hatten sie alle drei Schiffe betankt. Voll waren die Tanks ja nicht, aber wenn sie sparsam waren, reichte der Treibstoff bis zum Pluto, und es blieb sogar noch etwas. Nummer Vier war nutzlos, denn der Tank war gründlich verschmutzt.

»Warum wollen wir überhaupt gehen?« murrte Woody. »Wir sind drei Tage zu spät dran für alles, was passiert.«

»Wir können Radiokontakt halten«, erklärte Smoky. »Ich möchte Garner nahe genug haben, damit er der Flotte sagt, was zu tun ist. Er weiß mehr über diese käferäugigen Monster als sonst einer von uns.«

Luke meinte, vielleicht würde die Flotte drei Tage verlieren, aber solange noch etwas zu retten sei, müsse man fliegen.

Woddy Atwood legte die Flotte sofort an den Maser, da sich die anderen dann nicht in die Unterhaltung einschalten konnten. Versuchten sie's trotzdem, würden ihre Radios zu Staub zermahlen werden.

»Ebensogut können wir Patience spielen«, sagte Kzanol mit der ganzen Verachtung, die ein Thrint aufbringen konnte.

»Ich sag dir was«, schlug Kzanol/Greenberg vor. »Wir könnten jetzt die Erde aufteilen und um Menschen spielen. Jeder hat ungefähr acht Milliarden, da bleiben nur ein paar übrig. Wir könnten sofort ausmachen, daß die Erde mit zwei großen Nord-Süd-Kreisbahnen geteilt wird, und so können wir's lassen, bis wir den Verstärker haben und mit je acht Milliarden spielen können.«

»Klingt ganz gut. Aber warum Nord-Süd?«

»Dann hat jeder jedes Klima, das es gibt. Warum nicht?«

»Gut.« Kzanol legt zwei Karten mit dem Gesicht nach unten, eine anders herum aus.

»Wir hätten Masney mitnehmen sollen. Es ist gefährlich, keinen Piloten zu haben«, stellte Kzanol/Greenberg fest.

»Na, und? Angenommen, ich hätte Masney mitgebracht. Wie würdest du dich fühlen, wenn du siehst, daß ich mit deinem früheren Sklaven arbeite?«

»Lausig.« Er sah jetzt ein, daß Kzanol einigen seltenen Takt bewiesen hatte, als er Masney zurückließ. Lloyd war ein gebrauchter Sklave, der einem anderen gehörte. Die Tradition hätte seinen Tod verlangt, und ein Thrint, der etwas auf sich hielt, durfte ihn niemals erwerben. Einem Bettler konnte man ihn dagegen schenken.

Sie spielten Menschenpoker. Kzanol verrenkte sich die Zunge, als er versuchte, für Kzanol/Greenberg zu übersetzen.

»Komisch«, sagte Kzanol/Greenberg. »Mir fiel etwas ein, aber dann ist es mir wieder entschlüpft.«

»Öffne deinen Geist, dann sage ich dir, was es ist.«

»Nein, es ist ja in englischer Sprache gewesen. Aus den Erinnerungen Greenbergs.« Er drückte die Hände an den Kopf. »Was war es nur? Es schien ganz genau zu passen, und es ging um Masney.«

Sie spielten eine Weile um Menschen. »Greenberg«, sagte Kzanol, »warum gewinnst du eigentlich mehr als ich . . .?«

Kzanol/Greenberg schnippte mit den Fingern. »Ah, jetzt hab' ich's! Wenn ich ganz erwachsen bin, werde ich sehr stolz und groß sein. Und dann sage ich den anderen Jungen und Mädchen, sie sollen mein Spielzeug in Ruhe lassen. Stevenson . . .« Er lachte. »Und weshalb ich . . .?«

»Pech für dich, die Königin für mich«, sagte der Pilot. Kzanol fuhr in der Thrintun-Sprache fort: »Wenn die Menschen telepathische Aufzeichnungsgeräte hätten, müßten sie sich nicht auf die Art mit Geräuschen herumschlagen. Abgesehen davon ist der Rhythmus ganz nett.«

»Klar«, meinte Kzanol/Greenberg geistesabwesend und verlor dieses Spiel.

Etwas später schaute Kzanol von den Karten auf. »Kommunikator«, sagte er und ging zum Pilotenraum. Kzanol/Greenberg folgte. Sie setzten sich in die Nähe der Tür, und der Pilot drehte die Lautstärke ganz auf.

». . . Atwood in Nummer Sechs. Ich hoffe, du hörst zu, Lew. Auf dem Flitterwöchner ist doch tatsächlich ein Außenweltler, und der hat doch wirklich wilde Talente. Erlogen ist da nichts. Der Fremdling hat den Mann von der Truppe gelähmt, auch seinen Chauffeur, und das alles aus einer Entfernung von einer Million Meilen. Und ziemlich hartgesotten ist er auch. Den Mann im zweiten Schiff ließen sie treibend beim Triton zurück, ohne Treibstoff, fast verhungert, nachdem der Außenweltler mit ihm fertig war. Garner sagt, dafür sei Greenberg verantwortlich. Und der meint auch, er sei ebenfalls ein Außenweltler, Jetzt ist er im Flitterwöchnerschiff. Zwei andere sind noch dabei, der Pilot und der Copilot. Garner sagt, auf Sicht schießen, aber nicht versuchen, sich dem Schiff zu nähern. Das überlasse ich euch. Wir liegen drei Tage hinter euch, aber wir kommen schon. Nummer Vier ist auf Triton, hat keinen Treibstoff, und wir können es auch nicht benützen, bevor wir nicht den ganzen Schlamm aus dem Tank abgesaugt haben. Nur drei von uns sind flugfähig. Garner und sein Chauffeur sind noch immer gelähmt, obwohl es jetzt ein bißchen nachzulassen scheint. Für diese Flachländer bräuchten wir einen Hypnosetherapeuten, oder sie können nie mehr tanzen.

Meiner Meinung nach ist euer erstes Ziel dieser Verstärker, falls ihr ihn finden könnt. Das ist viel gefährlicher als ein einzelner Außenweltler. Der Belt braucht ihn ja nur zur Forschung, und ich weiß, das etliche Wissenschaftler uns abgrundtief haßten, würden wir diese Gelegenheit ungenützt verstreichen lassen. Ihr könnt euch aber vorstellen, was die Erde mit einem Verstärker für telepathische Hypnose tun würde.

Ich lasse die ganze Aufnahme wiederholen. Lew, hier spricht Atwood in Nummer Sechs. Ich wiederhole: Atwood in . . .«

Kzanol/Greenberg zündete sich eine Zigarette an. Der Flitterwöchner hatte eine große Auswahl. Diese hier war mit einem Doppelfilter ausgerüstet, hatte Mentholzusatz und bestand aus entnikotinisierten Tabaken. Sie roch wie schwelendes Laub und schmeckte wie ein Hustenbonbon. »Auf Sicht schießen«, wiederholte er. »Das ist gar nicht gut.«

Der Thrint musterte ihn voll unverhohlener Verachtung. Einen Sklaven fürchten! Aber er war ja schließlich selbst nur ein Ptavv.

Kzanol/Greenberg schaute wütend drein. Schließlich wußte er mehr über Menschen als Kzanol!

»Alle Schiffe«, sagte der Mann im Führungsschiff. »Ich sage, wir schießen jetzt. Irgendwelche Kommentare?«

Es gab Kommentare. Lew hörte sie an, dann sprach er wieder.

»Tartow, deine humanitären Impulse taugen nichts. Das ist nicht sarkastisch gemeint. Aber die Lage ist viel zu schwierig, als daß wir uns wegen zwei Flachländlern im Flitterwöchner Sorgen machen können. Und wegen des Verstärkers – ich glaube nicht, daß wir uns darüber den Kopf zerbrechen sollten. Die Erde findet ihn auch nicht vor uns. Sie wissen nicht das, was wir über den Pluto wissen. Wir können den Planeten bewachen, bis der Belt uns einen automatischen Orbitwächter schickt. Radar könnte für uns den Verstärker entdecken. In diesem Fall setzen wir eine Bombe darauf ab, und dann zum Teufel mit den Forschungsmöglichkeiten! Habe ich etwas übersehen?«

Eine weibliche Stimme sagte: »Schick doch ein Geschoß mit einer Kamera. Wir wollen nicht, daß unsere ganze Feuerkraft auf einmal aufgebraucht wird und das auch noch sofort.«

»Gut, Mabe. Hast du ein Kamerageschoß?«

»Ja.«

»Nun, dann setze es doch ein.«

Die *Iwo Jima* war eine Woche von der Erde entfernt gewesen, und Kzanol/Greenberg hatte, wie gewöhnlich, seinen Tagträumen nachgehangen. Aus irgendeinem Grund hatte er sich seines Zeitmessers mit der cryogenischen Ausrüstung erinnert, die jetzt im zweiten Anzug steckte. Dafür mußte er ein neues Band machen.

Warum denn? Er ging doch immer nach. Immer, wenn er von einem Besuch zurückkehrte, mußte er sich vorstellen, und das nur nach einem Besuch auf einer anderen Plantage. Oder auch nach einem Ausflug in den Raum.

Natürlich! Die Relativität hatte seinen Zeitmesser beeinflußt. Warum hatte er das nicht schon vorher erkannt?

Weil er ein Thrint war?

Sie pokerten wieder, und er war nicht der Meinung, daß Kzanol/Greenberg bluffte. Dumm. Thrintun waren dumm. Kzanol konnte nicht pokern, selbst wenn er sein Wissen aus dem Kopf des Piloten bezog. Er hatte nicht einmal vermutet, daß das Schiff auf den Planeten Pluto getroffen war. Hirn hatte er nicht nötig. Er besaß ja *die Kraft*.

Die Thrintun hatten keine Intelligenz mehr gebraucht, seit sie die erste Sklavenrasse gefunden hatten. Zuvor war *die Kraft* nicht so ungeheuer wichtig gewesen, da nichts da war, worauf man sie anwenden konnte. Sie hatten ja eine unendlich große Dienerschaft, die für sie denken konnte. Kein Wunder also, daß sie degenerierten.

## XIX

»Ich habe nie daran gedacht, daß die Truppe eine großartige Idee sei«, sagte Luke, »aber ich glaube, sie ist notwendig. Absolut notwendig! Ich ging deshalb zur Truppe, weil ich dachte, es könnte nützlich sein.«

»Luke, wenn die Flachländer die Polizei für unbedingt nötig halten, damit sie selbst überleben, dann sollten sie nicht am Leben bleiben. Sie halten die Entwicklung auf.«

»Wir sind doch keine Gedankenpolizei! Wir überwachen die Technologie. Wenn jemand etwas baut, das die ganze Zivilisation auslöschen könnte, dann wird das von uns unterdrückt, aber auch nur das. Sie würden sich wundern, wie oft das geschieht.«

Smokys Stimme drückte große Besorgnis aus. »Ich wäre überrascht? Nun, warum wird dann nicht die Fusionsröhre unterdrückt? Nein, Luke, unterbrechen Sie mich nicht, denn es ist wichtig. Die Fusion wird nicht nur in Schiffen angewandt. Die halbe Erde trinkt Wasser, das aus Meerwasser-Destillerien stammt, und alle bedienen sich der Fusionshitze. Die meiste Elektrizität der Erde wird durch Fusion erzeugt, im Belt kommt sie ausschließlich daher. In Krematorien gibt es die Fusionsflamme, auch in Müllverbrennungsanlagen. Schauen Sie sich doch all das Uran an, das eingeführt werden muß, weil es als Grundstoff für die Fusionsröhren gebraucht wird! Es gibt Hunderttausende von Fusionsschiffen, und jedes ...«

»... wird mit einer Schalterdrehung zur Wasserstoffbombe.«

»Nur allzu wahr. Warum also unterdrückt die Truppe nicht auch die Fusion?«

»Erstens deshalb, weil die Truppe zu spät aufgestellt wurde. Da gab es die Fusion nämlich schon. Und zweitens, weil wir die Fusion brauchen. Die Fusionsröhre ist ein notwendiges Bestandteil der menschlichen Zivilisation, so wie es einst die elektrischen Generatoren waren. Und drittens, weil wir uns keiner Sache widersetzen, die der Raumfahrt dient. Ich bin nur froh ...«

»Sie bitten um ...«

»Ich bin dran, Smoky. Ich freue mich, daß Sie das Thema Fusion angeschnitten haben, denn darum geht es ja doch. Der Zweck der Truppe ist der, das Gleichgewicht der Zivilisation zu erhalten. Kommt dieses Gleichgewichtsrad aus dem Schwung, dann gibt es als erstes einen Krieg. So geht es doch immer. Diesmal wäre es der letzte Krieg. Können Sie sich einen totalen Krieg mit so vielen Wasserstoffbomben vorstellen, die nur auf ihren Einsatz warten? Einen Schalter umlegen, nicht wahr? Das sagten Sie doch.«

»Das sagten Sie. Müssen Sie sich denn immer auf die menschliche Intelligenz berufen, um das Rad im Gleichgewicht zu halten? Stimmt das, dann ist das doch der Fluch der Erde.«

»Smoky, wenn er nicht so streng geheim wäre, könnte ich Ihnen einen verbotenen Projektor zeigen, der aus einer Entfernung von zehn Meilen einen Fusionsschild dämpfen kann. Chick Watson wurde deshalb mein Boß, weil er eine Erfindung entdeckte, die uns gezwungen hätte, den Mord zu legalisieren.«

»Erzählen Sie mir nichts, was Sie nicht beweisen können.«

»Na, schön, verdammt noch mal, aber was ist mit dem Verstärker, hinter dem wir her sind? Angenommen, irgendein raffinierter Bursche erfand einen Verstärker für telepathische Hypnose? Würden Sie den nicht auch verbieten?«

»Produzieren Sie ihn, dann bekommen Sie meine Antwort.«

»Ah, ihr beide, um Gottes willen!« rief Masney dazwischen.

»Er hat absolut recht«, ließ sich Anderson vernehmen. »Gewährt uns unschuldigen Mithörern wenigstens eine Stunde Ruhe.«

Der Mann im Führungsschiff öffnete die Augen. Auf seiner Netzhaut trieben sich Nacheindrücke wie Amöben herum. Aber der Schirm war dunkel. »Alle Schiffe«, sagte er. »Wir können noch nicht schießen. Wir müssen warten, bis sie drehen.«

Niemand stellte das in Frage. Alle hatten durch die Kamera in der Nase zugesehen, als Mabe Doolins Testgeschoß sich der *Golden Circle* näherte. Sie hatten das Gleißen der Abgase des Flitterwöchners miterlebt, obwohl sie die Kameras da schon nach unten geschwenkt hatten. Dann waren die Schirme grau geworden. Der verschmelzende Wasserstoff verwandelte das Geschoß in geschmolzenen Schrott, ehe es sich noch nähern konnte.

Für einen weiteren Tag hatte sich der Flitterwöchner damit Sicherheit erkauft.

Kzanol/Greenberg kam zu einem Entschluß. »Du hältst die Stellung«, sagte er, »ich bin gleich zurück.«

Kzanol sah, wie er aufstand und seinen Raumanzug anzog. »Was willst du tun?«

»Die Opposition bremsen, wenn ich Glück habe.« Der Fast-Ptavv stieg die Leiter zur Luftschleuse hoch.

Kzanol seufzte und legte sich die Karten für eine Patience zurecht. Er wußte, daß der Sklave mit dem Ptavv-Geist ein gewaltiges Spektakel für nichts und wieder nichts aufzog. Vielleicht hatte er zu lange über die hypothetische Tnuctip-Revolte nachgedacht, so daß jetzt alle Sklaven gefährlich aussahen.

Kzanol/Greenberg befand sich schließlich auf dem Rumpfrücken. Man hatte wohl gute Gründe dafür gehabt, die Luftschleuse dort anzulegen, denn man konnte dann das ganze Schiff entlanggehen, während der Antrieb lief. Er zog seine magnetischen Sandalen an, denn wenn er rutschte, würde er einen langen Fall tun; schnell ging er zum Heck. In der Vertikalfinne legte er einen Schalter um, und sofort schob sich eine Leiter über den Rumpf, die zur Schwinge führte. Er kletterte hinab. Das Hydrogenlicht war grellweiß. Er spürte trotz des Helmes die Hitze im Gesicht. Als er dann am Rand der Schwinge kniete, war er vor dem Licht geschützt.

Er spähte über den Rand; ja, da waren sie. Fünf Lichtpunkte, alle gleich hell, alle von der gleichen Farbe. Kzanol/Greenberg senkte die Nase des Desintegrators über den Schwingenrand und drückte ab.

Wäre der Desintegrator mit einem Maserstrahl ausgerüstet gewesen, hätte er ernstlichen Schaden angerichtet, doch mit einem so schwachen Strahl konnte er diese winzigen Zielpunkte nicht treffen. Kzanol/Greenberg bemerkte also keine Wirkung. Damit hatte er auch nicht gerechnet. Jedenfalls hielt er das Instrument so gut wie möglich dem Sternenhäufchen entgegen.

»Was, zum Teufel . . . Lew! Sind wir in einer Nebelwolke?«

»Nein.« Der Mann im Führungschiff schaute besorgt das beschlagene Quarzglas der Sichtscheibe an. »Unsere Instrumente melden nichts. Vielleicht ist das die Waffe, von der Garner erzählt hat. Haben alle ein so beschlagenes Quarzglas?«

Alle bejahten.

»Okay. Wir wissen nicht, wieviel Energie dieses Gerät produziert, aber sicher ist sie begrenzt. Wir tun noch folgendes: Erstens, wir folgen dem Instrument eine Weile. Zweitens, vielleicht müssen wir die Sichtscheibe aufbrechen, um wieder sehen zu können, also müssen wir alle Raumanzüge anlegen. Jetzt geht das aber noch nicht, sonst beschlagen auch unsere Helme. Drittens: Niemand geht ohne Grund nach draußen. Soviel wir wissen, kann diese Waffe in zehn Sekunden unsere Anzüge direkt auflösen. Irgendwelche Vorschläge?«

Sie kamen.

»Ruf doch Garner an und frag ihn, ob er dazu etwas weiß«, schlug Mabel Doolin in Nummer Zwei vor.

»Zieht unsere Radarantennen für ein paar Stunden zurück, sonst verschwinden sie nämlich.« Sie taten es. Die Schiffe flogen also blind weiter.

»Wir brauchen etwas, womit wir feststellen, wie weit diese Waffe unseren Schiffen geschadet hat.« Niemand wußte etwas dazu. »Das wollen wir später feststellen«, war alles, was ihnen einfiel.

Jede Minute testete jemand die Sichtsperre mit einem Stück Quarz. Sie hörte fünfzehn Minuten nach ihrem Beginn auf, fing aber zwei Minuten später erneut an, und Tartov, der hinausgekrochen war, um den Schaden zu untersuchen, kam mit beschlagenem Helm zurück.

Kzanol sah auf, als sein ›Partner‹ vorsichtig durch die Luftschleuse kletterte. »Sehr gut«, sagte er. »Hast du vielleicht daran gedacht, daß wir den Desintegrator brauchen können, um den Anzug auszugraben?«

»Ja, natürlich. Deshalb habe ich ihn ja auch nicht länger benützt.« In Wirklichkeit hatte er aufgehört, weil er müde war, doch er wußte, daß Kzanol recht hatte. Fünfundzwanzig Minuten fast pausenloser Tätigkeit erschöpfte die Batterie. »Ich dachte, ich könnte ihnen einigen Schaden zufügen, aber nun weiß ich nicht, ob mir das gelang.«

»Willst du nicht ausruhen? Wenn sie zu nahe herankommen, hole ich mir die Schiffe und ein paar Extrasklaven.«

»Davon bin ich überzeugt. Aber so nahe brauchen sie gar nicht zu kommen.«

Langsam verringerte sich die Entfernung zwischen der *Golden Circle* und der Belt-Flotte. Etwa um die gleiche Zeit mußten sie den Pluto erreichen, etwa elf Tage, nachdem der Flitterwöchner den Neptun verlassen hatte.

»Und da ist sie«, sagte jemand.

»Richtig«, bestätigte Lew. »Alle feuerbereit?«

Niemand antwortete. Die Flamme des Antriebs des Flitterwöchnerschiffes reichte meilenweit in den Raum, eine lange, dünne Linie bläulich-weißen Feuers mit einer fast konischen Umhüllung. Langsam zog sie sich zusammen.

»Feuer!« befahl Lew und drückte auf den roten Knopf. Dieser Knopf hatte eine besondere Sicherung, die aber vorher mit einem Schlüssel geöffnet worden war.

Fünf Geschoße rasten davon, ihre Flammen wurden rasch kleiner. Die Abgase des Flitterwöchners waren inzwischen zu einem Leuchtpunkt geworden.

Minuten vergingen. Eine Stunde. Zwei Stunden.

Das Radio piepte.

»Hier Garner. Ihr habt euch nicht gemeldet. Ist inzwischen noch nichts geschehen?«

»Nein«, sagte Lew in sein Maser-Mike. »Jetzt müßten sie aber aufgesetzt haben.«

Wieder vergingen Minuten. Der weiße Stern des Flitterwöchners glänzte.

»Dann stimmt etwas nicht. Vielleicht hat der Desintegrator die Radioantennen an euren Geschoßen weggebrannt.«

»Verdammt noch mal! Genau das scheint passiert zu sein. Was nun?«

»Unsere Geschosse sind in Ordnung«, erfuhr Lew nach ein paar Minuten. »Wenn wir nahe genug herankommen, können wir sie einsetzen. Aber sie haben dann drei Tage Zeit, um den Verstärker zu finden. Wie kann man sie drei Tage lang daran hindern?«

»Ich habe eine so merkwürdige Ahnung, daß sie nicht auf dem Pluto landen werden«, sagte Lew grimmig und kaute an seiner Lippe. Konnte er es denn nicht verhindern, Garner diese Information zu geben? Nun, streng geheim war sie an sich nicht, und Garner würde vermutlich sowieso davon erfahren. »Der Belt hat nämlich Reisen zum Pluto unternommen, aber nie eine Landung versucht, nachdem das erste Schiff eine spektroskopische Untersuchung aus allernächster Nähe machte . . .«

Sie spielten an einem Tisch neben der Tür zum Pilotenraum, aber Kzanol/Greenberg lauschte immer mit einem Ohr dem Radio. Kzanol war das recht, denn der andere spielte deshalb unaufmerksam.

Nach einigen Minuten des Schweigens kam Garners krächzende Stimme durch. »Mir scheint, es hängt alles davon ab, wo sie landen, und wir können das nicht kontrollieren. Wir müssen uns etwas anderes einfallen lassen. Was habt ihr außer Geschossen?«

»Schade, daß wir nicht beide Seiten hören können«, meinte Kzanol. »Sie müssen aber doch wissen, daß wir in Garners Maserstrahl sind. Sie scheinen jedoch etwas zu wissen, von dem wir keine Ahnung haben . . .« Kzanol hatte die Augen in seinen Karten und sah daher nicht die Wut im Gesicht seines Partners, denn Kzanol/Greenbergs Intelligenz kämpfte gegen die Wut, bis sie abgekühlt war. Kzanol hätte an jenem Tag sterben können, wenn der Desintegrator ihm Anzug, Haut und Muskeln weggebrannt hätte, ohne zu wissen warum.

Zehn Tage und zweiundzwanzig Stunden seit dem Start. Der eisige Planet hing schmutzigweiß über ihnen. Von der Erde aus ist nur der grellweiße Glanz zu sehen, der schon die alten Astronomen immer getäuscht hatte. Die Oberfläche des Pluto ist flach und wie poliert, so daß der Planet sehr klein und dicht wirkt.

»Sieht nach nichts aus«, sagte Kzanol.

»Was willst du von einem Mond sonst? Schau doch mal diesen großen Kreis an. Sieht aus wie ein riesiger Meteorkrater.«

»Ah, ja!« Durch die Augen des Piloten sah er das Radar-Teleskop. »Fast sieht man den Umriß. Aber wir müssen auf den nächsten Umlauf warten, ehe wir landen können.« Langsam neigte sich das große Schiff dem Orbit entgegen.

Die Flotte des Belt hielt respektvollen Abstand, vier Millionen Meilen.

»Jeder denkt sich eine Zahl zwischen eins und hundert aus. Wenn ich die euren habe, sage ich euch die meine. Dann rufen wir Garner an und lassen ihn eine aussuchen. Wer Garners Nummer am nächsten kommt, gewinnt.«

»Drei.« »Achtundzwanzig.« »Siebzig.«

»Fünfzig. Okay, ich rufe Garner an.« Lew schaltete auf Maser. »Eins ruft Garner. Garner, wir sind uns so ziemlich einig darüber, was wir tun, wenn sie nicht runtergehen. Kein Schiffsradar ist beschädigt, also werden wir ein Schiff programmieren, daß es mit Höchstgeschwindigkeit auf den Flitterwöchner zielt. Wir beobachten durch die Teleskope, und wenn unser Schiff nahe genug kommt, sprengen wir den Antrieb. Und Sie sollen jetzt eine Nummer zwischen eins und hundert wählen.«

Ein paar Sekunden vergingen. Garners Flotte näherte sich dem Ende der Reise.

»Hier ist Tartov, Nummer Drei. Er geht jetzt hinunter.«

»Garner hier. Ich schlage vor, wir warten und benützen das radarsichere, wenn wir können. Ihr scheint vorzuhaben, einen Mann in der Luftschleuse eines anderen mitfliegen zu lassen. Wenn, dann wartet auf uns. Wir haben in einem der Erdenschiffe sicher noch Platz für einen. Wollt ihr wirklich noch eine Zahl von mir? Fünfundfünfzig.«

Lew schluckte. »Danke, Garner.« Er schaltete seinen Maser ab.

»Hier noch mal drei. Lew, er geht auf der Nachtseite herunter, in der Vordämmerungszone. Könnte gar nicht besser sein. Vielleicht landet er sogar in der hellen Dämmerung.«

Lew war blaß, als er das winzige Licht über Plutos fahlweißer Oberfläche beobachtete. Er war froh, daß die Flachländer-Flotte ihm folgte. Die Idee, vielleicht ein paar Wochen lang außen am Rumpf mitreisen zu müssen, behagte ihm ganz und gar nicht.

Die geringe Akzeleration störte Kzanol/Greenberg, und das schob er auf seinen menschlichen Körper. Er hatte sich förmlich in sein Sicherheitsnetz eingewebt und schaute durch das Fenster, sah jedoch wenig. Das Schiff hatte die halbe Welt umrundet, doch was er sah, war nur der Planetenschatten. Das einzige Licht beim Flug über die Nachtseite war das des Antriebs, und zu sehen war gar nichts.

Am östlichen Horizont stieg etwas auf, das eine Schattierung heller war als die schwarze Ebene, eine unregelmäßige Linie vor den Sternen. Da erst erkannte er die Bergkette. »Was ist denn das?« sagte er laut vor sich hin.

Kzanol stieß in den Geist des Piloten vor. »Cott's Crescent«, sagte dieser. »Gefrorener Wasserstoff, aufgehäuft auf der Dämmerseite des Planeten. Wenn er rotiert, kocht das Hydrogen im Tageslicht ab und gefriert wieder auf der Nachtseite.«

Es waren unglaubliche Berge aus Wasserstoffschnee, glatt und niedrig; Reihe nach Reihe erhob sich vor dem langsamer werdenden Schiff und ließ die ganze grandiose Breite des Bergzuges erkennen. Die Länge ahnten sie jedoch nicht einmal, doch die Bergkette erstreckte sich über den halben Horizont. Vielleicht marschierte sie von Pol zu Pol über den ganzen Planeten hinweg. Und das stimmte auch.

Das Schiff hing tief und bewegungslos ein paar Meilen westlich von den Vorbergen des Crescent. Eine Feuersäule berührte die Oberfläche, die dann sofort verschwand. Eine Art Flußbett folgte dem Schiff und verschwand jenseits der Reichweite des Lichtes in der Dunkelheit.

Das Schiff trug die Nase hoch, und die Fusionsflamme griff ein wenig nach vorne aus. Dann wurde die *Golden Circle* langsamer und blieb über dem Planeten hängen.

Ein flacher, weiter Krater hatte sich unter dem Schiff geformt; er vertiefte sich sehr schnell. Ein Nebelring bildete sich, weiß, weich und undurchsichtig, der sich in der kalten Dunkelheit rasch verdichtete und um das Schiff legte. Dann war nichts mehr da als der helle Nebel, der Krater und das Fusionsfeuer.

Ein merkwürdiger Ort! Da hatte er nun sein Leben damit vertan, daß er die bewohnten Welten der Galaxis erkundete, doch niemals war ihm etwas so fremdartig erschienen, wie diese eisige Welt.

»Wir landen auf der Lage aus Wassereis«, erklärte der Pilot.

»Die Gaslagen halten uns nicht aus. Aber erst müssen wir uns eingraben.«

Bald sah der Krater aus wie eine offene Minengrube mit einer schrägen Ringmauer, einem fast flachen Rand, dann einer tiefer Ringwand und . . . Kzanol/Greenberg schaute hinab und kniff die Augen vor dem grellen Gleißen zusammen. Welche Lage war welches Gas? Sie hatten sich durch eine dicke Eisdecke graben müssen. War es etwa Stickstoff? Dann mußte die nächste Lage Sauerstoff sein.

Und plötzlich waren Ebene und Raum darüber ein Flammenmeer.

Eine ungeheuer hohe sich verdrehende, gelblich-blaue Flamme röhrte aus dem Teleskop, direkt aus der blaßfarbenen Ebene, wo der winzige weiße Stern der *Golden Circle* gewesen war. Einen Augenblick lang schienen die Sterne noch hell durch die Flammen, doch dann war alles nur noch Feuer. Lew beobachtete dessen Ausbreitung in zehnfacher Vergrößerung.

Der Planet Pluto brannte. Seit Milliarden von Jahren hatte eine dicke Decke von relativ ungefährlichem Stickstoffeis die äußerst reaktiven Lagen darunter beschützt. Meteore, hier so selten wie Wale in einem Goldfischglas, bohrten sich nun in die Stickstofflage. Auf dem Pluto hatte es keine Brände mehr gegeben, seit Kzanols Raumschiff von den Sternen herabschoß. Jetzt mischte sich der Wasserstoffdampf mit dem Sauerstoff, und das Gemisch brannte wie irr; infolgedessen entzündeten sich auch andere Elemente.

Das Feuer breitete sich kreisförmig aus. Es sandte einen kräftigen, heißen Wind aus, der riesige Flammenfächer über das kochende Eis wehte, bis der rohe Sauerstoff bloßlag. Dann fraß sich das Feuer tiefer. Unter der dünnen Schicht Wassereis lagen Rohmetalle, waren Natrium- und Kaliumadern. Auch Eisen brennt, wenn genug Sauerstoff brannte und ausreichende Hitze erzeugte. Auch Chlorine und Fluorine brannten und sprengten Plutos Kruste in die Atmosphäre. Steigt die Temperatur hoch genug an, gehen sogar Sauer- und Stickstoff eine Verbindung ein.

Lew beobachtete voll äußerster Konzentration den Schirm. Dabei überlegte er, wie er dieses Schauspiel einmal seinen Ur-Urenkeln schildern könnte. Dann würde er alt, kahlköpfig und lederhäutig sein und sagen: »Als ich noch jung war, sah ich eine

Welt brennen . . .« Etwas so Seltsames würde er niemals mehr erleben.

Der breite Feuerring war auf der dunklen Planetenscheibe nun zu einem riesigen Kreis geworden, und ein Bogen kroch über den Rand dieser Welt. Erreichte er die andere Seite, mußte es zu einer unvorstellbaren Explosion kommen. Aber im Mittelpunkt des Ringes war der ›Treibstoff‹ nahezu ausgebrannt, und dort wurde es dunkler. Der kälteste Punkt im Ring war jener, an dem das Feuer begonnen hatte.

Angetrieben vom Feuersturm war die *Golden Circle* steil nach oben geschossen. Kzanol/Greenberg war der Atem weggeblieben, und er kehrte nur langsam ins Bewußtsein zurück. Das Schiff war jedoch noch nicht beschädigt; der Schiffsbauch war so gebaut, daß er der Antriebshitze wochenlang standhalten konnte.

Anders war es mit dem Piloten. Als die Schockwelle das Schiff traf, hatten automatisch seine Reflexe begonnen, aber dann war sein Bewußtsein . . . Zum erstenmal seit Wochen war er wieder Herr seiner selbst, und nun kam er zu einer Entscheidung. Sofort schaltete er die Treibstoffzufuhr ab. Nun, vielleicht konnte der Antrieb nicht wieder in Gang gesetzt werden. Kzanol wurde entsetzlich wütend und sagte ihm, er solle sofort sterben, aber dafür war es schon zu spät. Das antriebslose Schiff bäumte sich auf und schwankte im brennenden Wind.

Kzanol/Greenberg fluchte fließend in altem Englisch. Das meilendicke Flammenmeer zog sich zum Horizont zurück. Das Schiff hatte sich nicht herumgedreht; also mußten die Gyros noch arbeiten.

Als das Feuer langsam starb, hörte auch der Sturm auf. Das Schiff begann zu fallen.

Zögernd wandte Lew die Augen vom Schirm ab und schüttelte sich. Dann drehte er sich zum Radio um. »An alle Schiffe«, sagte er. »Mit Höchstgeschwindigkeit zum Pluto. Wir können das Feuerwerk auch unterwegs beobachten. Tartov, du programmierst uns einen Kurs, damit wir auf der Dämmerseite dessen landen können, was von Cott's Crescent noch übrig ist. Hexter, du hast in letzter Zeit nichts Nützliches getan. Du suchst Ceres mit einem Maser, damit ich die neuesten Nachrichten durchgeben kann. Irgendwelche Kommentare?«

»Hier ist Tartov, Lew. Um Himmels willen! Der Planet brennt doch! Wie sollen wir da landen?«

»Wir haben noch vier Millionen Meilen zurückzulegen. Bis wir dort ankommen, müßte das Feuer längst erloschen sein. Oh, dann bring uns eben in eine Kreisbahn. Die Landung programmierst du trotzdem.«

»Ich denke, wir sollten das Schiff für alle Fälle im Orbit lassen.«

»Na, schön, Mabe. Wir spielen eben darum, wer oben bleibt. Kommentare?«

Drei Männer und eine Frau drückten Knöpfe, die gasförmiges Uran in Fusionsröhren preßten; danach wurde mit Wasserstoff aufgefüllt. Ein ständig wachsender Neutronensturm erzeugte die Kernspaltung, deren Hitze wiederum die Verschmelzung produzierte. Vier blauweiße Sterne bildeten sich; sie wurden sehr lang und sehr dünn. Die hellen Köpfe schwangen sich dem Pluto entgegen. Sie setzten sich in Bewegung.

»Das wäre es«, sagte Masney müde. »Und es ist gut so. Glaubt ihr, daß es jemals einen telepathischen Verstärker gab?«

»Davon bin ich sogar überzeugt. Die Sache ist noch nicht ausgestanden.« Luke bewegte seine Finger und sah besorgt drein. Vor ihm auf dem Schirm war der Planet Pluto zu sehen, und der Feuerrand kroch in einer geraden Linie unaufhaltsam vom Westen nach Osten. »Lloyd, warum glaubst du, daß ich den Belt nicht vor uns auf dem Pluto sehen wollte? Warum sind wir hergeflogen? Der Verstärker ist eine neue Waffe! Nimmt der Belt sie auseinander und baut sie nach, so daß Menschen sie benützen können, dann erleben wir die schlimmste und dauerhafteste Diktatur der ganzen Geschichte, die vielleicht niemals mehr endet.«

Masney schien dieses Zukunftsbild gar nicht zu gefallen, doch dann lachte er breit. »Sie können ja nicht landen. Ist schon gut, Luke. Nein, bei dem Feuer kommen sie nie zu ihrem Helm.«

»Wenn der Flitterwöchner heruntergeht, brennt das Feuer nicht mehr.«

»Richtig. Ist der Pluto noch explosiv?«

»Das weiß ich nicht. Es könnte noch Taschen unverbrannten Materials geben. Aber sie können auf alle Fälle hinuntergehen.

Sie müssen dazu nur auf der Tagseite landen, wo es kein Hydrogen gibt, und so schnell, daß sie die Nitrogenlage nicht verbrennen. Natürlich sinken sie da hinein, weil der Rumpf ja Wärme abgibt, und vermutlich müssen sie sich später wieder ausgraben. Aber das hat nicht viel zu sagen. Nur der Wasserstoff zählt. Geht man dem aus dem Weg, läßt sich ein Feuer vermutlich vermeiden.

Ich nehme als sicher an, daß sie hinuntergehen, sobald das Feuer erloschen ist, um den Verstärker zu holen. Wir müssen das Schiff zerstören, ehe sie den Verstärker haben, spätestens aber gleich danach.«

»Schauen Sie doch mal«, sagte Lloyd.

Vier helle Punkte erschienen nebeneinander auf dem Schirm. Sekunden später waren sie zu meilenlangen Linien geworden, und alle deuteten in die gleiche Richtung. »Wir haben ja noch Zeit«, meinte Masney. »Sie sind noch Millionen von Meilen vom Pluto entfernt.«

»Nicht weit genug.« Luke schloß den Stromkreis für die Verständigung Schiff zu Schiff. »Ich rufe Anderson. Hier ist die *Heinlein.* Anderson, die Beltflotte ist eben zum Planeten Pluto unterwegs und noch vier Millionen Meilen von ihm entfernt. Wie lange noch?«

»Moment mal . . . Ungefähr fünf Stunden und zehn Minuten. Nicht weniger, eher etwas mehr. Hängt davon ab, ob sie vor dem Feuer Angst haben.«

»Wie lange dauert es für uns?«

»Jetzt noch neunundfünfzig Stunden.«

»Danke, Anderson.« Luke stellte das Radio ab. Merkwürdig, wie Smoky dagesessen hatte, ohne ein Wort zu sagen. In letzter Zeit war er überhaupt recht schweigsam gewesen.

Luke wurde sich fröstelnd darüber klar, daß Smokys Gedanken wahrscheinlich in die gleiche Richtung vorstießen wie seine eigenen. Die Frage war nun die: Wer würde den Helm bekommen? Der Belt oder die Erde? Der Fremdling hatte wenig Chancen. Und Smoky war sicher nicht bereit, ihn der Erde zu überlassen.

Larry Greenberg öffnete die Augen und sah nichts als Dunkelheit um sich herum. Es war kalt. »Die Lichter brennen nicht«, sagte eine Stimme in seinem Geist.

»Sind wir aufgeschlagen?«

»Ja, sind wir. Ich kann mir nicht vorstellen, weshalb wir noch leben. Steh auf!«

Larry Greenberg stand auf und marschierte den Mittelgang zwischen den Passagiersitzen entlang. Seine schmerzenden Muskeln schienen sich automatisch zu bewegen. Er ging zum Pilotensitz, schob den Piloten weg und setzte sich. Seine Hände schnallten ihn fest, dann falteten sie sich auf seinen Knien. So saß er da, und Kzanol stand neben ihm, kaum noch in seinem Blickfeld.

»Gemütlich?«

»Nicht ganz«, gab Larry zu. »Könnte ich nicht einen Arm frei haben, weil ich rauchen möchte?«

»Sicher.« Larry bemerkte, daß sein linker Arm ihm gehorchte. Die Augen konnte er noch nicht bewegen, nur blinzeln. Er nahm eine Zigarette und zündete sie an. Wie gut, dachte er, daß ich zu den Leuten gehöre, die sich ohne Spiegel rasieren können . . .

»Was hat das mit irgend etwas zu tun?« fragte Kzanol.

»Das heißt, daß ich mich auch mit nicht voll funktionierenden Augen zurechtfinde.«

Kzanol beobachtete ihn, eine verschwommene Masse am Rand des Blickfeldes. Larry wußte, was er wollte, doch er würde nicht fragen, es auch nicht tun.

Wie sieht Kzanol eigentlich aus? Nun, natürlich wie ein Thrint. Larry erinnerte sich daran, daß er Kzanol/Greenberg gewesen war, und da war er ein ziemlich kleiner, gut aussehender, etwas ungepflegter Thrint gewesen. Auf seinem Weg zum Pilotenraum hatte er jedoch etwas Entsetzliches entdeckt, etwas Einäugiges, Schuppiges, das von schillerndem Grün war und graue, sich windende Würmer in den Winkeln eines Mundes hatte, der wie ein Schlitz im Gummiball eines Kindes wirkte; etwas mit metallischen Raffzähnen, überlangen Armen und riesigen, dreifingerigen Händen ähnlich mechanischen Greifern.

Die Stimme des Thrint klang kalt und schrill. »Denkst du über meinen Eid nach?«

»Eid? Ja, ich erinnere mich, da du davon sprichst.«

»Du kannst nicht mehr behaupten, ein Thrint in einem menschlichen Körper zu sein. Du bist nicht das Wesen, dem ich einen Eid leistete. Oder Eide. Aber ich will noch immer, daß du mir hilfst, die Erde zu regieren.«

Larry verstand ausgezeichnet, und Kzanol konnte natürlich seine Gedanken lesen. »Aber du regierst ja mich«, sagte Larry.

Ja, natürlich.«

Von Larrys Zigarette fiel die Asche langsamer als Nebel und verschwand. »Ich könnte dir etwas sagen.«

»Fasse dich kurz, ich habe nur wenig Zeit. Ich muß etwas finden.«

»Ich glaube nicht, daß dir die Erde weiterhin gehören sollte. Ich werde dich daran hindern, wenn ich kann.«

Kzanols Eßfäden taten etwas Seltsames, aber Larry konnte es nicht sehen. »Du denkst wie ein Sklave. Nicht wie ein Ptavv, sondern ein Sklave. Du hast keinen Grund, mich zu warnen.«

»Das ist mein Problem.«

»Sicher. *Bewege dich nicht, bis ich zurückkomme.*« Dieser Befehl klang angewidert. Ein verschwommener Fleck namens Kzanol bewegte sich und verschwand.

Larry, nun allein im Pilotenraum, lauschte den Geräuschen und den Flüchen, die bedeuteten, daß Kzanol etwas suchte. Er hörte, daß der Thrint dem Piloten einen scharfen Befehl erteilte, er solle ins Leben zurückkehren und ihm *sofort* zeigen, wo er das verseuchte Radargerät versteckt habe . . . Der Befehl, eine Explosion der Enttäuschung, hörte ebenso wie die Suche plötzlich auf. Und dann vernahm Larry das leise Zischen der Luftschleuse.

Der Angestellte war ein Vermittler; er hatte die Nachrichten für und vom tiefen Raum zu ›verwalten‹. Um drei Uhr morgens nahm er einen Anruf von draußen entgegen.

»Hallo, hier Army, Maserempfangsstation«, meldete er sich etwas verschlafen. Es war eine langweilige Nacht gewesen.

Jetzt war sie's unvermittelt nicht mehr. Die zierliche Brünette, die ihm vom Schirm entgegensah, war erstaunlich schön, besonders natürlich für einen Mann, der sie unerwartet in der langweiligsten Zeit sah.

»Hallo, ich habe eine Mitteilung für Lucas Garner. Ich glaube, er ist zum Neptun unterwegs.«

»Lucas Garner? Und wie lautet die Mitteilung?«

»Sagen Sie ihm, mein Mann sei wieder normal, und das solle er berücksichtigen. Es ist außerordentlich wichtig.«

»Und wer ist Ihr Mann?«

»Larry Greenberg. Green . . .«

»Ja, weiß ich. Jetzt ist er schon jenseits des Neptun. Müßte Garner das nicht schon wissen?«

»Nein. Außer er ist Telepath.«

»Oh . . .« Für einen Angestellten war das eine schwierige Entscheidung. Masermitteilungen waren teuer wie Uran, weniger wegen des Energieverbrauches und des Verschleißes kostbarer Maschinen, als wegen der Schwierigkeit, den Empfänger zu finden. Aber nur Garner konnte entscheiden, ob die Mitteilung für ihn wichtig sei oder nicht. Deshalb riskierte der Angestellte seinen Job und sandte die Mitteilung hinaus.

Der Feuersturm hatte nachgelassen. Der größte Teil des unverbrannten Wasserstoffes war vom Feuer weggeblasen und zu einer Wolke geworden, die in der Nähe des Ruheplatzes der *Golden Circle* hing. Um diese Wolke herum baute sich ein Hurrikan von unvorstellbaren Ausmaßen auf. In fast faustgroßen Tropfen klatschte gefrorener Regen zischend in den Stickstoffschnee. Die Lagen über dem Stickstoff waren verschwunden, zu Gas geworden. An der Grenzlinie brannte Wasserstoff mit Halogenen vermischt, sogar mit Stickstoff, so daß sich Ammoniak bildete, doch an vielen Stellen war das Feuer erloschen. Nur kleine, isolierte Brandherde fraßen sich zu einem neuen Mittelpunkt durch. Das ›Heiß‹wassereis kochte den Stickstoff weg, und war der verschwunden, kam der Sauerstoff daran. Dann gab es erst ein richtiges Feuer.

Im Mittelpunkt des Hurrikans waren auf der abgeflachten Spitze sogar die Halogene noch gefroren, und darüber lag ein Fast-Vakuum. Corioliswirkungen hielten den brennenden Wind für einige Zeit zurück.

Auf der anderen Seite der Welt verließ Kzanol die *Golden Circle*.

Einmal schaute er zurück. Das Flitterwöchnerschiff lag platt auf dem Bauch. Das Landegerät war nicht ausgefahren, und unter dem Abgaskonus des Antriebs klaffte ein großer, glatter Krater. Noch nachdem der Treibstoff abgeschaltet war, sickerte eine Weile heißer Wasserstoff aus der Fusionsröhre; die ganze Anlage war verdreht und verkeilt, aber nicht gebrochen. Die vorderen Schwingen hingen schief in ihren Verankerungen. Die Spitze einer dreieckigen Hauptschwinge war gegen steinhartes Eis geknallt und verbogen. Das Schiff war nutzlos und zum Untergang verdammt. Kzanol ging weiter.

Der thrintunische Raumanzug war eine wundervolle Ansammlung von Werkzeugen aller Art. Schon seit Jahrhunderten vor Kzanols Zeit hatte es keine Veränderung mehr gegeben, denn das Baumuster war perfekt gewesen. Nur im Notsystem war ein winziger Makel zu verzeichnen, der den naiven Thrint jedoch nicht bekümmerte, da er an keinen entsprechenden Notfall glaubte. Die Innentemperatur lag etwas höher als die im Schiff.

Aber der Anzug konnte die Vorstellungskraft des Trägers nicht ersetzen. Kzanol fröstelte, als er das Schiff hinter sich ließ. Meilendicke Decken aus Stick- und Sauerstoffschnee waren hier weggekocht, und der blasige Permafrost zeigte sich im Licht seiner Helmlampe tief dunkelgrün. Außerdem herrschte ein dünner Nebel, der um die halbe Welt reichte, so daß sein Universum aus einem hellen Kreis blasigen Eises bestand.

Er bewegte sich in weiten Hüpfern und erreichte die erste Erhebung des Crescent in vierzig Minuten. Nun war er sechs Meilen vom Schiff entfernt, und der Crescent war nur eine leichte Welle im Permafrost, in die das darüber wegrasende Feuer tiefe Gruben gefressen hatte. Kzanols tragbares Radar, das aus den Schränken des Flitterwöchnerschiffes stammte, zeigte sein Ziel am Rande der Hügelkette, geradeaus vor ihm, nur etwa eine Meile entfernt und fast tausend Fuß tief im Permafrost begraben.

Kzanol begann den Hang zu erklettern.

»Wir haben keine Geschoße mehr«, meldete der Mann von Nummer Zwei düster. »Wie sollen wir uns jetzt selbst schützen?«

»Wir werden schon auf dem Heimweg sein, ehe Garner dem Pluto auf Reichweite in die Nähe kommt«, antwortete Lew. »Er kann uns höchstens beschießen, wenn wir an ihm vorbeifliegen. Wir bewegen uns sehr schnell, und wenn er uns trifft, ist es reiner Zufall. Das weiß er, deshalb wird er es kaum versuchen, denn ein Treffer könnte den Letzten Krieg auslösen.«

»Vielleicht glaubt er, der Einsatz sei groß genug.«

»Verdammt, Tartov, bleibt uns denn überhaupt eine Wahl? Wir dürfen Garner diesen Verstärker nicht überlassen, denn dann erleben wir eine ungeahnte Sklaverei.« Lew schniefte heftig. »Wir müssen landen und das Ding mit unseren eigenen Händen vernichten. Also landest du auf der Dämmerseite und rüstest eine Expedition aus. Hexter, kannst du ein Schiffsradar so abmontieren, daß es noch funktioniert?«

»Sicher, Lew. Aber zwei Mann müssen es tragen.«

»Du hast mich mißverstanden«, beklagte sich Tartov. »Natürlich müssen wir diesen verdammten Verstärker vernichten. Aber wie sollen wir Garner beweisen, daß wir's getan haben? Und warum sollte er uns trauen?«

»Entschuldige, Tartov«, sagte Lew und fuhr mit den Fingern durch sein baumwollweiches Haar. »Das war eine sehr gute Frage. Irgendwelche Kommentare?«

Kzanol zielte mit dem Desintegrator dreißig Grad nach unten und legte den Feuerschalter um.

Der Tunnel formte sich sehr schnell. Wie schnell, konnte Kzanol nicht beobachten, da innen nach der ersten Sekunden tiefste Dunkelheit herrschte. Aus dem Tunnel blies ein kleiner Hurrikan. Er lehnte sich in den Wind wie gegen eine Wand. Im Kern war der Wind klar, am Rand bildete sich jedoch ein Staubsturm.

Nach zehn Minuten meinte Kzanol, der Tunnel werde nun zu breit. Die Öffnung maß aber im Durchmesser kaum einen Fuß, und deshalb vergrößerte er sie. Als er das Grabwerkzeug abschaltete, konnte er noch immer nicht weit in den Tunnel hineinschauen. Trotzdem ging er einen Augenblick später in die Dunkelheit hinein.

Larry griff mit der linken Hand nach der Schulter des Piloten und schüttelte sie. Nichts. Der Mann war wie eine Wachsfigur; vielleicht fühlte er sich auch so. Seine Wange war kalt. Er war nicht gelähmt, sondern tot.

Irgendwo im Hintergrund seines Geistes fand er Judy. Das war jetzt ganz anders als früher. Obwohl sie drei Milliarden Meilen voneinander entfernt waren, wußten Judy und er voneinander. Mehr war es jedoch nicht.

Sagen konnte er ihr nichts, sie auch nicht warnen, daß dieses insektenäugige Ungeheuer nahe daran war, die Erde in Besitz zu nehmen.

Der Pilot konnte ihm nicht helfen, und er hatte nur einen Moment Zeit für einen Entschluß gehabt. Erst hatte er eine richtige Wahl, dann eine falsche getroffen. Er hatte zu sterben beschlossen und jeden an Bord des Schiffes zu töten, und das war richtig. Aber er hätte den Fusionsschild abschalten müssen, nicht die Treibstoffzufuhr! Jetzt war er tot, und Kzanol lief frei herum.

Es war sein Fehler. Ohne Larry Greenberg wäre Kzanol zu Gas zerblasen worden, als er zum Pluto einschwenkte. Nie würde er erfahren haben, daß sein Anzug auf dem Pluto war! Das war ein niederschmetterndes Wissen.

Wo war sein Geistschild? Vor zwei Stunden hatte er noch eine undurchdringliche telepathische Wand aufrecht erhalten, einen Schild, der Kzanols wütendsten Versuchen widerstand. Und jetzt konnte er sich nicht mehr daran erinnern, wie er das gemacht hatte. Fähig war er, das wußte er, und vielleicht konnte er daraus sogar einen Dauerzustand machen.

Nein, das Wissen war weg; eine Thrint-Erinnerung . . .

Mal überlegen . . . Er war in Masneys Büro gewesen, als der Thrint alle angeschrien hatte, um deren Geister abzuschließen. Sein Geistschild mußte da schon bestanden haben, und er wußte, wie er zu benützen war. Er hatte es seither immer gewußt.

Sonnenblumen, acht Fuß im Durchmesser. Sie folgten der Sonne, wenn sie über die Plantage wegging. Große Silber-Paraboloide, deren Teller das Sonnenlicht auffingen und zu ihren dunkelgrünen photosynthetischen Knoten leitete. Flexible Spiegel auf dicken Stämmen; Spiegel, die sich sanft wellten, um den Fokus nach jeder tödlichen Bedrohung auszurichten: auf einen rebellierenden Sklaven, ein wildes Tier oder einen angreifenden Thrint-Feind. Dieser Brennpunkt war tödlich wie eine Laserkanone, und die Sonnenblumen trafen immer. Aber nie griffen sie jemanden aus dem beschützten Haus an.

Vermutlich wurden sie kontrolliert von den Tnuctipun-Haussklaven. Das wußte er ziemlich sicher, obwohl er keinen Beweis hatte. Aber eines Tages mußten sich sämtliche Sonnenblumen der ganzen Galaxis gegen ihre Besitzer gewendet haben, diese Betrüger und Verräter!

Nein, so groß waren die Sonnenblumen nicht, wie sie aussahen, denn Kzanol waren ja sehr klein; nur eineinhalb Fuß hoch, etwa wie ein achtjähriges Thrintun-Kind.

Der Maserstrahl griff nach dem Planeten Pluto, fächerte sich auf und verlor nur wenig an Frequenz, als er aus dem Schwerkraftbrunnen der Sonne tauchte. Mehr als fünf Stunden vergingen, ehe er sein Ziel erreichte, und die Wellenfront hatte eine Viertelmillion Meilen in der Breite erreicht.

Pluto hielt sie nicht auf. Der Planet hinterließ kaum ein bemerkenswertes Loch. Der Strahl war von ungeheurer Kraft; er ging ins Leere, schoß dem galaktischen Zentrum entgegen, verdünnte sich durch Staubwolken und Entfernung. Ein Jahrhundert oder mehr später wurde er von Wesen aufgefangen, die in nichts mehr der Menschheit glichen. Aber diese Wesen konnten den Strahl erkennen und seinen Scheitelpunkt bestimmen, wenn auch nicht sehr genau.

»Du hast recht«, meldete sich Tartov. »Dort, wohin wir fliegen, ist kein Feuer.«

»Na, gut. Dann geht ihr drei nach unten. Ich warte in einen Orbit. Hast du ihn schon errechnet?«

»Schließ deinen idiotischen Weisen bei mir an, dann bekommt er die Daten direkt eingegeben.«

»Autopilot angeschlossen . . .«

Es biepte langgezogen, und beim letzten Ton hatte sich Lews Schiff gedreht. Die längsseitigen Speere grellen Fusionslichtes schrumpften zusammen. Nun, sie konnten und mußten ohne ihn zurechtkommen, denn sie waren ja Männer vom Belt. Übrigens war die Gefahr im Orbit viel größer.

»An alle Schiffe«, sagte er. »Viel Glück. Und kein dummes Risiko eingehen.«

»Hier ist Hexter. Auf dem Erdkanal ist jemand, Lew.«

Lew fand es nach einigem Suchen. »Oh, typisch . . . Verdammt, das ist ja kodiert. Warum nur?«

»Vielleicht haben sie kleine Geheimnisse«, meinte Tartov. »Jedenfalls haben wir einen Grund mehr, mit dieser Sache schnell fertig zu werden.«

»Jawohl. Also, ihr werdet landen. Ich sende inzwischen diese Mitteilung zur Ceres zum Dechiffrieren. Bis die Antwort kommen kann, vergehen zwölf Stunden, aber was soll's?«

Lit Shaeffer hätte gewußt, warum die Mitteilung kodiert war.

Er saß in seinem tief in die Ceres-Felsen vergrabenen Büro, und dreißig Meilen über ihm zog die Confinement-Blase ihre Schneckenspur im Orbit. Lit bereitete eine Entschuldigung an die Vereinten Nationen vor, und das war die härteste Arbeit, die er je getan hatte. Es ging aber nicht anders.

Vor eineinhalb Wochen war eine Maserbotschaft vom Neptun eingegangen. Garners Geschichte war richtig: er verfolgte einen äußerst gefährlichen Außenweltler. Lit hatte deshalb sofort angeordnet, daß die Schiffe der Erde nicht weiter mehr zu belästigen seien.

Der Schaden war jedoch schon angerichtet. Zwei Wochen lang hatte der Belt die wenigen Erdenlieferungen gnadenlos gefilzt, hatten kodierte Maser-Mitteilungen hinausgeschickt, und das sogar bei den solaren Wettervorhersagen. Das Netz der Gegenspionage war so eng zusammengezogen worden, daß die Beleidigung nicht zu ignorieren war. Die Erde hatte sich – in Grenzen – dafür revanchiert. Jetzt benützte der Belt keinen Kode mehr, doch nun tat es die Erde.

Enthielten diese Kodemitteilungen lebenswichtige Informationen? Wahrscheinlich nicht, und einige dechiffrierte Mitteilungen gaben ihm recht. Sicher konnte der Belt jedoch nicht sein, und darum ging es.

Jetzt wurden die Belt-Schiffe in den Raumhäfen der Erde mit beleidigender Gründlichkeit durchsucht. Das mußte aufhören. Lit biß die Zähne zusammen.

Die Mitteilung wurde wiederholt, und Lloyd schaltete sie ab.

»Sie hat gefühlt, wie er starb«, sagte Luke. »Sie wußte es nicht, fühlte es aber.«

Seine Gedanken liefen ihm davon. Was war es, daß Leute Dinge wußten, die sie gar nicht wissen konnten? In letzter Zeit schien es davon immer mehr zu geben. Luke hatte bisher nie solche Talente gezeigt und jene Glücklichen beneidet, die verlorene Ringe oder Verbrecher mühelos fanden und dazu nur sagten: ›Ich dachte mir nur, du hättest den Ring in die Salatsoße fallen lassen‹. Oder: ›Ich hatte eine Ahnung, man würde ihn im U-Bahnhof finden, wo er von Erdnußautomaten lebt.‹ Parapsychologen hatten längst bewiesen, daß es Psi-Kräfte gab, und das hatte ihnen genügt. Die Kontaktmaschinen waren die einzigen entwickelten Geräte für dieses Gebiet.

Für Luke hieß ›Psi‹: Ich weiß nicht, wie dieses verdammte Zeug arbeitet.

Woher wußte Judy, daß die *Golden Circle* eine Bruchlandung gemacht hatte? Da man die Antwort nicht wußte, hängte man einen Zettel daran: Telepathie.

»Und doch ist es ihr gelungen, sich selbst an der Nase herumzuführen«, sagte Luke, ohne zu wissen, daß er sprach. »Wie wundervoll!«

»Wirklich?«

Lukes Kopf drehte sich nach rückwärts. Lloyd hatte Angst und wollte sie nicht zeigen. »Die *Golden Circle* war ein starkes Schiff«, sagte er. »Den Antrieb hatte sie im Bauch, und der war so gebaut, daß er die Fusionshitze ertrug. Und die Explosion fand unter ihr statt.«

Auch Lukes Nerven zitterten vor mitfühlender Angst. »Das werden wir jetzt sofort herausfinden . . . Alle Schiffe herhören! Anderson, was wissen Sie über die *Golden Circle*?«

»Ja, da habe ich auch etwas gehört. Es könnte sein. Ja, es wäre möglich. Die Konstrukteure des Flitterwöchners wußten, daß ein Unfall oder eine Bruchlandung ein Milliardengeschäft vernichten könnte. Deshalb bauten sie die Schiffe so stark, daß sie praktisch alles überstehen konnten. Das Lebenserhaltungssystem der *Golden Circle* war ja kleiner – im Verhältnis – als das unserer Schiffe, weil sie die Rumpfwände ungeheuer verstärkten und die Sicherheitsvorrichtungen viel Gewicht beanspruchten.«

»Und wir sind aus der Sache heraus«, stellte Smoky düster fest.

»Sind wir nicht. Diese Mitteilung war kodiert. Lloyd, richte den Maserstrahl auf den Planeten Pluto. Wir müssen die Belter warnen. Smoky, gibt es da ein Mayday-Signal, das wir benützen können?«

»Nicht nötig. Die hören dich schon. Übrigens ist es zu spät. Sie gehen nämlich hinunter.«

## XX

Langsam ging Kzanol durch einen Tunnel, der mattweiß dort schimmerte, wohin das Licht fiel. Allmählich hatte er gelernt, die richtige Entfernung zur im Dunkel verschwindenden Wand einzuhalten, indem er seinem Desintegratorstrahl folgte, so daß er in einem ungefähren Zylinder mit einem Durchmesser von sechs Fuß dahinschritt. Der Wind röhrte an ihm vorbei und hörte auf, Wind zu sein; es war fliegender Staub, eine Unmenge von Eispartikeln; sie flogen in einem Vakuum und bei geringster Schwerkraft, so daß der Tunnel hinter ihm gründlich vollgepackt war.

Der andere Anzug war zweihundert Fuß jenseits des Endes der langsam sich senkenden Röhre.

Kzanol blickte auf. Er schaltete den Desintegrator aus und wartete, vor Wut versteift. Sie hatten es also gewagt! Sie waren nur zu weit weg, außer ›Griff‹-Weite und bewegten sich schnell, doch je näher sie kamen, desto langsamer wurden sie. Er wartete und war zu töten bereit.

Aber nüchterne Überlegung hielt ihn davon ab. Er brauchte ein Schiff, um den Planeten Pluto verlassen zu können. Seines war unbrauchbar, tot. Die über ihm waren Einsitzer und nützten ihm nichts, doch er wußte, daß noch andere Schiffe ankamen. Er durfte sie nicht verscheuchen.

Also würde er diese Schiffe landen lassen.

Lews Einmannschiff hing mit der Nase nach unten über dem Planeten Pluto. So hatte er auch die Gyros gesetzt. Das Schiff würde lange in dieser Lage bleiben, vielleicht bis die Gyros erschöpft waren. Aber er sah nichts. Die Oberfläche des Planeten versteckte sich unter einem Vorhang kochender Sturmwolken.

Er wußte, daß er vor Minuten Cott's Cresent passiert hatte, und er hatte auch das Summen eines offenen Schiff-zu-Schiff-Stromkreises vernommen. Was ihm jetzt über den gekrümmten Horizont entgegenkam, war der Sturm aller Stürme, ein titanischer Hurrikan, über den er schon zweimal weggeflogen war. Pluto brauchte Monate für eine einzige Umdrehung. Nur ein gewaltiger Luftstrom, der neu entstanden von der anderen Planetenseite heranraste, konnte solche Wirbel erzeugen. Im Rand flackerten Feuer, doch das Zentrum war ein weiter Kreis der Ruhe und des Fast-Vakuums, das bis zum eisigen Plateau reichte.

Über Radio ließ sich Garners Stimme vernehmen.

». . . Bitte antwortet sofort, so daß wir wissen, daß bei euch alles in Ordnung ist. Es besteht die Möglichkeit, daß der Außenweltler die Bruchlandung überlebte, in welchem Fall . . .«

»Jetzt sagst du Besserwisser alles«, murmelte Lew vor sich hin, doch Zunge und Lippen waren ebenso starr wie seine übrigen Muskeln. Er hörte sich die Botschaft an, auch deren mehrfache Wiederholung. Garner sprach drängender als noch vor wenigen Minuten.

Nun war der Hurrikan fast direkt unter ihm. Er sah genau in dessen Auge. Vom Rand her reichte eine feurige Zunge nach innen.

Es war wie die erste Explosion, die er durch das Teleskop beobachtet hatte, aber jetzt sah er sie eben nicht durch ein Teleskop! Das ganze Plateau verlor sich schon in den ersten zwanzig Sekunden in vielfarbenen Flammen. Das Feuer erhob sich und griff nach ihm aus. Es war Feuer mit Eis, Eisbrocken von einer Größe, die er leicht ausmachen konnte, brennendes Eis, das sich in die Höhe erhob und wie ein hungriges Raubtier ihn zu verschlingen drohte.

Ein Viprin-Rennen. Skelettartige Umrisse wie Riesenalbinos schienen die Spur zu peitschen; deren Haut glänzte wie Öl, und sie rasten rund um die atemlos dastehenden Zuschauer im Mittelpunkt des Kreises. *Die Kraft* schwängerte die ganze Luft: Tausende von Thrintun jagten verzweifelte Befehle an ihre Favoriten hinaus, obwohl sie genau wußten, daß die Mutant-Viprine nicht das Gehirn hatten, sie aufzufangen. Kzanol hockte auf seinem kostspieligen Platz und klammerte sich an eine lavendelfarbene Plastikschnur, denn dieses Rennen war für ihn der Unterschied zwischen einem Leben als Prospektor und einem anderen als Vormann eines Maschinenreinigertrupps. Entweder gewann er, dann konnte er sich ein Schiff kaufen, oder er gewann nicht . . .

Larry ließ diese Vision fallen. Für Kzanols Leben kam dies zu spät. Er wollte mehr von früher wissen. Doch sein Gehirn schien mit Nebel angefüllt zu sein, und die Erinnerungen des Thrint waren ausgefranst und kaum zu greifen. Als Kzanol/Greenberg hatte ihm sein Gedächtnis keine Schwierigkeiten bereitet, aber als Larry fand er es außerordentlich ungenau.

Die früheste Erinnerung war die an die Sonnenblumen.

Er hatte keine Zigaretten mehr. Vielleicht hatte der Pilot noch einige in der Tasche, doch Larry konnte sie nicht erreichen. Hungrig war er auch. Seit länger als zehn Stunden hatte er nichts gegessen. Ein Gnal konnte helfen. Sicher würde er helfen, ihn aber auch möglicherweise innerhalb weniger Sekunden töten.

Larry riß einen Knopf von seinem Hemd und steckte ihn in den Mund. Er war rund und glatt und ähnelte einem Gnal. Er saugte daran und ließ ihn von seinem Geist auflösen.

Drei Schiffe ruhten auf der anderen Seite dessen aus, was noch vom Cott's Crescent übrig war. In den Kontrollräumen saßen die Piloten bewegungslos da, warteten auf Instruktionen und dachten wütende, überflüssige Dinge. im vierten Schiff . . . Kzanols Eßfäden standen starr von seinem Mund ab.

Es war fast so, als bohre er sich in seine eigene Erinnerung an die Bruchlandung: ein brennender Wind, ein Universum röhrender, sengender Flammen und erdrückender Schocks.

Es war ja nicht so, als brauchte er Lew unbedingt. Kzanol schaltete seinen Desintegrator ein und begann zu gehen. Durch die dunkle Eiswand schimmerte etwas Helles.

»Niemand antwortet«, sagte Lloyd.

Luke ließ sich in die konstante Dezeleration von einem g fallen. Zu wenig, zu spät . . . Der Belt war geschlagen. Dann kniff er die Augen zusammen. »Sie bluffen«, sagte er.

Masney drehte sich fragend um.

»Klar, sie bluffen, Lloyd. Sie wären ja Narren, täten sie's nicht! Wir gaben ihnen ja eine so wundervolle Chance, es zu tun. Die perfekte Gelegenheit für uns, gegen den falschen Feind zu kämpfen.«

»Aber wir würden nicht dieses unheimliche Schweigen empfangen, wenn sie wirklich gefangen wären.«

Luke antwortete in abgehackten Sätzen. »Richtig. Wir bekommen nach beiden Seiten hin stille Radios. Aber wir bekommen auch von beiden Seiten die gleiche Antwort: Schießen, um zu töten. Entweder ist die Flotte mit dem Verstärker auf dem Rückweg, oder der Außenweltler hat ihn und ist dabei, die Erde zu erobern und zu unterjochen. In beiden Fällen gibt es für uns keinen Angriff.«

»Und was heißt das?«

»Das möchte ich wissen.«

»Daß wir zuerst Atwood und Smoky töten müssen. Und Anderson.«

»Richtig. Für Atwood wenigstens. Er würde es nie zulassen, daß wir seine Freunde erschießen, ob sie nun Sklaven sind oder nicht. Aber wir können hoffen, daß Anderson Smoky kontrollieren kann.«

»Wie ist Ihre Koordination?«

»Meine was?« Luke musterte seine unruhigen, zitternden Hände, seine ungeschickten Finger, wußte, daß sein Schließmuskel nicht funktionierte. Ein paralytischer Kater. »Schon wieder gut. Smoky würde Hackfleisch aus Anderson machen.« Er seufzte schwer. »Wir müssen beide Schiffe sprengen.«

»Luke, ich will noch ein Versprechen.« Masney sah wie der leibhaftige Tod aus. Er war ein alter Mann und einige Zeit kurz vor dem Verhungern gewesen. »Ich will, daß Sie mir schwören, den Gedankenverstärker zu zerstören, wenn wir ihn nur riechen. Nicht sicherstellen und erobern, Luke, sondern zerstören!«

»Na, schön, Lloyd. Das schwöre ich.«

»Wenn Sie versuchen, das Ding nach Hause zu tragen, bringe ich Sie um. Und das meine ich ernst.«

Ein übergroßer Finger in einem übergroßen Mund mit winzigen Nadelzähnen. Er lag auf der Seite, eher ein Fleischklumpen als sonst etwas, und er saugte an seinen Fingern, weil er hungrig war. Immer würde er hungrig sein.

Etwas Riesiges kam herein und schnitt ihm das Licht ab. Mutter? Vater? Sein Arm bewegte sich, schleuderte die Finger verächtlich weg, kratzte sich dabei an den neuen, spitzen Zähnen. Er versuchte sie zurückzustecken, aber sie wollten sich nicht bewegen. Etwas Schweres und Starkes sagte ihm, daß er das nie wieder tun dürfe. Er tat es auch nie mehr.

Hier gab es keinen Geistschild. Komisch, wie scharf dieses Bild, die Erinnerung an eine frühe Enttäuschung, doch war!

Etwas ...

Der Raum war mit Gästen angefüllt. Er war vier Thrintun-Jahre alt, und zum erstenmal durfte er dabeibleiben. Stolz zeigte ihn sein Vater herum. Der telepathische Lärm aber war viel zu laut. Sofort versuchte er so wie andere Leute zu denken, doch das ängstigte ihn. Etwas Schreckliches geschah. Ein Strom dunkelbrauner, halbflüssiger Masse quoll aus seinem Mund und verbreitete sich über die Mauer. Er hatte in der Öffentlichkeit versagt.

Wut. Rote, heiße Wut. Plötzlich gehorchten ihm seine Gliedmaßen nicht mehr. Er rannte, taumelte zur Tür. Wut von seinem Vater, die Scham von ihm selbst. Oder auch von seinem Vater? Das wußte er nicht. Aber es schmerzte, und er kämpfte dagegen, verschloß seinen Geist davor. Vater erlosch wie eine ausgeblasene Flamme, auch die Gäste; und dann waren alle weg. Er war ganz allein in einer leeren Welt. Er hatte Angst. Die anderen Geister kehrten um.

Sein Vater war stolz, sehr stolz! Der kleine Kzanol mit seinen vier Jahren hatte schon *die Kraft*!

Larry lachte breit und stand auf. Sein Vakuumanzug? Im

Wohnraum, wohl auf einem Sitz. Er holte ihn, legte ihn an und ging hinaus.

Kzanol zerrte an dem großen hellen Klumpen, bis ihn das Eis freigab. Das Ding sah aus wie ein großer, verkrüppelter Kobold, der auf dem Rücken lag.

Hinter ihm war das Eis des Tunnels zu einer luftdichten Mauer geworden. Das war gut. Kzanol hatte Preßluft aus seinem eigenen Anzug benützt, um seine Eiskammer unter Druck zu setzen. Er runzelte die Stirn, als er die Instrumente oben an seiner Brust sah, dann nahm er seinen Helm ab.

Die Luft war kalt und dünn. Aber jetzt brauchte er den Verstärkerhelm nicht zum Schiff zurückzutragen. Er konnte ihn hier aufsetzen.

Er schaute an sich hinab und wurde sich darüber klar, daß er zur Rückkehr Hilfe brauchte. Kzanol konzentrierte seine Gedanken auf Larry Greenberg. Nichts.

Greenberg war nicht zu finden.

War er gestorben? Nein, das hätte Kzanol gespürt.

Das war gar nicht gut. Greenberg hatte ihn gewarnt, daß er versuchen würde, ihn aufzuhalten. Der Sklave mußte jetzt unterwegs sein, und sein Geistschild war in bester Ordnung. Zum Glück würde der Verstärker ihn aufhalten, denn er würde einen voll ausgewachsenen Thrint auch kontrollieren.

Kzanol griff hinab und legte den Anzug auf das Gesicht. Nein, schwer war er nicht, nur massiv. Aber er ließ sich bewegen.

Es schneite wieder. In der dünnen Luft fiel der Schnee so wie Kies bei einer Explosion. Ein ungeschützter Mensch konnte damit getötet werden. Wo er fiel, wurde er sofort zu einer harten Schicht, krustig genug, um darauf zu gehen.

Zum Glück brauchte Greenberg nichts zu sehen, denn er fühlte genau, wo Kzanol sich befand, und in diese Richtung lief er unbeirrt weiter. Sein Anzug war nicht so gut wie der Kzanols, und langsam sickerte die Kälte auch durch die Stiefel. Auf Skiausflügen hatte er mehr Kälte ertragen und das auch noch genossen.

Dann schlug *die Kraft* auf sein Gehirn ein, und sein Geistschild schoß in die Höhe. Im nächsten Moment war die Welle verebbt. Aber Kzanol konnte er nicht finden. Der Thrint hatte seinen Geistschild aufgezogen. Larry blieb verängstigt stehen, doch dann ging er wieder weiter. Er hatte einen Kompaß, deshalb konnte er auch nicht im Kreis gehen. Aber Kzanol mußte wissen, daß er kam. Und nun fühlte er mit Augen, Ohren, mit jedem Nerv, was Kzanol tat, als *die Kraft* zuschlug.

Er hatte sich über den zweiten Anzug gebeugt.

Es war zu spät.

Er konnte nicht rennen, denn der Vakuumanzug war dafür nicht gebaut. Verzweifelt schaute er sich um, und da keine Hilfe im Anmarsch war, ging er weiter. Gehen. Das Eis von der Sichtplatte klopfen. Gehen. So lange gehen, bis jemand vom Stehenbleiben spricht . . .

Eine Stunde war vergangen, seit er das Schiff verlassen hatte, und da sah er feinpulvrigen Schnee. Er war federleicht, ganz anders als die eisigen Brocken. Es war der Abfall von Kzanols Grabearbeit, und das war eine Spur.

Der Pulverschnee wurde immer tiefer, doch dann war plötzlich ein hartgepackter Schneeberg vor ihm. Er versuchte ihn zu erklettern, doch er rutschte in einer Schneewolke ab. Er mußte aber hinauf! Öffnete Kzanol seinen Anzug, dann war alles vorüber. Er kletterte weiter.

Erschöpft wie er war, hatte er erst die Hälfte hinter sich, als die Spitze sich bewegte. Wie ein langsamer Brunnen schoß ununterbrochen Schnee heraus. Um nicht lebendig begraben zu werden, rutschte Larry schnell nach unten.

Kzanol grub sich wieder nach außen . . . Aber warum trug er nicht den Helm?

Eispartikel, hoch in des Planeten eisiger Atmosphäre gefroren, schossen durch den Pulverschnee und klammerten sich an Larrys Anzug. Er ging weiter, um die Gelenke beweglich zu erhalten. Er war jetzt mit einer schimmernden Eisschicht überzogen, die an den Gelenken splitterte und krachte.

Plötzlich wußte er die Antwort. Er lächelte in sanfter Glückseligkeit, und sein delphinischer Sinn für Humor stieg fröhlich an die Oberfläche.

Kzanol kletterte aus dem Tunnel und zerrte den nutzlosen Anzug hinter sich her. Er mußte den Desintegrator einsetzen, um den Schnee im Tunnel zu beseitigen; der Tunnel stieg ziemlich steil an. Der Anzug war so schwer wie er selbst, und der, den er anhatte, wog ebensoviel. Kzanol war sehr müde. Wäre er ein Mensch gewesen, hätte er geweint.

Und nun sollte er auch noch durch dieses weiche, flaumige Zeug waten? Das war zuviel! Seufzend ließ er den Reserveanzug den Berg hinabrutschen. An dessen Fuß war er halb im Schnee begraben. Er rutschte ihm nach.

Die Eisbrocken fielen nun viel rascher; Hunderte und Tausende von Tonnen frischgefrorenen Wassers, denn der Planet versuchte seinen Gleichgewichtszustand wieder zu erreichen, vierzig Grad über dem absoluten Nullpunkt. Blind taumelte Kzanol weiter, stellte einen ungeschickten Fuß vor den anderen und hielt seinen Geist geschlossen, weil er sich erinnerte, daß Greenberg irgendwo in der Nähe sein mußte. Sein Geist war taub vor Müdigkeit und Kälte.

Er hatte den halben Berghang zurückgelegt, als plötzlich der Schnee sich erhob und wie ein Thrintun-Riese vor ihm stand. Er blieb stehen und keuchte. Die Gestalt schlug einen Handschuh nach seiner Sichtplatte, und das dicke Eis splitterte und fiel ab. Greenberg! Kzanol hob den Desintegrator.

Mit einem sanften Delphinlächeln streckte Larry einen steifen Zeigefinger aus und drückte ihn auf Kzanols Brust.

## XXI

Vierunddreißig Stunden lang hatte das Schiff den Pluto umkreist, und das war viel zu lang. Garner und Masney schliefen abwechselnd, so daß jeder nach startenden kleinen Schiffen Ausschau halten konnte. Die Unterhaltung zwischen den Schiffen war ziemlich spärlich gewesen, denn jeder von den fünf Leuten wußte, daß ein Kampf bevorstand, wenn auch keiner auf die Möglichkeit hinweisen wollte. Lew hatte den Antrieb abgeschaltet. Luke hatte Freiwache und hätte eigentlich schlafen sollen, doch er beobachtete lieber. Seine Lider waren schwer und rauh wie Sandpapier. Endlich sprach Luke die Zauberworte: »Sie bluffen nicht.«

»Warum so plötzlich?«

»Lloyd, das ist nicht gut. Bluff oder nicht – die Flotte hätte abgehoben, sobald sie den Verstärker gefunden hätte. Je länger sie warten, desto eher nähern wir uns ihrer Geschwindigkeit, und desto genauer können wir schießen. Sie waren zu lang unten. Der Außenweltler hat sie.«

»Das dachte ich schon die ganze Zeit. Aber warum hat er dann nicht abgehoben?«

»Worin denn? Auf dem ganzen Pluto gibt es nichts als Einzelschiffe. Und ein Einmannschiff kann er nicht fliegen. Er wartet auf uns.«

Diese Konferenz war für alle eine Erleichterung und führte zu Resultaten. Eines bestand darin, daß Woody Atwood dreißig Stunden lang in der Luftschleuse der *Iwo Jima* stand.

Vier Millionen Meilen waren für die Flotte des Belt eine stolze Leistung. Sie mußten auch für Garner genügen. Sein Schiff und ein weiteres hielten mitten im Raum bei einem g an. Das dritte hatte eine etwas andere Route eingeschlagen und befand sich nun einige hundert Meilen über der eisigen Oberfläche.

»Komisch«, meinte Smoky. »Immer wenn Sie meinen, eines unserer Schiffe sei entbehrlich, ist es immer ein Belt-Schiff.«

»Welches Schiff hätten Sie gewählt, Old Smoky?«

»Blöde Logik!«

»Horcht!« sagte Masney.

Aus dem Radio kam ein Schrei, der dem Jaulen einer Sirene glich.

»Das ist das Notsignal der *Lazy Eight*«, sagte Anderson.

Nummer Sechs war jetzt ein Roboter. Die Antriebsinstrumente der *Heinlein* hatten auch den Antrieb des Einmannschiffes übernommen, und Anderson bediente die Instrumente, während er auf dem Schirm die *Heinlein* beobachtete, die wiederum durch das Teleskop der Nummer Sechs spähte. Natürlich mußten sie das Einmannschiff benützen. Ein Zweimann-Erdenschiff wäre genau das, was der Außenweltler so dringend bräuchte.

Woody sagte: »Schauen wir mal, ob mit Lew alles in Ordnung ist.«

Anderson führte das Einmannschiff dorthin, wo das Führungsschiff den Pluto umkreiste, stellte den Antrieb ab und ging mit den Richtungsjets näher heran. Schließlich schauten er und vier andere direkt durch die eisigen Fragmente von Lews Kontrollkabine. Am Metallrand waren Hitzeflecken zu sehen. Lew war da, eine Gestalt in einem großen, schmalen Metall-Raumanzug, doch er bewegte sich nicht. Entweder war er tot, oder gelähmt.

»Jetzt können wir nichts für ihn tun«, sagte Smoky.

»Richtig«, pflichtete ihm Luke bei. »Hat keinen Sinn, den

gräßlichen Moment weiter hinauszuziehen. Holt das Schiff herunter.«

Das Notsignal kam aus einem Feld unversehrten Schnees.

Noch nie im Leben hatte Anderson härter gearbeitet. Ununterbrochen murmelte er vor sich hin; er hielt das Schiff unbeweglich eine Meile über dem Notsignal, während unter ihm der Schnee kochte. Auf dem Schirm der *Heinlein* zeigte sich Nebel, der sich verdichtete. Er schaltete infrarotes Punktlicht ein, und das half, wenn auch nicht viel. Smoky zuckte bei einigem, was Anderson sagte, zusammen. Aber plötzlich schwieg Anderson, und alle fünf beugten sich vor, um besser zu sehen.

Die *Golden Circle* kam aus dem Eis heraus.

Anderson brachte das Einmannschiff so sanft wie möglich nach unten. Im Moment des Kontaktes hallte das Schiff wie eine Messingglocke. Das Schirmbild zitterte heftig.

Schweigen. Ein Zweibeiner kletterte mühsam durch die obere Luftschleuse der *Golden Circle*. Er kletterte hinab und kam über den Schnee auf sie zu.

Das Flitterwochenschiff war längst kein Raumschiff mehr, diente aber als Konferenzraum und Hospital. Besonders als Hospital, denn von den zehn Leuten, die sich da gegenüberstanden, waren nur zwei bei guter Gesundheit.

Larry Greenberg trug auf jeder Schulter einen Thrintun-Raumanzug und fand bei seiner Rückkehr die *Golden Circle* nahezu begraben. Die glasige Schicht über dem Schiff war zwanzig Fuß dick. Mit einem Schweißgerät in seinem Anzug war es ihm gelungen, sich durchzubrennen, aber seine Finger und Zehen hatten dicke Frostbeulen davongetragen, als er die Luftschleuse freilegte. Fast drei Tage lang hatte er auf Behandlung warten müssen. Er fand es gar nicht gut, daß die Nummer Sechs leer war, aber er hatte seine Botschaft trotzdem losgebracht und den anderen über den Bildschirm gesagt: alles sicher, kommt herunter.

Smoky Petropoulos und Woody Atwood taten die ganze Arbeit, weil sie die einzigen waren, die sie tun konnten. Er hatte die gelähmten Beltleute mit dem Zweimannschiff zur *Golden Circle* gebracht, und die vier konnten noch immer nur Augen und Stimmen benützen. Lews Hände, Handgelenke, Füße und Hals sahen wie gebraten aus, wo die Haut durch die Blasen schien. Das Kühlsystem seines Anzuges war mit den flammenden Gasen nicht ganz fertig geworden. Ein Glück nur, daß die Gase so dünn waren, sonst wären alle Plastikteile seines Anzuges und vor allem des Luft- und Kühlsystems weggeschmolzen. Eifrigen Zuhörern erzählte er das noch viele Jahre später. Und auch die anderen erzählten, daß sie die Sichtscheiben zerbrechen mußten, und hätten Smoky und Woody sie nicht gefunden, wären sie elendiglich in ihren Schiffen verhungert. Im Moment waren sie aber in Sicherheit.

Garner und Anderson hatten ihre ihnen aufgezwungene Lähmung fast überwunden, nur konnten sie die Bewegungen noch nicht recht koordinieren.

»Wir haben es also alle geschafft«, stellte Luke fest und schaute sich stolz um. »Ich fürchtete schon, der Letzte Krieg würde auf dem Pluto beginnen.«

»Ich auch«, sagte Lew. Er nuschelte noch etwas beim Sprechen. »Wir hatten schon Angst, ihr würdet unseren Hinweis nicht verstehen, als wir eure Anrufe nicht beantworten konnten.« Er blinzelte und kniff die Lippen zusammen, als er unangenehme Erinnerungen wegschob. »Und was tun wir jetzt mit dem Reserveanzug?«

Damit hatte er die allgemeine Aufmerksamkeit auf sich gezogen. Der Anzug war die Sache, um die sich alles drehte.

»Der Erde können wir ihn nicht überlassen«, meinte Smoky. »Sie könnten ihn öffnen. Wir haben diesen Zeitstopper ja nicht . . . Das ist auch eine Erfindung, die unterdrückt werden müßte«, fügte er mit einem Blick zu Luke hinzu.

»Mit ein bißchen Forschung könnt ihr ihn auch kriegen«, antwortete Garner.

»Also lassen wir ihn auf den Jupiter fallen«, riet Masney. »Wir klemmen ihn an den Rumpf der *Heinlein*, und Woody und ich fliegen sie. Wenn wir beide zurückkommen, wißt ihr alle, daß wir ihn planmäßig abgeworfen haben. In Ordnung?«

»In Ordnung«, bestätigte Lew, und Garner nickte. Auch andere fanden die Idee gut, obwohl und wenn auch das Wissen zusammen mit dem Anzug begraben werden mußte. Larry Greenberg, der andere Einwände hatte, behielt sie für sich.

»Alle damit einverstanden?« Lew sah von einem zum anderen. »Gut. Und was ist nun der Verstärker?«

Es folgten zwei Sekunden angewiderten Schweigens.

Greenberg deutete. »Das verschrumpelte Ding, an dem beide Hände leer sind.«

Nun war, nach diesem Hinweis, alles klar. Der zweite Anzug hatte unzählige Falten und Beulen, und die Gliedmaßen waren verdreht. Er hatte nicht mehr Persönlichkeit als ein Sack. Aber den Anzug, der Kzanol gehört hatte . . .

Er lag in einer Ecke im Aufenthaltsraum des Schiffes, hatte die Knie leicht angezogen und den Desintegrator halb erhoben. Selbst in dem merkwürdigen Umrissen von Armen und Beinen und im ausdruckslosen Spiegel seines Gesichtes konnte man die Verblüffung lesen, die des Thrint letztes Gefühl gewesen sein mußte. Auch enttäuschte Wut war darin, die sich immer mehr verstärkte, als Kzanol zum erstenmal den geschmolzenen, mißfarbenen Fleck sah, der einst der Rettungsschalter seines zweiten Anzuges gewesen war.

Garner goß seinen Champagner in sich hinein; er stammte aus den Beständen des Flitterwöchnerschiffes. »Das wäre also erledigt. Die See-Statue geht zurück an die Ausstellung der UNO für Vergleichende Kulturen. Der Schatzanzug geht zum Jupiter. Ich denke ja, die Sonne wäre sicherer, aber was soll's? Greenberg, wohin gehen Sie?«

»Nach Hause. Dann nach Jinx, denke ich.« Larry Greenbergs Miene drückte das aus, was Lucas Garner als bittersüßes Lächeln bezeichnete, obwohl er selbst nicht wußte, was es eigentlich bedeutete. »Jetzt können sie Judy und mich nie mehr von Jinx fernhalten. Ich bin der einzige Mann im ganzen Universum, der die Handschrift der Bandersnatschi lesen kann.«

Masney schüttelte den Kopf und lachte. Er hatte ein rumpelndes, hilfloses Lachen, das so ansteckend war wie Mumps. »Greenberg, aber es ist besser, Sie lesen deren Geister nicht. Sonst werden Sie schließlich zu einer ganzen Raummenagerie, wenn Sie nicht aufpassen.«

Andere lachten mit, und Larry lächelte mit ihnen, obwohl nur er allein wußte, wie wahr Masneys Worte waren.

Oder hatte es Garner vermutet? Der alte Mann sah ihn seltsam an. Wenn Garner ahnte, daß vor zwei Milliarden Jahren Kzanol einen Racarliw-Sklaven als Haustier und Souvenir gehalten hatte . . .

Unsinn!

Also wäre Larry der einzige, der das wußte. Würde man den Anzug öffnen, gäbe es wahrscheinlich einen Krieg. Mit abgebremster Wasserstoff-Fusion, die heute so alltäglich war wie früher ein elektrischer Generator, konnte jeder Krieg der letzte sein. Also mußte der Anzug auf dem Jupiter deponiert werden. Und der verwunschene Racarliw-Sklave mußte mit, um in Stasis für Ewigkeiten begraben zu sein.

Konnte Larry Greenberg ein unschuldiges vernunftbegabtes Wesen für einen solchen Zweck opfern? Für Larry plus Delphin plus Thrint war das nicht weiter schwierig.

Nur ein Sklave, wisperte Kzanol. Klein, stupid und häßlich – und nichts wert.

Den kann man nicht verteidigen, überlegte Charley. Er hat ja keine Rechte.

Larry merkte sich vor, das nie, auch nicht andeutungsweise, mit Judy zu besprechen, und dann ging er zu angenehmeren Überlegungen über.

Was dachte er? Garner hätte es gerne gewußt. Aber den Wunsch strich er. Deshalb konnte er auch aufhören, ihn zu beobachten.

Aber ich würde meine Seele dafür geben, wenn ich wenigstens eine Stunde lang einmal Gedanken lesen könnte; doch diese Stunde möchte ich mir aussuchen . . .

ENDE